善書坊

我们没有经历过战争，但正经受着这次大灾难而奋起抗疫，武汉是主战场，全国每一个人都是战斗员。当我们在经受大灾难的时候，都在思考人与自然的关系，思考生与死、健康与病痛、平安与恐惧等问题。而战疫着，也让我们体会到了什么是家国情怀，什么叫众志成城，什么叫世间大爱。这几十天来，虽然足不出户居家隔离，但无时不刻地关注着新闻，被那么多的英雄和英雄事迹感动。作为一个作家，能做什么呢，就是记录每一天发生的事情，自己写文章或电话联络、组织更多的作家写文章，为这个国家呐喊，为在一线的医护人员和所有工作人员加油。这是国家展示它的伟大和力量的时候，这是每个公民展示不屈不挠的民族本色的时候。我们一定会胜利，一定会很快胜利。

（贾平凹）

贾平凹 主编

力量

中国作家2020早春纪事

陕西师范大学出版总社

图书代号：WX20N2352

图书在版编目（CIP）数据

力量：中国作家2020早春纪事/贾平凹主编. —西安：陕西师范大学出版总社有限公司，2020.12
ISBN 978-7-5695-1873-3

Ⅰ. ①力… Ⅱ. ①贾… Ⅲ. ①散文集—中国—当代 Ⅳ. ①I267

中国版本图书馆CIP数据核字（2020）第268587号

力量：中国作家2020早春纪事
LILIANG: ZHONGGUO ZUOJIA 2020 ZAOCHUN JISHI

贾平凹　主编

选题策划／刘东风　穆　涛
责任编辑／郭永新　张　佩
责任校对／宋媛媛
封底绘画／金宇澄
封面设计／主语设计
出版发行／陕西师范大学出版总社
（西安市长安南路199号　邮编710062）
网　　址／http：//www.snupg.com
印　　刷／陕西龙山海天艺术印务有限公司
开　　本／720mm×1020mm　1/16
印　　张／19.25
插　　页／1
字　　数／223千
版　　次／2020年12月第1版
印　　次／2020年12月第1次印刷
书　　号／ISBN 978-7-5695-1873-3
定　　价／59.00元

读者购书、书店添货或发现印装质量问题，请与本公司营销部联系、调换。
电话：(029) 85307864　85303629　传真：(029) 85303879

目录 CONTENTS

2020的春天

王　蒙

病毒迎面而来

2020年1月14日与几个老友聚会，听到了武汉可能出现流行病的消息，朋友说已有专家建议采取严格的隔离措施。我想，这得多大的代价，多大的影响，不免忧心忡忡，但愿不会闹大。

9天后，1月23日，春节假期前一天，得知了武汉前所未有的控制进出交通的决定，完全可以想象做出这个决定会有多么艰难，明白了严重性，预计将有一系列重大严肃的部署。又总是想着，即使是劫难，终将在有力的措施下平安渡过，不能紧张，不能慌乱，天塌不下来。这一天本来晚上预订了与家人在餐馆聚餐，去，不去？全家人参与，意见来回变了6次，最后改为取饭回家与部分家庭成员享用，算是迎接春节。我自觉还算淡定，但仍觉此次疫病，像一辆邪恶列车，直对着庚子春节冲撞而来。

有道是："对于灾祸，第一是要承认，第二是不怕，第三是要战胜它。"承认云云，曾觉得是废话，灾祸有什么承认不承认的呢？现在终于明白了：这确实是个问题。须要承认，须要面对，须要正视！准备好面对最坏的，争取最好的。这就叫实事求是。时事多艰，不能不丢掉侥幸心理。

大疫情大部署

面对疫情，迎战开始了。我们的文化传统、革命传统里，从来就有的战斗精神、团结协作、众志成城、一呼百应，随之激发。毕竟我们是多灾多难的民族，中国共产党是苦难辉煌的党，中华人民共和国是在铁与火的战斗中建立起来的社会主义国家，我们走过的每一步，都不是轻易的。中央下了决心，做了部署，我们就会像革命战争中那样，调动起人民力量，进行总体战、阻击战、围歼战、遭遇战、肉搏战，而且是科学迎战、行业迎战，全国一盘棋迎战，集中优势兵力谋求绝对优势，咬紧牙关，排除万难，不怕付出代价，一定要达到共克时艰、转危为安的目标。

宅在家里的这段日子里，除天天看疫情报告，看电视新闻与各项决策以外，又认真看了一遍 CCTV- 4 播放的电视剧《解放》。我看到在解放战争时的一些大战役大布局过程中，党中央领导层磋商乃至于不同意见的交换，看到了在某些战役前的顾虑与选择；而人民解放军最终总是棋高一着、抢先一步，等到冲锋号吹响，我们集中三四倍于敌的力量，压倒敌人而不是被敌人所压倒。我为之赞叹，也更理解了大变局中的大运筹、大部署。

人民战争是我们的看家本领

到湖北去，到武汉去。抗疫开始，首先是各路医护人员，他们以尖兵出击的献身精神，冲在了最前面。他们是真正的白衣战士，冒着被感染的危险，近距离地展开分秒必争的营救，从死神魔掌下夺回一条条生命。他们穿的防护服装，让人想起防化兵装备，这分明是人类与新型病毒展开的现代化战争。他们的勇敢令人肃然起敬。

当我们看到各地援鄂的医护人员回家后像英雄一样受到欢迎的时候，不能不想起抗疫拼搏中付出了生命与健康代价的医务工作者，想起了病殁同胞与他们的亲人。死生大矣，岂不痛哉！先天下之忧而忧，后天下之乐而乐。我们沉重地、小心翼翼地珍藏着对他们的纪念与哀思，思考着应尽的责任，顾念着仍在病榻上的重症患者们。

在白衣天使身后，是全中国人民。他们中有忙碌的志愿者，有穿梭的快递小哥，有较真儿的检疫人员，有交通要道上奔驰的司机，有严格的公安干警，有不厌其烦的社区工作人员，有每日运送大量医疗垃圾的保洁员，还有深入ICU（重症监护室）采访的新闻工作者……尤其要向解放军致敬，子弟兵从来是我们的保护神。还要向那些医学专家道一声辛苦，你们以专业精神和不倦的调研，发挥了专业建言、引导普及的领军作用。

这是一场人民战争！是上上下下团结一心，互相支援互为后盾的人民战争！

我们这些别无选择的宅家的众生，心系武汉，心心相印，时时牵挂。我们为火神、雷神的“显灵”而鼓舞，为每一个出院的病人高兴，为每一句温暖的话语而动情，为医患的共同奋斗而欣慰。我们在思考：我们的人民是多么可爱的人民，他们人性中的善良是多么真诚；对于医患关系、警民关系、干群关系，如何引导使之更加和谐；如何奖励褒扬，以正祛邪；如何激发人们相互温暖、相互理解、相互支持的意愿；如何改变与消除戾气，化消极因素为积极因素；如何化解社会风气痼疾与多种纠纷；如何建立更加健康的人与人之间的关系；如何使全体人民更加团结起来，见贤思齐，向各行各业的专家学习，向勤奋的劳动者学习。

我们看到引领的力量、动员的力量、爱心的力量，我们看到人性的可塑造可教化，看到人民坚毅负重、顾全大局。民为邦本，人心可用。我们也看到了科学的力量，医药学的力量，中医药学的力量，心理关怀的力量，各行各业的力量，舆论的力量。钟南山等专家频频出镜，防疫卫生知识空前普及，措施到位雷厉风行……这些，正是党的领导的力量，社会主义中国的力量。人民是中心，疫情是命令，防控是责任，我们经受住了考验，我们还必须迎接更多的考验。生于忧患，死于安乐，这是中华民族伟大复兴的应有之义。

以百姓之心为心

大家业、大发展、大格局、大事件，当然有各种声音。我们听到了万众响应的朗声呼喊，我们看到了严格防控的行动力量，我们收到了来自外界的各种赞扬，我们歌唱着各条战线先进人物的模范事迹。

同时也有多种多样的声音，需要我们了解与参考，警醒与注意。其中有困惑与犹疑，见解与建议，宏论与争议；还有诚恳的但不可能都是精当的出谋划策；也有信口开河，有磨磨叽叽；当然还有起哄与假新闻，有性急的吹嘘和居心叵测的谣言。

我们的初心，我们的根本在于为人民服务。发展迅速，成绩卓著，但显露一些短板，遇到各种考验，听到各种兴观群怨，实属必然。尤其在面临新的挑战的时候，我们需要更多的信心更多的担当，更多的包容更多的耐心，更有力的决断和与群众更紧密的联系。毛主席有名言：只有代表群众才能教育群众。这个春天的抗疫，使我们看到了中国特色社会主义制度的优越性，也显现出我们治理体系和治理能力的短板。但是只要“以百姓之心为心”，及时反省、自省，短板可以补齐，教训可以汲取，困难可以克服，矛盾可以化解。经过抗疫的锤炼，我们的地方官员与行业官员，独当一面敢于担当的精神、处理突发事件与危机公关的能力，应该得到提升；我们的医疗体系与预警体系，应该更加缜密完善；我们的信息传播、舆论引领，可以更加切近贴心、入理入情，亲和周密。“得民心者得天下”，各行各业，东南西北，没有最好，只能更好。可以慰国人，可以安天下。

免疫力

通过这个春季的特殊生活方式，我迷上了、爱上了、深深钟情了一个词：免疫力。

免疫力，是指人的自身识别和排除的机制，说得通俗一点儿，就是立于不败之地的能力。免疫力是需要自身锻炼的，也是可以通过外界的有效干预和补充而加强的。疫情中幸而未中招的大多数人，能指望的首先是免疫力三个字。

个人和社会都需要免疫力。抗疫是公共卫生领域的斗争，流行病来势凶猛而且牵涉面大，病原体复杂而且难以捉摸，在这种困难时期，共同面对才是硬道理，不能添堵，不能添晦气，更不可唱衰自衰。成见和偏见、咋呼与幻想都只能坏事。怎样面对人类共同的灾疫与意外，这是很好的人生功课，是三观功课也是心理功课。珍惜前人的付出，感恩前方的辛苦，充实自我，不敢萎靡消沉，不可轻浮失重，拒绝上当，不钻圈套，不落陷阱，我们应该追求正面与有定力的生活态度。

宅家的俩月很充实。我观看新闻，时时关心一线抗疫与国计民生，为每一步的艰难进展而欢欣鼓舞。我与武汉抗疫小朋友阿念互致问候，我发起了每天晚上家庭群中的微信歌会，我完成了一部长篇小说新作，我继续着两年前开始的《荀子》研读笔记。我读书读刊读报，谨防新冠病毒与心理病毒的入侵。逆境中静下心来，清醒反思，降温降调，追求身心健康，以期国泰民安。

大考的启示

习近平总书记说，抗疫是“一次大考”。说得太好了。我们处在新的复杂多变的时代，这次疫情是对领导力量的大考，也是对中国人民的大考；是先在中国举行的大考，继而是对万国万民的大考。病毒不仅瞄着我们的喉头与肺部，而且不无阻挡国家经济发展、阻挡共赢“一带一路”的势头，我们的答卷决定着我们的命运，也影响着人类共同体的命运。

这次疫情告诉我们，各种本土的境外的生物的精神的心理的文化的经济的病毒与疫情还可能会出现，战“疫”未有穷期。前进的道路上还有一场又一场考试，大考不断，中考连连，小考时时刻刻。不能松懈，不能自吹自擂，更不能在风言风语中迷失。

人民是考官，实践是考官。自我考量与自我审视，对照考量与对照审视，从灾难中我们学到了比平时更多的东西，有经验也有教训，有自信也有反省。中国人早就知道：“多难以固其国。”“君子以自强不息。”这样的大考，只是前进道路上的八十一难之一。要立于不败之地，一是永不言败，二是不轻言胜，三是总结经验以利再战。

我们终于迎来了阶段性的胜利成果，湖北解封、武汉解封，桃红柳绿，我们交出了好的答卷。但全球疫情正呈蔓延之势，严峻复杂，给世界政治经济大变局又增添了变数。不能松懈，不能疲惫，不能忘乎所以。在抗疫的同时，我们还有远非轻易的脱贫攻坚任务，更加长远的经济社会发展任务，事比天大。

大考来了，大考还没有结束！我们学习了，我们还在学而时习之！2020 年之春的经验教训与启示，已经或正在成为财富。迎接新的大考，我们准备好了！

人类，从血泊中站起

刘汉俊

一向英雄的武汉，忽然成了一座教人心疼的城市；一向聪明机灵勤奋敢拼的“九头鸟”，真的受伤了。

“你此刻的心，像一个泪包，一碰就是汪洋一片”，这是我的长诗《给武汉的一封信》里的一句。这种感觉，是这些天来我在同家乡众多亲友的密切联系中得出来的。写下“泪包”二字，我已然是“泪包”了。

武汉封城，春节无法回家，我只能通过手机客户端的“强国直播”看武汉。8个摄像头直播武汉的街景实况，其中一个正对长江边上的江汉关钟楼。画面里的长江依然浩瀚，但南北穿梭的轮渡停摆了，孤零零的趸船泊在岸边；对岸的建筑春笋般矗立，偶有一两艘货船队从东往西逆水而上；往日里人车挤挤密密熙熙攘攘的沿江大道，此刻鲜见人身车影；旁边著名的江汉路步行街，此刻空荡寂寥。画面的主角，是江边那座已近百年历史的江汉关钟楼，嶙峋骨立昂然倔强，楼顶一杆鲜红的国旗迎风飘扬。

欧洲风格的江汉关是英国殖民者设立的海关，是中国沦为半殖民地的见证，也是汉口开埠、武汉走向近代的标志。早已收归国有的江汉关曾是武汉海关的办公地，现在是江汉关博物馆，收着中国海关的风云沧桑。不知道茕茕孑立的江汉关目睹百年未有的空旷，是否觉得孤独而怆然？大钟的指针是否依然坚定地前行，在寒风冷雨中还能否发出深沉浑厚而悠扬飘远的钟声？

每每看到这个画面，我都为之心动。那天清晨，一位身着橘红色工作服的保洁工进入了画面。在空落落静悄悄的江汉关街面，这个孤单的身影认真地打扫地上的落叶枯草。后来，几乎每天的早晚时分，这个生动的画面都会出现，让我鼻子发酸。全城封闭，万人归巷，他们依然顶着寒风，冒着风险，维护着这个城市的容颜和尊严，坚定而执着。他们的存在是一种坚守，他们的身影是一种力量，有了他们你可以长舒一口气，这座城市还在正常运转。

江汉关上空阴云笼罩，像武汉城此刻的心情。新型冠状病毒有如魔鬼，暴虐地攫取一条条鲜活的生命。威胁无处不在，死神随处藏身，城里几乎每一个人都能听到那恐怖的足音，都有认识的或拐几个弯认识的人被感染、被确诊，甚至罹难，死亡没有预约，中枪没有前兆，对象不加选择。几十例，几百例，上千例，数据不断攀升，像是开发互联网产品进行的灰度测试，比灰度测试更可怕的是，下一个是谁，什么时候，程度怎样，结果如何，扩大到多大范围，谁也不知道。只知道，他们是院士、教授、博导、医院院长、医生护士、工程师、董事长、警察、画家、诗人、导演、飞行员、志愿者、社区工作者、长江救人者、出租车司机、健美冠军、农民、工人，是爷爷奶奶爸爸妈妈，是孝顺的儿女乖巧的孩子，是我的老师、学长、熟人、同乡，同学的朋友、朋友的同学。看着那一个个猝不及防倒下的身影，我一阵阵地心疼。心有时候是会疼得落泪，甚至滴血的。

我对武汉，没法不牵肠挂肚。我的祖籍是湖北赤壁，距武汉一小时车程。武汉是湖北人的中心，是湖北人工作生活的坐标指向。父亲当年从赤壁山沟里考入北师大物理系，毕业分配到位于汉阳的工厂工作。我在汉阳的龙灯堤旁边上的幼儿园，3 岁起跟着擅泳的父亲在汉水里学游泳，所以才有了我后来多次参加“7·16 横渡长江”活动。读小学时我回到赤壁老家的山村莲花塘刘家，每年的寒暑假回武汉。两次读大学都在武汉。第一次参加工作在武汉，在长江边上度过了我人生最浪漫的 5 年。我曾经工作的办公大楼距江汉关钟楼百步之遥，到我曾经住了 3 年的汉口洞庭街只需 3 分钟。虽然我现在在北京工作，但一年总要回几次武汉看望年迈的父母。疫情发生以来，他们一直困在家中不敢出门，我每天几个电话和视频查父母的岗，检查平时就在家中憋不住的老父亲是不是擅自出门了，是不是听话了。在武汉，还有那么多亲人，数不清的来自武汉的信息，向我诉说着难过、痛苦、愤懑、悲伤、祈盼。

不光是武汉，孝感、黄冈、荆州、咸宁等，还有我的故乡赤壁，湖北的每一条信息、每一个数据都牵动着我。

湖北是一个充满生机的地方，武汉是一座英雄的城市，但现在它是一只受伤的“九头鸟”，一个曾经聪明勤奋、能闯敢拼、顽皮活泼、重情重义，此刻却是满心伤楚楚、满眼泪汪汪的孩子。如何教人不心疼！

令人心疼的，不仅仅是今天的湖北、武汉，还有我们这个在多难中兴起的民族，这个从苦难走向辉煌的国度。

关注古代文学的人会发现，在东汉末年三国时期建安七子们的生卒表中，陈琳、王粲、徐幹、应玚、刘桢等 5 人的生命定格在公元 217 年（建安二十二年）。是的，他们代表了那个时代的文学高峰，却齐刷刷地倒毙于同一场瘟疫。史料记载：“冬，是岁大疫。”他们的文友曹植是这样描述的：“家家有僵尸之痛，室室有号泣之哀。或阖门而殪，或覆族而丧。”文心之殇，如泣如咽。

瘟疫一直伴随并威胁着我们脚下这片古老的土地。大头瘟、疫痢、白喉、烂喉丹痧、天花、霍乱、血吸虫病、麻风病，有如蝗虫般疯狂撕噬着一条条生命，仅麻风病在中国就留存了 2000 多年。有人考证，中国古代发生过多次重大疫情，秦汉出现 13

次，魏晋 17 次，隋唐 17 次，两宋 32 次，元代 20 次，明代 64 次，清代 74 次。另一说，公元前 243 年至公元 1911 年，其间发生重大疫情 352 次，其中秦汉 34 次，三国 8 次，两晋 24 次，南北朝 16 次，隋唐 22 次，宋金 70 次，元朝 24 次，明朝 39 次，清朝 115 次，平均每 6.1 年发生一次，而到了清朝发生频率加快，平均每 2.4 年就发生一次。1644 年始发于中国北方的一次鼠疫，使全国三分之一的人口丧生。这些数据很难说是否精确，但能大致勾勒出我们这个多灾多难的民族成长中的心电图。

面对瘟疫高密度的袭击，我们的先祖不断在溯源探究，寻觅救世良方，发现瘟疫的特征是“五疫之至，皆相染易，无问大小，病状相似”；其后果是“人感乖戾之气而生病，则病气转相染易，乃至灭门”；提出的防治办法是“养内避外”“正气存内，邪不可干”“五宜六不宜”等等。古代中国的智慧之光映古烁今。扁鹊、华佗、张仲景、葛洪、孙思邈、宋慈、李时珍等一大批名医先驱，医者仁心悬壶济世；《黄帝内经》《神农本草经》《伤寒杂病论》《金匮要略》《肘后备急方》《本草纲目》《温疫论》等一大批医书经典拯救苍生流传至今。据传孙思邈还把自己同麻风病人关在山洞里住了 8 年，得出的结论是只有提高自身的免疫力，以正祛邪，方可不被感染，还写下医学百科全书《千金方》。前人积累的秘籍宝典，仍然是今天的灵丹妙药。

除了瘟疫，地震、水灾等也一直伴随着我们。古书记载：“洪水滔天。”“水逆行，泛滥于中国。”“往古之时，四极废，九州裂，天不兼覆，地不周载，火爁炎而不灭，水泱泱而不息。”灾难千千万，困厄万万千，古老的中国一次次在磕磕绊绊中艰难前行向死而生。

我亲历过“非典”疫情和“5·12”汶川特大地震，疫灾与震灾同样给人以心灵的创伤。地震一旦发生，你的心一下子就沉到海底、沉到黑夜，在灾区现场的日日夜夜，我目睹过抢救生命的艰难，87000 多个鲜活生命的消逝，让我深切地感受到人类的痛楚与悲哀。每一个抢救出生命的消息都让这个世界感到欣慰和希望；而疫灾病亡数据每增加一个，就越感到死神逼近了一步。拐点不到，压迫感就难以释放。

灾难当头，唯有抗争。盘古开天辟地、女娲补天、精卫填海、夸父追日、大禹治水、后羿射日、愚公移山、神农尝百草救百姓，都是中国古代神话中与灾难斗争的形象。

中华民族屡经灾难却愈挫愈勇，从血泊中站起，在困苦中前进，在磨难中成长。面对惨烈，不惮凶险，磨炼出强大的心理、坚韧的毅力、顽强的意志，这叫中国精神。

人类，总是在艰难中前行。

几百万年的成长历程既波澜壮阔又惊心动魄，无数的危险、威胁和灾难，如荆棘密布。譬如，鼠疫、霍乱、天花、流感、疟疾、伤寒、狂犬病、艾滋病、炭疽、肺结核、麻风病、黄热病、登革热、“非典”；譬如，地震、飓风、火灾、冰灾、雪灾、虫灾、海啸、洪水、泥石流；譬如战争；等等。无论是自然因素还是人为因素，自恃站在生物链最顶端的人类，其实是灾难中的最弱者、受害者，永远处在最危险的边缘。

战争导致灾难，生命贱若草芥。战国时期的秦将白起是一员猛将，领兵 30 多年战无不胜，攻城 70 多座杀人如麻，为秦国统一六国立下赫赫战功，名震天下。他是中国历史上最杰出的军事家之一，也是生命灾难的制造者。公元前 293 年伊阙之战，白起斩韩魏联军 24 万人；公元前 279 年—前 278 年鄢郢之战，淹杀楚国鄢城军民数十万人；公元前 273 年华阳之战，斩魏赵联军 15 万人；公元前 264 年陉城之战，斩韩军 5 万人；公元前 262 年—前 260 年长平之战，斩杀坑杀赵国军队 45 万人。如此数来，死于白起手下的生命超过百万之众，占整个战国时期死亡人口的一半。白起后因失宠于秦昭襄王被赐死，拔剑自刎前他幡然自责道："我本就该死，长平一战，我坑杀赵军降卒几十万，足够死罪了啊！"人之将亡，其悟也彻。

第一次世界大战从 1914 年 7 月打到 1918 年 11 月，从欧洲打到亚洲，1000 多万人丧生，2000 多万人受伤。第二次世界大战是迄今人类历史上规模最大的战争，从 1939 年 9 月打到 1945 年 9 月，60 多个国家和地区、20 亿以上的人口被卷入战争，9000 余万人伤亡。无论是冷兵器、热兵器还是核武器时代，战争都是生命的绞肉机，是人类的灾难。备战是为了不战，人性的阴暗需要理性的光辉照亮。

瘟疫像毒蛇追逐人类，几十万种病毒一直在影响甚至戕害人类，是威胁人类时间最长、波及面最广的杀手。始于公元前 431 年、持续时间长达 27 年之久的伯罗奔尼撒战争，是一场发生在雅典人和伯罗奔尼撒人之间的漫长战争，最后以斯巴达人率领伯罗奔尼撒人取得胜利而终。这场战争是古希腊城邦历史的转折点，它结束了雅典的霸权，使古希腊奴隶制城邦制度退出了历史舞台，古希腊也因此由盛转衰。战争第二年，一场鼠疫由海港城市比雷埃夫斯传入雅典，首先死亡的是医生，"前仆后继"的是战士，最终，雅典一半人死亡，城里满地尸体，连雅典首领伯里克利也死了。一位从死尸堆里爬出来的雅典人，在回忆录中写道："身强体健的人们突然被高烧所袭击，眼睛发红仿佛喷射出火焰，喉咙或舌头开始充血并散发出不自然的恶臭。伴随呕吐和腹泻而来的是可怕的干渴，这时患病者的身体疼痛发炎并转成溃疡，无法入睡或忍受床榻的触碰，有些病人裸着身体在街上游荡，寻找水喝直到倒地而死。甚至狗也死于此病，吃了躺得到处都是的人尸的乌鸦和大雕也死了，存活下来的人不是没了指头、脚趾、眼睛，就是丧失了记忆。"这个雅典人就是"十将军"之一的修昔底德，后来成了著名的历史学家。"雅典大瘟疫"成为关于瘟疫最早的记录。

瘟疫改写历史，改变着人类的轨迹。公元 164 年，强大的罗马帝国发起了对安息帝国的战争，凶猛的罗马大军攻下了坚固的安息重镇，但安息的瘟疫却缠上了罗马军队。得胜回朝的罗马士兵带回了瘟疫，导致500万人丧命，连出席欢迎宴会的罗马皇帝马可·奥勒略·安东尼也不幸染病离世，因此这次瘟疫也被称作“安东尼瘟疫”，是人类历史上第二次大规模瘟疫。

公元533年，企望再现罗马帝国昔日辉煌的拜占庭帝国皇帝查士丁尼挥师向西，征服地中海，横扫北非，攻克意大利。大功告成之际，一场突如其来的瘟疫使他的梦想幻灭。公元541年，瘟疫从帝国的埃及暴发，很快传播到都城君士坦丁堡，大批的人突然倒毙街头或地头，一天有数千甚至上万人死去，尸横遍野，都城近一半的居民、帝国近四分之一的人死亡。最终，这场“查士丁尼瘟疫”使帝国走向了崩溃，留下人类历史上第三次大规模瘟疫的记录。

800年之后，瘟疫刷新了它重创人类的纪录。1347年9月，源起中亚的黑死病随十字军登陆意大利南部的西西里岛，经水路到达北部的热那亚和法国的马赛，1348年1月攻入威尼斯和比萨，随后占领意大利重镇佛罗伦萨。从这里，黑死病通过水陆两路四面出击，直抵维也纳，抢滩诺曼底，横扫巴黎，攻克伦敦，越过莱茵河，辐射巴塞尔、法兰克福、科隆、汉堡、不来梅，以吞噬7500万人的“战绩”疯狂肆虐，之后一路狂飙烧向东欧，俄罗斯大草原不幸接着了这死神的接力棒，立即被死亡阴云笼罩，交战中的鞑靼人将病死者的尸体抛入城中，导致瘟疫流行，逃往地中海的人们又导致黑死病更大范围的传播。欧洲中世纪的这次大瘟疫，成为人类历史上的第四次大规模灾难，也是最惨烈的一次。

此后300年，巨大的瘟疫阴影，一直笼罩在欧亚和美洲上空。

公元1492年10月，意大利航海家哥伦布发现了新大陆，也给这片大陆带来了灾难。腮腺炎、麻疹、天花、霍乱、淋病和黄热病等“欧洲病”，对毫无免疫力的印第安人进行了“屠杀”，数百万原住民死去，史学家称之为“人类史上最大的种族屠杀”。公元1521年，西班牙派两路殖民军进攻南美洲，一路600人马进攻墨西哥土著帝国阿兹特克，久攻不下后的某天，阿兹特克人忽然停止了顽抗，西班牙人冲进城堡一看，发现似乎有一种神奇的力量帮他们横扫了对手，满城腐尸，恶臭难闻，一场莫名其妙的瘟疫以大大超过火枪弹的速度袭击了这个一度辉煌的南美帝国；而另一路180人马进攻印加帝国，而在他们到达智利之前，一场瘟疫已经帮他们瓦解了这个当时文明程度最高的南美帝国，皇帝瓦伊纳·卡帕克和他的继承人尼南·库尤奇先后殒命，内讧爆发，社会动荡，因此西班牙人以极少的兵力拿下了这个拥有8万兵力的帝国。大航海带来的大瘟疫，使世界上第一个“日不落”帝国西班牙创造了两大战例奇迹。

有人推测，一度辉煌的玛雅文明突然消失，可能也与西班牙军队有关，因为几乎在攻打上述两大帝国的同时，他们也踏进了玛雅这片南美丛林。为解开玛雅文明消失之谜，学者们列出了人口爆炸、粮食匮乏、能源紧缺、震灾风灾、外敌入侵、疾病传播、逃往外星等多种可能。是不是西班牙人同样也把瘟疫带进了玛雅王国？很多人支持这一观点。同样，位于东南亚的柬埔寨吴哥文明，在兴盛600年之后，于15世纪初突然沉寂了，是不是与瘟疫有关？有学者这样猜测。

瘟疫从来就没有停下过肆虐的脚步，时常在没想到的地方制造想不到的灾难。公元1665年4月的某天，两个法国海员晕倒在伦敦西区的街口，他们身上携带的病毒“引爆”了伦敦。人们把染病者封在门里，用红漆涂上十字，无数人在孤独凄惨中死亡。店铺关门，街上空无一人，路旁杂草丛生，城里唯一行驶的是运尸车。伦敦大瘟疫导致7.5万到10万人丧生，直到一场神秘的大火结束了它血腥的征程。

人类历史上记录的第五次大规模瘟疫灾难，起始于19世纪末，持续了半个世纪，波及中国的南方和南亚、北美洲、欧洲、非洲60多个国家，上千万人死亡。这次大瘟疫离现在最近，所以让人记忆更深，其影响也更大。除此之外，1918年源自美国军营、发作于西班牙的大流感，虽然不像瘟疫那么恐怖，但传播速度之快、传播面之广不亚于瘟疫，全球10亿人感染，4000万人死亡，仅西班牙就有800万人丧生，所以这次流感被称为“西班牙大流感”。这也是导致第一次世界大战提前结束的原因之一。

美国学者卡尔·齐默在《病毒星球》一书中说：“我们生活的历史，其实就是一部病毒史。”病毒改变生活，也改写历史。

意大利文艺复兴先驱薄伽丘在他的名著《十日谈》中，记录了瘟疫袭击佛罗伦萨的惨景，有的人在大街上突然倒地死去，有的人在冷冷清清的家中死去无人知晓，到处是荒芜的田园、洞开的酒窖、无主的奶牛，送葬的钟声几乎没有停止过哀鸣。瘟疫还穿越法国，搭乘帆船渡过英吉利海峡，使得英国的村落、庄园、城镇到处是尸体、垃圾、污水。情急下的人们想出了各种荒诞的治疗办法、各种滑稽的祈祷方式，人性善恶毕露，世相百态尽显。

文化为历史留下记忆，现实为文学提供素材。英国作家丹尼尔·笛福的《瘟疫年纪事》、英国诗人琼斯·威尔逊的诗剧《鼠疫城》、俄国作家普希金的戏剧《瘟疫流行时的宴会》、英国作家毛姆的小说《面纱》、德国作家托马斯·曼的小说《死于威尼斯》、法国作家让·吉奥诺的小说《屋顶上的轻骑兵》、委内瑞拉小说家米盖尔·奥特罗·西尔瓦的《死屋》、秘鲁作家西罗·阿莱格里亚的小说《饥饿的狗》、法国作家阿尔贝·加缪的《鼠疫》、葡萄牙作家若泽·萨拉马戈的小说《失明症漫记》、哥伦比亚作家加西亚·马尔克斯的小说《霍乱时期的爱情》，电影《卡桑德拉大桥》《极度恐慌》《惊变28天》《死亡录像》《感染列岛》《流感》《传染病》《大明劫》等等，都是瘟疫大灾的切片，是疫情与人性痛苦绞杀的精彩呈现。

文学，为人类的抗灾史留下斑斓的碎片。

即使进入科学技术高度发达的21世纪，人类仍然摆脱不了如影随形的疫灾。2003年发生的“非典”，波及32个国家和地区，全球累计病例8422个，病亡919人。

2009年的H1N1流感持续16个月，波及214个国家，163万人受到感染，28万人病死。2014年脊髓灰质炎疫情、西非埃博拉疫情，2015年寨卡病毒疫情、韩国中东呼吸综合征、2018年刚果埃博拉疫情，给这个世界留下累累创痕。自2019年以来，流感导致全美至少有2200万人感染，死亡人数超过12000人，至今还没有探底。灾难的渊薮，是人类的黑洞。

人类无可选择地承受着大自然的各种打击，也通过各种神谕预言，试图解释或者预测灾害的发生，试图找寻某种规律或者祈求某种灵验。这是人类的努力，不管有用还是无用。

譬如，“大洪水”。整个北半球民族的上古传说中，都有关于“大洪水”的传说。历史学家和考古学家一直试图假设和推想：大约在1万年前，一场持续了100多天的滔天洪水，席卷了北半球，所有低于1000米的山峰都被淹没，只有生活在高原和山区的人们才幸存了下来。《圣经》甚至这样描述：“在2月17日，天窗打开了，巨大的渊薮全部被冲溃。大雨伴着风暴持续了40个白天和40个黑夜。”据此可以推测，一场空前绝后的大洪水，是人类的朦胧记忆。

譬如，“世界末日”。玛雅文明曾预言，公元2012年12月21日，将是第五个“太阳纪”结束的时候，是“世界末日”。那一天全世界有许多人在等待预言结果，一些人甚至有引颈自刎的悲壮。当时我在上海的一家宾馆，凝视着窗外的黄浦江想象着这一刻的到来。马后炮也是炮，有学者事后解释，所谓“末日”是玛雅历法中重新计时的“零天”，表示一个轮回结束，一个新的时代开始。在玛雅历法中，1872000天算是一个轮回，即5125.37年，据此，到2012年冬至时分，当前时代的时间结束，一切归零。

神谕也好，先知也罢，与自然相伴，与灾难为伍，亦敌亦友，人类似乎无可选择、无法逃避，“三灾九难十劫”是人类的坎，只能昂首面对，悲壮相迎。

灾害的形态千奇百怪，人类一直在无奈地承受各种重创。1912年4月10日英国“泰坦尼克号”冰海沉船，1513 人命丧大西洋；1940 年 6 月 17 日英国“兰开斯特里亚号”游轮在法国卢瓦尔河口海域被德军击沉，3500 人葬身海底；1945 年 1 月 30 日德国“古斯特洛夫号”游轮被潜艇攻击，在波兰格但斯克港附近海域沉没，9343 人遇难；1987 年 12 月 20 日菲律宾附近海域“多纳·帕斯号”渡轮与一艘油轮相撞后沉没，4300 多人殒命；2002 年 9 月 26 日一艘塞内加尔客轮在冈比亚附近海域沉没，1863 人被淹死；2003 年 12 月 26 日的一场地震，使伊朗巴姆古城连同 5 万条生命消失；2005 年 8 月 23 日美国卡特里娜飓风，导致 1800 多人死亡；2006 年 7 月印尼海啸，伤亡 2500 多人；2011 年 3 月 11 日日本海啸，近 1.8 万条生命被吞没，福岛核电站泄漏，方圆 30 千米成为无人区。飞机问世 100 多年，火车发明 200 多年，有数不清的事故夺走了数不清的生命。在中国，1920 年 12 月 16 日发生宁夏海原大地震，28 万人死亡，30 万人重伤；1976 年 7 月 28 日发生唐山大地震，造成 24 万人遇难，16 万人重伤，这两次大地震造成的生命损失创下历史最高纪录。

今天，灾难还在以新的面目出现。细菌武器、生化武器、基因武器、核武器、金融战争、互联网战争、环境污染、太空威胁等渐露峥嵘，可以预想和难以预测的后果将一遍遍刷新人类的认知，一次次挑战人类生存的底线，也一次次激起人类抗灾的斗志。

全世界的科学家都在关注地球自身的安全，无数个天文望远镜在密切追踪地外星体，天体重叠会不会毁灭地球，800 多颗具有潜在威胁的行星会在什么时候什么位置撞击地球，太阳风暴袭击地球会造成怎样的伤害，等等。“中国天眼”的问世给人类擦亮了观察宇宙的眼睛，500 米口径球面射电望远镜投入使用不久便已发现多颗脉冲星，代表了世界最高水平。这是中国对人类的贡献。

冬天固然阴晦，春天依然明媚。2020 年初的新冠肺炎疫情，是对中国的考验，是对科学的挑战。病毒肉眼看不见、源头难查证，特征奇异诡秘，传播路径错综复杂，来势汹汹滔滔，其生物特性、致病机理、传播机制、易感人群有待科学探究。这不是一个城市的尴尬，是整个世界都没有做好准备；这不是医学的无能，是全部科学面对未知世界的共同难题。

在血泊中诞生，在磨难中成长，在抗争中壮大，灾难成为人类进步的砥砺石、垫脚石、试金石。大灾就是大考，是对底线思维的冲撞，是对极限思维的挑战，是对动员能力的极限式测试和防御系统的破坏性试验。灾前的任何模拟演练，阵前的所有应急预案，都显得苍白无力和漏洞百出，必须接受实战的考验和修补。不但要记住肝肠寸断的悲痛，还要有背水一战的勇气，更要有决战决胜的信心。

人类历史上因灾害导致政息国亡的前鉴不少，能否渡过难关，是对政治动员能力、经济应对能力、社会治理能力、科研攻关能力、国际合作能力、全民抗灾能力的大检阅。阻击战枪声一响，全国模式启动，应急系统响应，防控手段日见其效，防治效果日益明显。一手抓防控防治，一手抓复工复产，高超的政治智慧和超强的执政本领正在书写满意的答卷。

突如其来的病毒，如冰峰雪崩，每一片雪花落在哪里都是一个寒冬。一枚病毒就能打倒一个人，毁灭一个家庭，葬送一个美好的梦想。疫情是测试剂、试金石、温度计、体检表，测试人心、人性、人格，检测国家的力量、社会的温度、人心的距离，也检测出一个国家对另一个国家是真是假、是冷是热、是实是虚。国家的距离不在地理而在心理，人心的温度不光看平时更看患难时刻。中国对世界负责，共同命运需要共同打造。中国文化向来是投桃报李，对幸灾乐祸投井下石者心中有数。转危为安、化险为夷，唯有自力更生，发奋图强。

大疫需要大医，大灾呼唤大爱。这个难熬的季节里，诗文是抚慰心灵的药剂。一些人用文字记录下这些难过的城市难过的日日夜夜，那些难过的人难过的事难过的心，就像病人向医生描述自己的症状，甚至述说自己的隐私，说出来比憋着好；

不少人无论身处疫区内外，无论是否有亲友受困，都在用文字用声音用图片用视频，表达自己的忧心同情焦虑赞美敬佩祝福；许多人用或悲怆或凄美或激愤或豪迈的表达，安抚那一个个汩汩淌血的创口，激励那一颗颗疲倦消沉失望的心灵，每一个字每一个音都是那么情深深、意浓浓、热乎乎。诗文也是一把尺子，能测试灵魂的高度和心底的温度。我把草拟的小诗第一时间发给了身处湖北的几位朋友，一位朋友读后说，建议把“在惊恐中煎熬，在焦虑中翻炒”“此刻你的心就像是一个泪包，一碰就是汪洋一片”删掉，武汉的情况没有那么严重，市民的心情也没有那么糟糕；而另一位朋友则建议把那句“摆一桌酒，煨一锅汤，炉上的日子慢慢熬”删掉，说此刻全武汉城没有人能有这样轻松的心情。我后来知道，他的亲弟弟终于挤进了医院，但已经被下了病危通知单。同一首诗，测出温差，冷暖自知。

这是一个悲情满满的季节，也是一个温情浩荡的日子，更是一个激情涌动的时刻，人类史册将记载这武汉一页、中国篇章。大地已经回暖，枝头正在泛青，只要不被自己打倒，英雄的武汉一定会从血泊中站起，江汉关钟楼顶上的国旗，依然昂首挺立，迎风飘扬，猎猎有声。

苍生守护人

——记抗疫中的钟南山

熊育群

疫情再度告急

2020年1月18日晚，钟南山赶到了人山人海的广州高铁站。正当春运，去武汉的高铁票早已卖光，事情紧急，颇费周折他才挤上了G1102次车，在餐车找了一个座位。

他走得非常匆忙，羽绒服都没有带，只穿了一件咖啡色格子西装。作为国家卫健委高级别专家组组长，他知道此行意味着什么，尽管疲惫，他打开电脑，开始研究。

这一天，武汉不明原因肺炎患者增加到了59例。这种原因不明的病出现在新闻中，给这个漫长的暖冬带来一丝隐忧与不安。但人头攒动的春运景象，越来越浓的新年喜庆的氛围，让人们不以为意，南来北往的人流正在向着家的方向聚集。人们奔波忙碌了一年，都在筹划着怎样过大年。谁也想不到一个潘多拉魔盒正在打开……庚子鼠年注定因此而进入中国历史。

钟南山不时看一看手表，实在困了，他在低矮的靠背上仰头睡一下。这张打盹的照片后来迅速在网上传开。照片里可以看到红色的硬座，乘客都在低头看手机，他几乎是唯一的老年人。4 个多小时后，他在深夜时分抵达武汉。

在会议中心住下，钟南山的神经仍是紧绷的。当年“非典”过后他就判断“非典”并没根绝，还有重新出现的可能。武汉出现的病例让他高度警惕。这一路奔走，如同梦境中穿行，不只是空间在跨越，时间似乎也在穿梭。17 年前那令国人记忆深刻的“非典”中，钟南山临危受命，担任广东省非典型肺炎医疗救护专家指导小组组长。也是春天，疫情在广东突然出现。不久，在北京等地开始传播，一些国家也接到了病例报告，疫情呈全球蔓延之势。

疫情最初在河源、中山、佛山发生，患者急急送来广州。病人接触过的人倒下了，医生护士也不能幸免。患者发烧，面部、颈部充血，接着出现呕吐、干咳，肺部变白，呼吸变得困难，最终多死于呼吸衰竭或多脏器衰竭。

一时谣言四起，人们抢购罗红霉素、板蓝根、醋……这些平素不起眼的东西价格飞涨，板蓝根一包原价 8 元，有的卖到 40 元，抗病毒口服液原价十几元，有的涨到了 130 元……

钟南山急了，他第一时间请缨，要求把所有的重症病人全部集中到他所在的广州呼吸疾病研究所来。病因不明、病症难治，糟糕的是疾病传播途径尚不清楚，个别医生有顾虑，钟南山知道事情的严重性，他坚定地说：“医院就是战场，作为战士，我们不冲上去谁上去？现在是需要我们站出来的时候，不能有丝毫犹豫，因为我们是医生，这是我们的职责！”在他看来，他们就是搞呼吸疾病研究的，最艰巨的救治任务不由他们承担靠谁来承担？

武汉的病人发烧、乏力，部分出现干咳，痰很少，少数有流鼻涕、鼻塞，还有少数有胃肠道的症状，个别的有心肌、消化道、神经系统的问题。这与“非典”既相似又不一样，很多病人并没有高烧，开始时症状也不太严重，肺部情况也不像“非典”。他判断，两者相比，尽管有同源性，但应是平行的完全不同的病毒。这种新型病毒到底有多危险，会怎么变异，他并不了解。这正是他忧虑的地方。

抗击“非典”那年钟南山67岁，今年84岁，17年的岁月在他青丝上留痕，秋霜似的白发拢在他的额头。想不到耄耋之年他还要与病毒交战！有网民说：“他劝别人不要去武汉，他却去了。明知道老年人最易感染。”在高速行驶的车上，他不知是怎样一种心情，他嘴角深弯向下，不难看出，他不只疲惫，还衔悲。从此刻的忧心到后来多次哽咽、含泪，疫情的发展比他估计的还要严重。

武汉一夜，钟南山难以入眠。国家又一次面临考验，人民又一次受到瘟疫的威胁。他辗转反侧，等来了天亮。树叶落尽枝丫光秃的冬天景象出现，凛冽的北风刮过街巷。他实地调查研究，今天与昨天、昨天与前天，情况都在变化，两天内确诊了139例，出现了人传人的情况，还有医务人员被感染了，这是一个非常重要的标志……

历史似乎在重复，他最不想看到的一幕又出现了。当年在央视王志的《面对面》新闻节目，钟南山面对观众说出了真相。同样是在央视，白岩松的《新闻1+1》节目，他再一次说出了真相，郑重公布：“新型冠状病毒肺炎是肯定的人传人，在广东有两个病例，没去过武汉，但家人去武汉后染上了新型冠状病毒肺炎，现在可以说，肯定的，有人传人现象。”

此言一出，惊醒了国人，人们匆忙的脚步停了下来，迎大年的节奏打乱了。当年“非典”那一幕瞬间回到了人们的记忆中。

1月20日下午，他答新华社记者问，提出了对武汉进行防控的主张，即武汉减少输出，要对火车站、机场等口岸实行严格的检测措施，首先是测体温，有症状特别是体温不正常的须强制隔离；除非有极为重要的事情，外地人不要去武汉。这实际是武汉封城的建议。

他提醒说疫情预防和控制最有效的办法是早发现、早诊断，还有治疗、隔离。对已经诊断，或者将要确诊的病人要进行有效的隔离，这是极为重要的！目前没有特效药。戴口罩很重要……

他呼吁各级政府领导要负起责任来，这不单纯是卫健委的问题。他提醒全社会都要关心此事，属地领导要担起责任。现在处在一个节骨眼上，春节期间得病的人数会增加，但他不希望呈现链式的发展。要防止它传播，要紧的是警惕在传播过程中出现超级传播者。

这些呼吁在他武汉考察后及时发出。

天下救人事最大

事态急剧发展。年关逼近。钟南山武汉、北京、广州三地奔波，再无喘息之机。

武汉在大年三十前一天封城。不久，紧挨武汉的黄冈封城，远在千里之外的温州乐清市、瑞安市、永嘉县也封城了……大小城市街道静悄悄，人影难觅。史无前例的举措，举世震惊。一切都是这样让人措手不及。但灾难从来就是猝不及防的。

庚子大年，烟花爆竹突然沉默不响了，大江南北一片寂静。人们关在家里，不再相聚相庆，不再串门拜年，喜庆之气祥瑞之气被疫情冲得踪迹全无。

国家进入战时状态。中央沉着指挥。大年初一召开了政治局常委会议。一场只能打赢不能打输的战争打响，保卫生命必须争分夺秒！

18 日，钟南山到武汉，立即投身战斗。19 日一早，国家卫健委、武汉卫生部门和专家召开会议，分析疫情，接着去武汉金银潭医院、疾控中心实地考察调查；下午参加专家研究会议后，5 点钟，钟南山赶去机场，飞抵北京参加当晚国家卫健委召开的会议，子夜一点半散会。这一夜他只睡了 4 个小时。20 日 6 点起床，研究汇报材料后，他赶到国务院，向孙春兰副总理汇报。午时一点半，国家卫健委召开高级别专家组会议，李克强总理出席，随即新闻发布会召开，直到 7 点结束。9 点半，钟南山以连线嘉宾身份出现在央视《新闻 1+1》中，公布了重要的疫情信息。21 日，他又在广东省首场疫情发布会上，介绍广东全面加强疫情防控情况……忙碌的节奏一直到除夕夜，作为疫情应急科研攻关组组长的他，大年三十也回不了家。

钟南山再次成为新闻公众人物，他分秒必争的身影出现在大众视野中：29 日下午，他领衔广州医科大学附属第一医院专家团队与武汉前方的广东医疗队 ICU 团队进行远程视频会诊，5 个危重症患者出现在大屏幕上。会诊室里，他坐在中心位置，从视频察看患者病情，十几个专家坐在他的身后，讨论着从用药到基因全测序等各种问题，关键时候，钟南山怕 ICU 医生听不清他的话，他摘下了口罩。这一次会诊时间持续了 6 小时 18 分钟。

有“病毒猎手”之称的美国哥伦比亚大学教授利普金到访中国。30 日早晨 6 点，钟南山与他会面。由于钟南山当天要赶到北京参加全国疫情防治策略座谈会，利普金教授在钟南山前往机场的车上就疫情与他进行探讨。白云机场到了，他们在航站楼前告别。飞机起飞，几个危重病人的治疗方案摊开在钟南山的活动桌板上，他要在飞行时间内确定救治办法。下了飞机出首都机场航站楼，北京卫视的记者接他上车，在路上对他进行专访，许多社会关心的重要问题需要他及时回答。目的地到了，下车后，他大步流星直奔会场……

座谈会由中国疾控中心召开，李克强总理参加，就进一步加强科学防控疫情听取专家意见。总理进入会场，对专家说，本该与大家握手的，但按你们现在的规矩，握手就改拱手了。会议结束，李克强总理与专家们告别，他特意走过来对钟南山说：“还是握一次手吧！”

钟南山在会议结束后赶回了广州，他为又一批广州驰援武汉医疗队送行。广东是最早派出援助武汉医疗队的省。先后派出了二十多批。解放军医疗队也出动了。

全国各地医护人员救援的调动规模和速度大大超过了当年汶川地震时，达 3 万之多。白衣天使们义无反顾就像军人开赴前线一样，子与父别，妻与夫别，儿与母别……虽不能说是生死诀别，但谁又能保证每个人都能平安归来？就算他们防得再好，也难保在枪林弹雨中不被击倒啊！这些白衣战士有的是钟南山的学生，有的是他的同事，他得细细叮嘱。

在抗击“非典”期间，钟南山带领的呼研所医护人员像一队尖兵，向病魔发起了一次次冲锋，救治每个重症病人就像战士炸碉堡攻城池，前仆后继。先后有 26 位医护人员倒下了，但全院没有一个人后退。有的治愈后又投入了战斗。当世界卫生组织的人询问钟南山，你们有没有医生离开，钟南山自豪地告诉对方：“一个也没有！”

这一次同样也是如此，没有一个逃兵。钟南山对他们说：“你们是去最艰苦的地方、最前线的地方、最困难的地方、最容易受感染的地方进行战斗，我向你们致敬！我们等你们胜利回家！”他一直把他们送到车上。

随后，他参加了国家卫健委、广东卫健委和专家举行的电视电话会议，根据近期的疫情救治工作和病毒研究成果，对新型冠状病毒的流行病学特点、临床表现、诊断标准和治疗方案进行讨论、优化和修正，为新冠肺炎临床救治工作提出指导意见。最后专家们集中了三条意见，这些意见迅速传达到全国参加抗疫的医护工作者。

同一天，钟南山院士团队和李兰娟院士团队分别从新冠肺炎患者的粪便中分离出病毒。钟南山对新冠肺炎是否会通过粪口传播又接受了媒体采访……

冠状病毒形如皇冠，在微生物的世界里无影无形，藏在人的身体里，躲在空气中，使四处皆暗藏杀机。它肆虐的速度就是人类高铁的速度、飞机的速度。人们惶恐、无助，盼望权威出现。网上有人把钟南山、李兰娟画成了一对守门神，取代了神荼、郁垒。甚至谣传钟南山某晚连线央视直播节目，专题介绍当前疫情。钟南山不得不频频出镜，及时回应社会关切的问题，为大众答疑解惑。他的出现给了众人信心，安定了人们紧张的情绪。

钟南山亲自示范脱口罩的正确方式，回答一个个问题，譬如：哪些症状必须到医院就诊检查，哪种情况可以在家隔离，群众自己可以做什么，没有发热症状怎么查隐形的感染者或潜伏期患者，什么时候能够接种上新型冠状病毒疫苗，疫情的走势如何判断，疫情还要持续多长时间，预计什么时间疫情将达到高峰，返程春运拉开序幕。对疫病防控会有什么影响，会不会出现大传染，返程人员应该采取什么防护措施……他的发声甚至影响到了股市的走势，很多炒股软件不放过他一句话。

这一切，对于一位 84 岁的老人意味着什么？他这是在用生命战斗！他把人民的生命看得比自己的生命更加重要！为他着急的莫过于他的家人。妻子李少芬看到熬红了眼睛的他，既生气更心疼，却又无可奈何！她知道自己劝也劝不住，他这一辈子最在乎的就是病人。

仁心乃本心

的确，作为医生，钟南山最牵挂的还是病人。死亡人数一天天上升，很快就突破了 1000，又升到了 2000。钟南山寝食难安，他变得容易落泪，容易伤感。病人对他从来就不是一个数字，都是一个个鲜活的人，他怜惜他们，心痛他们。除了指导、提供专业意见、决策、科研攻关等工作之外，只要一有机会，他就要去救人。

钟南山手机 24 小时开机，他并不喜欢用手机，为的是医院有什么请求，他可以及时处理。一个求救电话打来，无论什么情况，他都不能耽搁。看到这么多同行病倒，他感觉十分揪心。在武汉抗疫一线有他很多学生和同事，他的团队也有 7 位干将在武汉协和医院西院 ICU 奋战，20 个床位安排的全都是重症中的重症。特别之处是这个重症隔离监护室并排放置了两台大屏幕，24 小时连线广州钟南山院士团队的 50 位专家。钟南山除了给重症病人会诊，每天都要了解医生护士的身体状况，询问隔离措施是否到位。有个学生给他发信息，说外面街巷上的老百姓突然唱起了国歌，钟南山顿时热泪盈眶。他知道艰难时刻士气非常重要，大家的劲头上来了，有了一种精神，有了团结协作的力量，很多东西都能解决。

抗“非典”时就是这样，即使艰难，他们的士气也是高昂的。钟南山带头进入重症隔离监护室检查病人，亲自制订救治方案。有一次，一个呼吸衰竭的病人等待抢救，但呼吸机还在调试，情况紧急，钟南山将病人从车床推到抢救床上，用简易人工气囊给病人做人工呼吸。这样做，感染的风险非常高。许多医生就是因为做人工呼吸时被病人从气管喷射而出的血和痰液感染的。但是生死一刻，需要的就是这样的勇气！

新冠肺炎广东确诊人数达到1000多人，是除湖北省外感染人数最多的省，压力同样巨大，丝毫不能掉以轻心。钟南山也是广东领衔抗疫的专家，他亲自来到深圳的重症隔离监护室救治病人。他领导的团队主要负责对武汉市定点医院重症患者的救治进行巡诊，评估患者病情和治疗方案，确定需要转诊、集中收治的患者，确保重症患者救治办法的科学性。

一生与病人在一起，钟南山心里装的全是病人，哪怕出差在外，他也不忘给病人打电话，询问他们的身体状态。抗击“非典”时钟南山病倒了，肺部出现阴影。他以家为病房进行自我治疗。第三天高烧刚退他就出现在病房里。离开病人几天他就已经不能忍受。现在，在他家门框一角还有一颗长铁钉，那是他自己给自己打吊针留下的纪念。如今84岁的高龄，他仍然天天工作到很晚，双休日则安排工作会议，从来没有休过假，从来没有陪同妻子旅游过。

钟南山在病房查房时喜欢坐在病人身边细心听病人说话，拉着病人的手询问病情。有的病人身上散发出异味，有的病人病得很重，他都不避忌。在他看来，病人并无贵贱。开专家门诊他总是提前半个小时到，一直看到晚上七八点，饭常常是妻子送到医院来吃。他认为医生救人于痛苦危难之时，如果硬以上班 8 小时画一条线，那不是一个好医生。冬天的时候，他会先搓暖自己的手，怕冷手让病人不舒服。他的细心还表现在巡房时给病人送上生日祝福。钟南山人到哪里，哪里的病人就对自己治好病充满了信心，哪里就变得轻松愉快。而他自己最开心的是病人治愈出院的时刻。他从病人的喜悦中找到了自己人生的价值和快乐。

敢医敢言是天性

钟南山还有一张网传很广的照片，是他接受新华社记者采访的视频截图。他讲到武汉人唱国歌，相信武汉能够过关，武汉是一座英雄的城市时，两眼噙泪，嘴唇紧紧抿成了一道弧线。“非典”时期最艰难的时候，他都没有在公众面前流过眼泪。这张照片把他刚毅与深情的两面展露无遗。

武汉感染人数呈爆炸式增长，从几十人到数千人数万人，有限的医疗设施接收不了这么多病人，人们向着医院蜂拥而来，各家医院的大厅挤满了人，一床难求，出现了“堰塞湖”。中央第一时间下令开建火神山、雷神山医院。前者只用了 10 天，后者用了 13 天就建好了。接着增加十几个方舱医院、扩建几十家医院和定点医疗点……

钟南山知道疑似和已经确诊的患者不能住进医院，回家自行隔离，这种行为有多么危险。对一个心中时刻装着病人的医生来说，他心里无比沉痛，忍不住落下眼泪。

所谓医者仁心，医者乃学者，需要的是用坚毅的意志去攀登医学高峰，而仁心则需要一颗慈爱之心。钟南山的性格就是二者完美的结合，智慧与拙朴，硬朗与宽厚，坚毅与脆弱，不屈与妥协，铁面与柔情……前者更多表露在他那张坚毅的脸庞上，后者却深藏于内心。

钟南山是岭南知识分子最典型的代表，对人和生命有着最纯朴的理解，对事业和生活有着最单纯的热爱与赤诚。岭南多耿介之士，因为这片土地凝聚了厚重的务实精神。

钟南山的家安在一栋旧房改房中，连电梯都是后来加装的。室内是20世纪的老式家具，天花板悬挂吊扇，墙上挂满镜框。屋主对物质生活的淡泊可见一斑。钟家人聚在一起，谈的是医疗，讲的是学术追求，从来不谈钱。钟南山连自己的工资是多少也不知道。

他教导子女第一要永远有执着的追求，第二是办事要严谨要实在。看事情或者做研究，要有事实根据，不轻易下结论，要相信自己的观察。他一生记住的是父亲对他的期望——一个人对社会要有所贡献，不能白活。这句话成了他们家庭的信仰。

80岁后他觉得自己慢慢懂得了父亲，觉得自己初步实现了父亲的愿望。但他还不满足，对着父亲的像他动情地说："爸爸，我还有两项工作没有完成。只有这两项工作做好了，才是真正地达到了您的要求。"

钟南山的家有两大特点，一是书多；二是运动器具多，有跑步机、单车、拉力器、单杠、哑铃。这充分体现了钟南山的两大爱好——医学和体育。这两者也成了他对家庭最自豪之处：一是医生世家，父亲是儿科专家，母亲是高级护理师，他们都曾赴美深造，儿子子承父业，当上了主任医师、博士生导师；二是体育之家，妻子曾是篮球明星，担任过中国篮球协会副主席。在1963年亚洲太平洋新兴国家运动会上，她作为中国女篮副队长，随中国队出征。女儿是优秀蝶泳运动员，曾打破过短池游泳的世界纪录，获得世界短池锦标赛100米蝶泳冠军。儿子也是医院篮球队的"中流砥柱"。钟南山本人则在首届全运会上以54.4秒的成绩打破400米栏的全国纪录，一举夺冠！1961年，他还获得了北京市运动会男子十项全能亚军。钟南山高龄之下抗击疫情的毅力与体力都能从这里找到答案。他奔走各地之间，两脚仍然生风。

钟家墙壁上挂着一幅字："敢医敢言"。这是 4 年前别人送他的。这 4 个字无疑道出了屋主人的风骨。钟南山的敢医敢言是天性，是说真话、做实事的他用一生践行的家风。他推崇讲真话。科学追求真理，如果连讲真话都做不到，谈何追求真理？对待科学，钟南山那股岭南人的耿介劲就像一头蛮牛——他只认真理不认权威。

早年留学英国，他挑战英国医学权威牛津大学雷德克里夫医院的克尔教授。钟南山在爱丁堡研究人工呼吸对肺部氧气运输的影响时，发现他的实验结果与克尔教授论文的结论完全相反。钟南山毫不犹豫提笔写出了论文。有人说他胆大狂妄。在剑桥学术会议上，专家们被这个中国年轻人的发言惊呆了！他们先是一阵沉默，继而骚动。克尔教授的 3 个高级助手连珠炮一样提出了 8 个问题，钟南山一一做了回答。

按会议规定，钟南山论文是否发表要参会的常委举手表决。举手的时候，全场安静下来了，可谓鸦雀无声。接着，常委们一个个举起了手。在科学面前他们的手举得高高的，并且一个也不少。

当年"非典"的一场新闻发布会上，有人宣称疫情已经得到了有效控制。钟南山当场开炮："什么叫控制？现在病原不知道，怎么预防不清楚，怎么治疗也还没有很好的办法，特别是不知道病原！现在病毒还在传染，怎么能说是控制了？"

为了抗疫救人，钟南山又跟"权威"叫板。某些"权威"专家发布结论："引起广东部分地区非典型性肺炎的病原基本可确定为衣原体。"甚至有专家说，对付衣原体很简单，用对衣原体有效的抗生素就可以了。

这个结论让广东的专家震惊了！按这个结论，推荐特效药四环素、红霉类抗生素就可以了，但如果这结论是错的，那将使许许多多的人付出生命的代价！在广东省卫生厅召集的紧急会议上，钟南山又站了出来，他不认为这次肺炎的病原是衣原体，衣原体只是最终导致病人死亡的原因之一，而主要致病源可能是一种新型病毒。他的观点随后被广东省卫生厅采纳，成为抗击“非典”的重要分水岭。

“非典”时对外封锁消息，他要搞国际合作。他认为这不是一个国家所面对的问题，也不是一个国家的医务人员能独自承担和解决的问题。在来势汹汹的疫情面前，需要联合世界上所有人来共同面对，靠人类的集体智慧战胜病魔和灾情。他首先跑去香港进行交流。

钟南山知道自己如果不站出来，后果将是使疫情失去控制，人民将付出不可想象的生命代价。他不能跟着说谎。他天天面对一个个抬进来的病人，在生与死的面前，还有什么压力更大？！他并不怕讲实话，因为他有依据，因为他是大夫，正在第一线抢救病人。如果说有压力，只是来自医生的责任。天下没有比救人更大的事，在生死面前其他的事情都不重要了。

可想而知，当年抗击“非典”，如果没有钟南山，结果可能就不会是当年那样。

从“非典”到新冠肺炎，同样，钟南山公布“新型冠状病毒肺炎是肯定的人传人”作用重大，为挽救无数的生命赢得了宝贵的时间。

钟南山就是这样一个蛮人。他认真起来有时连命都不顾。留学英国时，为了搞清一氧化碳对血液氧气运输的影响，他用自己当试验品——吸进一氧化碳。他请来皇家医院的同行，向他体内输入一氧化碳，同事不停地抽血检测。他血液中一氧化碳浓度达到 15% 时，医生和护士都叫了起来：“太危险啦！”他们要他停止。这时钟南山就像连续吸了 50 到 60 支香烟，开始晕眩。但钟南山摇着头，一脸的刚毅与坚决。他不能半途而废，他要靠实验画出一条完整的曲线。他继续吸入一氧化碳，血红蛋白中的一氧化碳浓度在上升，直到 22%，曲线完整显示。钟南山感觉天旋地转，在场的医生都被他的献身精神打动。

正是因为有这种科学精神、献身精神，钟南山取得了医学上丰硕的成就。在抗击“非典”的生命博弈中，他摸索出了行之有效的“三早三合理”治疗办法，这成了广东抗击“非典”战役的一个转折点。从此，广东“非典”疫情的气焰渐渐被压制住了。抗击新冠肺炎疫情，广东患者死亡率非常低。钟南山率领他的团队投入病人救治和医药科研攻关上。他一开始就让中医直接介入，以中医药做基础实验和临床试验，在医疗过程中探索新的治疗办法。团队结合岭南气候、水土、饮食、人文等特点，针对疫病四诊资料，很快拟定出新冠肺炎预防凉茶处方，既可为医护人员定期饮用，也适用居家隔离防疫的市民饮用……

新型冠状病毒的气焰开始下挫了，疫情出现了拐点，胜利的曙光已经出现……

中国有一个钟南山，这是我们这个时代的幸运！

暂停与重启

熊召政

近日看到一则消息，武汉将于 4 月 8 日撤销所有关卡，恢复交通。乍闻喜讯，惊喜欲狂。我立刻想到杜甫诗《闻官军收河南河北》："剑外忽传收蓟北，初闻涕泪满衣裳。却看妻子愁何在，漫卷诗书喜欲狂。白日放歌须纵酒，青春作伴好还乡。即从巴峡穿巫峡，便下襄阳向洛阳。"这首诗写的是安史之乱的平定。寄寓四川的杜甫一家老小经受了数年的颠沛流离之苦，终于可以回到朝思暮想的故乡了。诗中表达的欢乐之情，特别是中间四句，与我及家人此时的心境，庶几近之。消除了战争的威胁，老人焕发了青春，伴随杜甫返乡的行舟，不再是嚼不烂的苦难与咽不尽的哀愁，而是获得解放的故国山河的生机以及重获生活希望的一家老少的笑颜。比之杜甫，我没有经历过干戈的蹂躏，但是，这一场掀天揭地的汹汹而来的新冠肺炎疫情，让我感受到了不期而至的瘟神给每一位武汉人乃至所有湖北人带来的创伤。

从 1 月 23 日离汉通道关闭，到 4 月 8 日解禁，整整 76 天，被按下了停止键的武汉，发生了多少可歌可泣的故事！有些令我们肝肠寸断，有些让我们如梦初醒。从全国各地驰援武汉的数万名医护人员，到活跃于医院与社区等所有抗疫前线的志愿者与公务员，我们理解了什么叫生死置之度外；从唯有寒风刮过的大街小巷到千千万万的窗户中发出的震天撼地的“武汉加油”，我们知道了什么叫慷慨悲歌……

76 天，这是过去 100、1000 年也不能忘记的 76 天。在这 76 天里，整个人类的目光都投向了武汉，全世界每一个国家的政府都关注着武汉。而中国执政党与中国政府的领导人，在这 76 天里，也无时不在惦念着“烟雨莽苍苍，龟蛇锁大江”的武汉，总书记来了，国务院总理来了，他们既来感谢武汉人民做出的牺牲，也是亲临前线指挥抗击疫情的人民战争。党和政府举全国之力支援武汉，在当今之世，这是任何一个国家都无法做到的。正因如此，武汉没有沦陷，战“疫”的绝地反击在这里悲壮地展开。

救死扶伤体现了一个民族伟大的善良，悲天悯人蕴含着全人类最为纯粹的美德。在武汉封城的 76 天里，生与死、美与丑、绝望与愤怒、堕落与升华，每天都在较量，每一天都在扬弃。在平淡的日子里，我们可以风花雪月，也可以酒绿灯红，可是在灾难面前，我们唯一的选择就是披甲持戈，向死而生。在这 76 天里，武汉人民为打赢这场抗疫的战争做出的牺牲多么巨大！他们既是救死扶伤的对象，又是悲天悯人的主体。

隔离，这是抗疫主战场的生活基调。疫情肆虐的武汉，一向爱热闹的武汉人，突然在一夜间就不相往来了。黄鹤楼空了，亲吻它檐马风铃的只有去来无碍的白云；归元寺寂了，香烟氤氲的佛殿不再有暮鼓晨钟。东湖的蜡梅、磨山的春梅，山水间盈坌绽放的梨花、桃花，武汉大学校园的樱花，一次次的花季，众香国里却不见一个游人，从“只恐夜深花睡去，故烧高烛照红妆”，到“杜宇声声不忍闻，欲黄昏，雨打梨花深闭门”，喜欢郊游的武汉人，只能想象着鲜花的迟暮。没有这样史无前例的武汉 900 万人的大隔离，我们怎么可能腾出更大的空间，让那些衔命而来的白衣军团与新型冠状病毒这个凶残且又诡异的魔鬼进行殊死的搏斗……

俗话说，一方水土养一方人。养育武汉的，首先是荆楚，再扩而大之，便是中华。毛主席偏爱楚地，称这里“遍地英雄下夕烟”，他也深爱着中国人民，他吟诵“为有牺牲多壮志，敢教日月换新天”。疾风知劲草，危难识英雄。每当中华民族面临生死存亡的紧急关头，就会有人挺身而出以赴国难，他们无不怀着“苟利国家生死以，岂因祸福避趋之”的壮烈，承担人取我予、人生我死的责任。中华民族精神的薪火传承，总是在危难关头闪现出炫目的光芒。这种光芒，从投江自沉的屈原身上可以看到，从“我自横刀向天笑”的谭嗣同身上可以看到，从宁死不屈绝不变节的文天祥身上可以看到，从以血肉之躯堵住敌人枪眼的黄继光身上可以看到……一个又一个的中华儿女，一地又一地的中国人民，让中华民族的精神传之久远，历久弥新。战争与瘟疫，永远是人民的公敌，给人类的文明留下了一道道难看的伤疤，给历史留下了一个个惨重的教训。今日之强寇，便是新型冠状病毒。109 年前，推翻 3000 年封建帝制的那一枪，是在武汉打响的。现在，向新冠肺炎疫情宣战的第一枪，又是在武汉打响的。武汉的两个第一枪，对中华民族来说，都具有史诗般的意义。特别是今年这个第一枪，将会在中国乃至世界的抗疫史中逐步展现出危机处理睿智！

灾难的爆发永远是没有征兆的，灾难的样式也永远不会重复。常言道，老虎也有打盹的时候，它之所以打盹，是因为它觉得周围没有任何危险；英雄有时也会乱了阵脚，因为骤然遇到完全陌生的敌人，你熟悉的兵法也就派不上用场。世上没有先知先觉，但醒悟有早有迟。回头来看，武汉封城是一个英明的决策，它不但及时阻断了疫情的传播，更是为中国乃至国际的抗疫战争赢得了从容应对的宝贵时间。封城以后，武汉人焦灼、惊恐与沮丧，各种情绪爆发，每一部手机里，各种负面的消息如蝗虫般飞来；每一间斗室里，都徘徊着沉浸在噩梦中的人们。历史的经验告诉我们，任何一次灾难的降临，都会面临一种短暂失控的危险。这时候，如果没有大智大勇的人出现，短暂的失控就会变成长久的骚乱。不幸中的大幸，这种演变并没在武汉发生。在危难发生时，在短暂的慌乱之后，千千万万的武汉人民迅速达成了共识，形成了默契。人心齐，泰山移。全民隔离，坚壁清野！数千个社区，数万个小区，每一间房子都是抗疫的战场，每一个人都是擒妖的战士；火神山、雷神山、方舱医院等等，每一间病房都是御敌的阵地，每一位医护人员都是捉拿瘟神的英雄。

2020 年的这 76 天，武汉从寒冬走到了阳春，从萧瑟重新走到了繁荣。如果有人问，在这 76 天里，有谁可以代表中华民族的精神，我会回答他：武汉人民！如果他继续问，这一时期中华民族精神的具体表现，我会告诉他：舍生取义，众志成城；上下一心，共同抗疫！

4 月 8 日，武汉将会揿下重启键，被隔离了 76 天的武汉人将走出家门。大街小巷，园林台榭，馆殿丘山，江河湖泊，每一处都有苦苦留守的春天在等待着他们，等待伟大的武汉人民王者归来！

暂停与重启，武汉让世人惊叹！

春花依然会盛开

迟子建

在我的故乡大兴安岭，庚子年的春节与以往的春节似乎没什么不同，含有福禄寿喜字样的春联，依然在门楣左右对称地做着千家万户的守护神；高悬的红灯笼仿佛是赴了多家酒宴，依然在小城的半空，呈现着一张张红通通的醉脸；噼啪燃响的爆竹依然给洁白的雪地撒上一层猩红的碎屑，仿佛岁月的梅花早早绽放了。但今年的春节又与以往有所不同，拜年串亲戚的少了，聚餐聚会的少了，外出佩戴口罩的人多了，围聚在电视机前关注疫情动态的人多了。

是的，去年年底暴发的新型冠状病毒肺炎疫情，像一条不断拉伸的毒蛇，已蔓延至全国。当太阳在蒙着霜雪的玻璃窗后冉冉升起时，我醒来的第一件事就是上网查看疫情动态，看到雄鸡版图上深红颜色范围逐日扩大，警报一声比一声急，我的心阵阵作痛。这期间一些读者和友人给我留言，说在重读我10年前出版的长篇小说《白雪乌鸦》。《白雪乌鸦》写的是100多年前由俄国西伯利亚传入哈尔滨的大鼠疫，清政府任命剑桥大学毕业的医学博士伍连德为东三省防鼠疫总医官，伍连德亲临哈尔滨指导防疫，在一个简陋的平房，做了近现代中国医学史上首例尸体解剖，发现这是一种可以通过飞沫传染的新型肺鼠疫，在感染人数和死亡数字节节攀升的情况下，他果断上奏朝廷，要求控制铁路和公路交通，调动陆军封城，在哈尔滨傅家店设立隔离区，家家户户消毒，号召疫区人们佩戴口罩。而这种号称“伍氏罩”的口罩，也是伍连德发明的。它是用双层纱布，中间夹杂一层棉花做成的能遮住人半张脸的一种口罩，能有效抵御飞沫感染。现在口罩奇缺，不知“伍氏罩”是否依然适用？如果可行，纱布和棉花易得，相关企业可以加班加点做口罩。我当年在省图书馆查阅鼠疫期间出刊的哈尔滨报纸时，看到了形形色色的新闻和广告，有哄抬物价的不良商家，更有慷慨捐助防疫的有情有义的商人。有被鼠疫吓得精神失常的懦弱者，也有不惧感染给患者送饭的有担当的百姓。那时人们迷信生锈的钉子煮水喝，可以防治鼠疫，所以锈钉子成了金子。但最终战胜鼠疫的，还是科学。《白雪乌鸦》有两章的小标题，就是《封城》和《口罩》。

初六我从故乡小城返回哈尔滨时，火车站是层层设防的检疫人员，由于我捂得太严实，体温检测在临界值，医务人员让我暂留，摘掉棉帽和围脖再测，结果显示正常，他们的敬业精神令我感动。而体温异常者均被安置到隔离区。登上列车，见所有的乘客都佩戴着口罩，列车弥漫着消毒水的气味。医疗战线的人员在一线救死扶伤，作家此刻能做什么？黑龙江省作协发出了对全省广大作家和文学工作者的倡议书，号召作家在积极配合防疫的同时，用手中的笔，书写和记录这个时期的感人时刻、动人瞬间。倡议书发出仅仅几个小时，专用邮箱就收到了几十件原创投稿，作者有 92 岁高龄的老诗人，也有在校的大学生。他们以不同的艺术形式，传递出战胜疫情的信心和力量。

在这个特殊的时期，外出佩戴口罩，就是对他人和自己的最大关爱；不参加任何形式的聚会，就是为社会做贡献。我们向疫区的每一个居家留守者致敬，同时也友善对待在外省的湖北人。当然，每一个在疫情高发期从疫区出来的人，因为病毒存在潜伏期，即便您没有症状，也要先期做好个人防护，防患于未然。前年两会上白岩松做了一个提案，大意是说如果放纵地域歧视，容易造成一个民族的撕裂。我在人民大会堂开会时碰见他，说我要给你的提案点个赞。此时万众一心科学防疫，所有人都是手足兄弟。

我相信病毒这条毒蛇，终究会在不久的将来被消灭，春花依然会迎风盛开。但我们未来需要反思的东西太多太多，比如我们是否把野生动物看作人类最亲密无间的朋友。我在山里长大，知道它们也有满含情感潮汐的湿漉漉的眼睛。我们的社会公德心该如何加强，我们对医疗的投入是否有待加大，等等等等。

此时，我写下这篇急就的文章，希望抛砖引玉，希望其他作家们的文章是一声声爆竹，迎来防疫胜利的春天。我也相信新型冠状病毒这个看不见的敌人，在举国上下的围追堵截下，已经在逃跑的路上。

加油——我牵系的武汉！

加油——我热爱的黑龙江！

加油——不屈的中国！

大爱医者

陈　彦

这是一个惊心动魄的春节。

过去我不是流动人口，只在原地张罗过年。从去年开始，我加入了春运大军。开始有人说疫情时，并没在意，总觉得是武汉那边的事。从北京回到西安，餐也聚了两顿，茶也吃了几次。与朋友交流的距离，有时也没保证在一米开外。更没戴口罩。17 年前闹“非典”那阵，几乎动了什么都要洗一次手的习惯，也早忘到九霄云外了。可腊月二十九那天，武汉突然封了城，一下就把紧张情绪调动起来。很快，武汉人，扩大到湖北人，成为重点防控对象。在我居住的小区，也发现了这样的“归来者”，这一下，所有人才知道：疫情真的就在身边。口罩戴上了。电梯、门把手都不敢摸了。连亲戚聚会也取消了。事情真的闹大了。

年过成这样，历史上大概也少有。我们赶上了。惶恐。抓瞎。最大的动作，就是远离疫情。一时间，村头高音喇叭里的声音此起彼伏，它已不是一种乡村的真实“抖音”，而是城里人，借想象中的乡村传统面目，传递着自己慌乱无助后，内心爆发的某种“狂呼乱喊”。越喊，越惊悚、惶恐。越喊，越畏疫情如毒蛇，唯恐它们从某个缝隙钻进来，溜入了自己的单元，嘴巴和鼻孔。而就在这时，有一个群体，却在集结、整队、出发。他们就是医者。一种只是掌握了一门与我们普通人不同技术的生命。这门技术在这个春节，让人异常惊艳。而他们，在技术以外，也的确闪耀出了非凡的生命火光，让我们在一个不该总擦眼泪，有可能被黏液感染的特殊时期，泪流如注，擦拭不干。

我看到里面很多还是孩子，也许比我女儿还小，他们在家里还正撒娇。疫情让很多父母，把孩子严控起来，让他们完全失去了走出家门的自由。就是买菜、倒垃圾、收快递这些不得不进行的户外接触，都由大人代劳了。而这些孩子，因为是医者，却走出家门，向着疫区，驮着比他们身躯粗壮几倍的“辎重”，出发了！有一个词，叫逆行，也叫逆袭，果敢、决绝、逆风相向、迎难而上的意思。我相信这些初上阵的孩子，不会跟“大匠”钟南山、李兰娟们一样，都拿捏有度，淡定如山。他们会同我女儿一般，面对不可知的黑夜，毛发倒竖，小腿微颤。但他们还是去了——武汉！这是一个眼下与疾病、死亡紧密相连的去处，他们是去作战。

这是一些个体，更是一个生命群体。他们叫医者。我们仅仅从电视有限的画面中，看见他们一批批、一队队、一个个地慷慨赴难。有比我女儿还小的一群孩子，她们甚至剃去了一头秀发，有孩子还发朋友圈说：“不许说我难看。”然后她们和许多青壮年汉子，为人之父、之母者，也有两鬓已斑白的医者“大匠”们，一同走向了暮色苍茫。他们没有刻意关注镜头，有的还在整理没有拉好的拉链。再然后，就被一种叫防护服的东西，从头罩到脚，再也看不清他们是少是壮，是女是男了。当偶尔露出面目时，脸上的口罩和护目镜勒痕，已经改变了漂亮妈妈和女儿的形容。也许她们准备在这个春节做做美容的。现在，却是以这样的美容方式，让我们懂得了美的另一种至高境界与内涵。

医者“大匠”钟南山，并不是一个陌生的名字。他在“非典”时期就已威震华夏。

这次，又以 84 岁高龄出征武汉。国人从他抿紧的嘴唇中，分明看到一种坚定。那是一幅精神图像。另一个女将李兰娟，74 岁了，仍以每天仅 4 小时的休息时间，透支、“受难”、镇守在武汉前线。“非典”时期，我们记住了北京小汤山。这次新冠肺炎，我们首先记住了武汉金银潭医院。一个叫张定宇的院长，医者，自己身患绝症，却以一个“渐冻人”的身躯，温暖了成百上千的无助患者。当看见他摇摇晃晃，走在医院病房、过道时，你不能不泪奔，也不能不热血沸腾。医者李文亮，34 岁，就走完了短暂的人生。但这段蜡烛燃烧得的确很亮很亮，以至爆亮了武汉的夜空。大医林正斌、梁武东、蒋金波、宋英杰、徐辉、刘智明、柳帆、夏思思、彭银华、黄文军……抗疫前线以身殉职者的英烈名字不断传来。因治病救人而感染者的数字，已超过 2000。国之大医，民之大福。他们是在水深火热中煎熬，实实在在，是向死而救生。

我们没有身处武汉，想象不到此时此刻，人们对医者祈神显灵一般的求救眼神。“黑天鹅”的突然飞至，把医者逼向了绝境，也推到了高光时刻。可医者并没有神采奕奕地站在高光灯下，而是全副武装，连眼睛都云遮雾罩着无法看清。尽管身上写着他们的名字，可那只是为了同行、医患之间的辨认，与任何名利无关。这种对自我的全然屏蔽，在 17 年前的“非典”时期，也曾出现过。17 年，不是一个太长的时间，但我们已淡忘了那些把自己全然罩起来的人的名字，尤其是那些为此献出生命者。但面临生死危机，他们还是穿起了屏蔽自我的“医者衣裳”，走向了抢救他人生命的战场。

我在网络上翻出了 17 年前那场灾难中牺牲的大医名字：邓练贤、叶欣、梁世奎、李晓红……在 349 位死亡病例中，医护人员就占到三分之一。“白衣天使”成为那个时代最动人的名词。当然还有其他民众，包括不少警察、基层干部、记者，都献出了宝贵生命。今天，同一个阵容，同一种打扮，同一个朝向：逆行！又在书写着更加悲壮的英雄史诗。我们不能不对屡屡在危境中，做出同样选择的人群，致以深深的敬意。

在人类历史上，医者，从来都有很崇高的地位。扁鹊、华佗、张仲景、孙思邈、李时珍……他们都被老百姓传说得半人半神，有的干脆就进入了享受庙宇香火的神龛。这些庙宇和香火，完全发自世代百姓的心愿。就是天地毁损，也有民众在原来的地方，以自己心目中的慈悲图像，将其重建。为什么？希波克拉底誓言说："我愿尽余之能力与判断力所及……无论至于何处，遇男或女，贵人及奴婢，我之唯一目的，为病家谋幸福……请求神祇让我生命与医术能得无上光荣，我苟违誓，天地鬼神共殛之。"中国古人也讲："才不近仙，心不近佛者，宁耕田织布取衣食耳，断不可作医以误世。"正是这种对医德的崇高要求和垂范，这些大医与天地鬼神似乎签下了互信的契约，使奇迹屡现，从而让魂灵高蹈在人神之间。南丁格尔，一个富家小姐，在人类还把护理病人视为肮脏、不屑的职业时，她勇敢地站出来，忍受着家庭和整个社会的歧视，护理、挽救了众多的战争创伤者，而让护士这个职业有了神圣和崇高感。她被称为"提灯女神"。当风雨交加的夜晚，她提着一星微弱的光亮来巡察病房时，许多战士觉得这就是"天使之吻"。我们国家的好护士叶欣们，在"非典"时期的百姓心中，就是这样的"提灯"群体。

其实这些"天使""女神"，平常就在我们身边。我们一生都在感受着这种医者的仁爱、仁心。我母亲两次更换腰椎，都是大手术，让我从20多年前，就与医者打起交道来。后来亲戚患绝症，先后在全国多家医院，经历了6年的奔波医治，见过很多医生护士，包括护工。平心而论，我们没有遇见过太过为难的事情。这些医者，绝大多数都不是我们熟悉的人。我的亲戚朋友中，也有很多医者。甚至三个嫂子和一个堂兄，都是医护人员。我的大堂嫂，原来还是乡医。我十几岁时，就听到她半夜起来接诊，把病人问得很仔细，有时还要给病人做吃的。他们都在基层，也都退休了，但他们在生活中，都具有比常人更多的爱心。我想如果他们还在岗，疫情需要，也会义无反顾地走向战场。这就是医者。我原来单位一个姓洪的女医生，在集体出差的火车上，一个老职工突然犯病，她对他直接进行人工呼吸，直到那老职工死亡，她和临时“救护队”，也没有停下用呼吸来挽救生命。她是文艺团体一名幕后工作者，但危难关头，突然从艺术家群体背后站出来，展现了一个医者的最大仁道、仁术、仁心。我们每个人大概都能讲出许多与医者的故事。尤其是在今天，看着医者的行动，让我们泪雨纷飞的，不完全是一种孤立的感动，而是对这种职业日积月累的感情沉淀，甚至是对一部人类生命健康演进史，蓦然回首时不能不产生的深情感恩。

医者，是生命健康的基石。医者，在很多老百姓心中，是介乎人神之间的“半人半仙”。但医者更是生命演进的早觉早慧者与科学研判者。我在想，如果我们能多一些这样的科学研判者，是不是就会少一些盲目。

惊恐万状中，所有小区的大爷大叔，见面先是一“枪”(体温枪)，顶在你脑门上，都突然开始了哲学的终极追问：你是谁？你从哪里来？你要到哪里去？要是一问三不知，你可就真的无路可走了。但愿这种追问，能是一种恒常的生命价值意义追问，而不是冷不防的迎面一“枪”。难为了那些小区门口的大叔大爷大哥，他们也是瑟瑟寒风中的“他人”守望者。

灾难是可怕的。而更可怕的，是一切灾难都在成为陈年旧事时，连最可宝贵的那些东西，也都被淡忘并烟消云散了。灾难来临时，举国都把目光投向这些“天使”。一旦“多云转晴”，“天使”回归普通岗位，社会就还是艳羡着那些炙手可热的东西，而淡漠着这些大厦基石性职业。生命的一切高贵，首先是存在、活着，其次是追求意义。医者，就是保障我们存在、活着的基础柱石。社会应该给医者巨大的尊重。用希波克拉底的话说：医者给病家“谋幸福”，病家也要给医者以“无上光荣”。希望这次疫情，也能成为一个还医者以救死扶伤崇高使命的职业拐点。社会再也不要有辱没医道的事，因为那会使医者寒心，后续者难以为继。当我们的孩子都再也不愿为医者时，面对大灾大难，我们生存与活着的希望，大概真的只会走投无路、祷告无门了。

尤其是护士这个“提灯天使”职业，听医界的朋友讲，几乎家家医院都有大量缺口。“女孩子们都不愿干这个了！”而这次疫情，有那么多美丽天使，毅然向前。镜头前，我们看到大量的巾帼，慷慨赴难。这是怎样一种让人泪崩的场面哪！泪崩在一个高度“自恋”的年代，还有这么多青年在舍己“怜他”，仁者爱人。中国最知名的大医林巧稚，一生像天使一样迎接来五万多个新生命，被誉为“万婴之母”。她最温暖的动作，就是每次进病房前，都要把听诊器在手心焐热，然后才搭在患者的胸口和肚皮上。这个动作已成为千千万万从医者的“下意识”动作，它也应该成为患者——我们所有人的“下意识”行为：在面对他人时，先焐热自己的手心。

短短一月中，从全国奔赴疫区的医者，已逾三万。加上湖北自己的从业者，这是多么庞大的一个医者作战军团哪！并且还在集结，还在驰援。灾难面前，我们再一次看得如此真切：大爱是医者。人间也需要大爱自己的医者啊！

风中的名字

李　航

乙亥末，庚子春，荆楚大疫，染者数万，众惶恐，举国防，皆闭户，道无车舟，万巷空寂。幸龙魂不死，风雨而立。医无私，警无畏，民齐心，政者医者兵者，扛鼎逆行永战矣。商客邻家百姓，仁义者，邻邦捐物捐资。叹山川异域，风月同天；岂曰无衣，与子同裳。能者竭力，万民同心。众志成城，疫除，终胜，此后百年，风调雨顺，国泰君安。

从第一声划破天际的哨声到今天，已经整整60天了。

除夕前夜，武汉封城的号令给人们带来的紧张、焦虑、惊恐，随着时间的流逝似乎渐行渐远，散入记忆的荒野。数不清的医务人员、公安干警、人民解放军、社区干部、志愿者……在一线奔波，他们昼夜奋战所流出的泪与汗，滴落在口罩、护目镜、防护服的背后。历添新岁月，春满旧山河，这个家国一体、举国欢庆的传统日子，在这个春节陡然有了特殊的意味。武汉，这两个字，依然刺激着中国乃至世界最敏感的神经。午夜时分，一切安静下来，似乎什么都未曾发生。一只兔子在空无人迹的大街上肆意狂奔，这是它此生最轻灵、最自由的时刻吧，它曾经的主人此刻安在哉？火神山、雷神山、某一座方舱医院？抑或早已化为一缕青烟？突如其来的疫情隔离了人和人，也隔离了人和其他众生。

这是庚子年的冬春交替，这是庚子年的乍暖还寒。

凛冬仍未过去，残雪和病毒藏匿在阴影里，“立春”的蓬勃朝气和“雨水”的葱茏丰泽却扑面而来。久违的阳光澄澈、明润，倾泻在空旷的街道、空旷的广场、空旷的楼宇、空旷的园林，以及空旷的人间，如同一场魔幻剧，散发着饱经沧桑的痛苦、久经忧患的悲悯。一座城市被按下暂停键，陡然间安静如斯，一个民族擦去悲伤的泪水，同病毒竞赛，一个国家在灾难中同舟共济、守望相助，同时也在反思，如何让往事不再被遗忘、让灾难不再重演。

还有什么比这更惊心动魄？还能有什么比这更惊心动魄！

似乎没有。

然而，有的！

在众人忌谈疫情、躲避灾难之时，一个又一个白衣战士，一支又一支医疗队伍，一车又一车医疗物资，从温暖、安逸、团聚，从爱人的怀抱里、从幼儿的哭泣里、从父母的叮咛里，毅然决然，走进灾难的中心，走向抗疫的战场，和时间赛跑，同病魔决战，与死神较量。在他们曾经漫长的医学教育中，他们懂得了“敬佑生命、救死扶伤”；在他们曾经漫长的医务工作中，他们实践着“甘冒风险、大爱无疆”；而今，在这与时间的赛跑中，他们用自己的言行、用自己的生命，告诉我们——如何做一个人。

这是一场没有发令枪的接力赛，这是一场没有硝烟的战争——

1月24日，除夕，这样一张照片迅速刷屏：一名身着迷彩服的女兵扭着头、抿着嘴，挽起袖子打针。

这名女兵，是陆军军医大学医疗队队员、西南医院肝胆科主管护师刘丽。出发前，刘丽给妈妈打电话说有任务。7 天后，她戴着口罩和护目镜的照片被广泛传播，妈妈才知道，她是到了收治新冠肺炎病人最多的武汉金银潭医院。

2 月 18 日 10 时 54 分，51 岁的武昌医院院长刘智明停止了呼吸，一个智慧、明亮的生命从此定格。

改造病区、腾挪病房、运送病人、调配人员、解决物资……他在同时间赛跑，也在同自己的生命赛跑。终于，就在武昌医院大规模收治病人的当天，刘智明自己也躺到了病床上，CT 结果显示肺部严重感染，病毒核酸检测结果为阳性。一起战斗！他向战友们发出邀请。可是，这一次，他没能跑赢死神，化作天空中最亮的一道光。

这是一双双蔼然忧思的眼睛，这是一张张稚气未脱的脸庞——

1 月 18 日，又一张照片迅速刷屏。傍晚，84 岁的中国工程院院士钟南山一边告诉公众“尽量不要去武汉”，一边自己登上去武汉的高铁。高铁餐车上，钟南山睡着了，疲惫焦虑的双眉依然紧蹙，桌子上是摊开的文件。 2003 年，“非典”肆虐，时年 67 岁的钟南山说：“把病情最重的病人送到我们这里来！”17 年后，新型冠状病毒肺炎暴发，84 岁的钟南山又一次挂帅出征。正是他的一声“人传人”的呐喊，惊醒了中国。

“同事们在前线勇往直前，我怎么能当逃兵？”春节前，武汉市中心医院麻醉科护士崔肖回到家乡黑龙江过年。关注着疫情，崔肖的心也不断揪紧：“马上飞回武汉，恨不得插上翅膀回去支援。”2 月 1 日，崔肖赶回武汉，立刻回医院报到。每天与病毒和危险相伴，崔肖毫不畏惧：这是我的责任，也是我的义务。

这是一个个勇往直前的战士，这是一个个舍生忘死的医者——

还有多少我们还不知晓的故事？还有多少我们尚未探知的名字？还有多少被口罩和护目镜遮住的面庞？还有多少累得瘫在桌上、椅上、地上的身影？

朱海秀——22 岁的朱海秀，是中山三院首批 23 名支援湖北疫情医疗队员中年龄最小的一位，清秀的眼眸天真无邪。

彭银华——29 岁的协和江南医院呼吸与危重症医学科三病区的医生，在武汉市金银潭医院悄悄辞别了人间，此时，他身怀六甲的妻子正等待他回去补办婚礼，谁曾想，结婚照变成了遗照。

吴亚玲——母亲猝然离世，吴亚玲躲在员工通道的一个角落，通过视频同母亲诀别，当晚，脱下厚重的防护服，吴亚玲在狭小的宿舍哭了整整一夜。

韩家发、王琼娅——夫妻俩，一个是汉口医院放射科副主任，一个是汉口医院副院长，他们将孩子交给老人，果断地双双奔赴战场。

余平、李叶子——夫妻俩都在武汉市中心医院急诊科，但是疫情却让他们咫尺天涯。2 月 14 日，余平给妻子准备了一份别样的礼物：科室刚发的防护服和 N95 口罩。“这个特殊的情人节，我们都要好好的！礼物奉上，请笑纳。”

曹志刚——三峡大学附属仁和医院急诊重症医学科主任。疫情发生后他第一时间投入战斗，成为医院专家救治组成员，从此他的生活里便没有了白天和黑夜。“爸爸，您是我的骄傲！”儿子给他的一封长信里的话，让他眼泪长流。

彭渝——陆军军医大学第一附属医院护理处处长、主管护师。她没来得及通知家里，就来到武汉市金银潭医院。几天后，丈夫还是从电视新闻中发现了她的身影。他在给她的信中写道：“媳妇，见字如面：太了解你的脾气，又是一次艰苦任务，望规范操作，把握流程细节，切勿粗心莽撞，沉着冷静。你是我妻也是战友，务必牢记初心如磐，使命在先，盼早日凯旋。”

还有多少在我们眼前飞驰而过的名字？它们像一条条闪电，一声声激雷，一道道彩虹，在空中高升、炸裂、凝固。谌磊、刘丽、王强、沈雪、杨波，这是淳朴的父母用他们朴拙的心写下的对孩子最素朴的祝福。宋彩萍、赵玉英、黄团新，父母将美丽的期冀小心翼翼地包裹在孩子的名字里，希望他们有丰富的人生、卓越的建树。郭玮、贾娜，浪漫的父母是最动人的调色盘，他们祝福自己的孩子——天匠染玮烨，花腰呈袅娜。付靖 、江世娥、余琳欢，父母将宁静古老圆融的理想安置在孩子的名字之中，期盼他们娥媌靡曼，一生靖晏，平安无虞，满目琳琅。张定宇、夏思思，读这饱含忧思的名字，就知道他们的父母是如何将曾经苦难的中国托付给未来的，是的，孩子们没有辜负他们，沧海横流，方显英雄本色。

此时此刻，我们用笔、用心写下你的名字，猜测口罩、护目镜、防护服背后的你的模样。很多年前，究竟是什么吸引着你走进医学院的大门？是什么让你选择了一个与灵与肉打交道的职业？从一个怀揣无数问号的学生，成长为一名守护神圣生命的战士，这中间曾经发生过什么？而你，又曾经遭遇过什么？

很多很多时候，我们猜测，你究竟在实验室度过了多少时光，在解剖室受过了多少惊吓，在标本室看到了多少被肢解又被浸泡在福尔马林里的器官，在显微镜下观察了多久才知道细胞与细胞的不同，在自习室默诵了多少遍药物的分子式以及它们的英文、法文、德文、拉丁文名字，你究竟是以怎样的勇毅和顽强完成了4年、5年乃至8年、10年的学业，才成长为一名合格的白衣战士。

当你拿起手术刀走向第一个病人，当你拿起注射器走向下一个病人，你在想什么？当你完成消毒走到无影灯下，当你完成例行的查房写下长长的病志，你在想什么？当你做完一台手术完成一场抢救，当你看着病人恢复健康走出医院大门，甚至忘记了向你道谢、与你告别，你在想什么？

成长为医者的过程，是漫长的苦行僧的过程，是与遗忘、与懒惰、与颓废、与寂寞，甚至与自己搏斗的过程。你首先要忘记自己，才能完成病人交付的一切。你还要习惯于生活里没有自己，才能习惯在每一个静谧的夜晚被急救的电话惊醒，在每一个需要你的时刻放下一切决然返航。

成长为医者的过程，是漫长的远航者的过程，是与暗礁、与风暴、与雷电、与枯寂，甚至与整个大自然搏斗的过程，你首先要放眼辽阔的远方，才能完成既定的航程。普利策的那句话说的何尝不是你——倘若一个国家是一条航行在大海上的船，那么你就是船头的瞭望者，在一望无际的海面上观察一切，审视海上的不测风云和浅滩暗礁，及时发出警报。

在医治病患之前，你要学会医治自己。成长为医者的过程，是你不断丰富自己、改造自己、完成自己的过程。你需要学会多少、经历多少，才能够让素不相识的病人在第一时间就会信任你；你需要怎样的尊严和骄傲，才能够让自己抵挡无处不在的诱惑；你需要怎样的理想和信念，才能够在见过成千上万种病痛之后，避免出现职业化冷酷，保持赤子的初心。

每一刻，每一天，我们在电视里、在微信中，在亲人的信笺上、在远方的思念里，寻找你的名字，默念你的名字。这些日子以来，我们也在学着懂你，并记住你的名字。

可是，很多很多时候的你，没有名字。

脱下白色战袍，你是我们的父兄、姊妹、妻儿，我们的远亲、近邻，我们的同学、同事。可是，穿上了白色战袍，你又立刻变身，成为被封缄在防护服里的钢铁侠，成为拯救人类无所不能的奥特曼。

一袭白衣，到底有什么样的魔力，能让一个人不惧生死？

你还记得那个神农尝百草的典故吗？“民有疾，未知药石，炎帝（神农氏）始草木之滋，察其寒、温、平、热之性，辨其君、臣、佐、使之义，尝一日而遇七十毒，神而化之，遂作文书上以疗民疾，而医道自此始矣。”上古时候，五谷和杂草长在一起，药物和百花开在一起，哪些粮食可以吃，哪些草药可以治病，谁也分不清。黎民百姓靠打猎过日子，天上的飞禽越打越少，地下的走兽越打越稀，人们就只好饿肚子。谁要生疮害病，无医无药，不死也要脱层皮啊！老白姓的疾苦，神农氏瞧在眼里，疼在心头，于是，尝百草，兴医道。

你还记得那个悬壶济世的传说吗？“市中有老翁卖药，悬一壶于肆头，及市罢，辄跳入壶中，市人莫之见。”连《西游记》记载的神通广大的孙悟空成仙之道，都与“悬壶”密切相关：孙悟空在炼丹房里，遍寻太上老君不遇，但见丹灶之旁，炉中有火。炉左右安放着 5 个葫芦，葫芦里都是炼就的金丹，于是他就把那些葫芦里的仙丹悉数倒出来吃掉，从此百病不侵，战无不胜。

你还记得那个妙手回春的故事吗？春秋时期，齐国本名秦越人的神医经过虢国，听说虢太子猝死，众人束手无策，就问中庶子太子的症状，认为虢太子只是假死，可以救活。秦越人叫弟子子阳磨好针，在太子的穴位上扎了几针，太子瞬间苏醒过来，不久便完全康复，秦越人赢得“妙手回春”的称号。

诚如鲁迅先生所说，中华民族自古以来就有埋头苦干的人，就有拼命硬干的人，就有舍身求法的人，就有为民请命的人。

一袭白衣，竟然有如此魔力，能让一个人不惧生死——这就是医者的人道，这就是中国的脊梁。

有谁见过穿尿不湿工作的医生？

抗疫初期，医疗物资短缺，医护人员超负荷运转，为了争取更多的时间救治病人，不敢摘下口罩脱下防护服，不敢吃一点饭喝一口水，甚至为了尽可能不去卫生间，穿了尿不湿。

有谁见过满脸都是压痕的护士？

值完一个班次，从隔离区走出来，你摘下护目镜和口罩，额头、脸颊满满都是深深的压痕，这样的痕迹几个小时后都还清晰不散，你脸部的皮肤开始过敏红肿。

有谁见过这样绵延不绝的白色长城？

截至 2 月 23 日，全国 29 个省区市和新疆生产建设兵团、军队系统已调派医疗队 330 多支、医护人员 41600 多名驰援湖北、驰援武汉。

国有难，召必至。

我们都见过冲锋陷阵的战士，见过慷慨赴死的斗士，可是，有谁曾见过天使的模样？

如果有谁见过穿着尿不湿的医生，见过满脸都是压痕的护士，见过防护服后背上写着“精忠报国”的“岳飞”，见过北协和、南湘雅、东齐鲁、西华西的硬核“王炸”，那他一定会知道天使的模样。那就是你——你，从未输过一次民族大义。

“我的心裂成了两半——一半为你担忧，一半为你骄傲。”

这是写给远行者的牵挂，也是写给逆行者的礼赞。

还有——那些只留下名字却不再有肉身的牺牲者。在废墟旁，在瓦砾间，在春草中，在云朵上，燃烧着的红烛在微风中发出噼噼啪啪的巨响，那是死者向生者的告别，生者为死者的祷告。

什么是医者仁心？什么是大爱无疆？

武汉立春之日，一个被新冠病毒感染的不到半岁的娃娃，隔着玻璃窗向医生伸手要抱抱，医生忍不住掩面而泣。医者，就是赋予这温润柔软的小生命再一次新生的母亲。

缺少物资的时候，高烧的病患走进急救室，护士不顾感染的危险搀扶他落座，为他测量血压、心跳的时候，告诉他不必担心，会尽快安排他住院。医者，就是在关键时刻挺身而出护佑你平安的亲人。

几乎每一天都有这样的手术：气息奄奄的重症患者被火速推进 ICU，呼吸科、传染科、重症科、心外科……各个“兵种”的战士闻令而动。长长的插管探进脆弱的气道，锋利的手术刀绕过肋骨插入胸腔，手中握着鲜红、跳动的心脏，鲜血喷溅在护目镜、手术衣上，一个人的生命就这样尽在你的掌握之中。医者，就是引领黑暗中的行者走出生命中最黯淡迷宫的圣者。

也许还会有这样的时刻——一个新的生命在你手中呱呱坠地，他第一眼望向的是你，他清亮的瞳仁、清明的记忆里都是你；一个垂死的生命在最后的时光里凝视着你，他用无言的祈求向你求助，可是你竭尽全力却无法再挽留他一程，他带着对你的最后的影像、最后的记忆奔赴他的另一场重生。

还能有谁这样信任你，将此生的生老病死都托付给你，将来世的牵牵绊绊都预支给你？

是的，片云会得无心否，南北东西只一人。

从医学院走出来的医者，都不会忘记他们始终铭记于心的希波克拉底誓言：

> 鄙人敬谨直誓，愿以自身能力及判断力所及，遵守此约。凡授我艺者，敬之如父母，作为终身同业伴侣，彼有急需，我接济之……我愿尽余之能力与判断力所及，遵守为病家谋利益之信条，并检束一切堕落和害人行为……我愿以此纯洁与神圣之精神，终身执行我职务……倘使我严守上述誓言时，请求神祇让我生命与医术能得无上光荣，我苟违誓，天地鬼神共殛之。

时光倥偬而逝，生命总有长情。汉江边，春柳萌绿；古琴台，樱花吐蕊；鹤楼巍峨耸立，龟蛇峰峦叠嶂；晨光唤醒性灵，晚霞映照东湖；夜色中的楚河汉街灯火辉煌、人潮涌动，千禧钟悠然鸣响；远方的游人在此朗声大笑：晴川历历汉阳树，芳草萋萋鹦鹉洲——这样的一天还远吗？

在这样的未来，散去的白衣天使，江城是否还记得你的名字？

有人提议，建一道长墙，将你的名字和影像镌刻于上；有人提议，建一个广场，让后世记得你的血泪和欢笑；有人提议，建一个公园，让大地和草木都来证明，凡今之人莫如兄弟，骨肉至亲析而不殊；有人提议，建一座博物馆，令子孙铭记灾难，铭记你拯救众生于水火的无私与无畏。

可是，或许，江城的人民更愿意拒绝肤浅的赞歌，拥抱生命的反思；更愿意将你的名字封印在这山山水水、人来人往的空中，封印在他们身边、在他们心底；更愿意在每一个餐霞饮露的清晨，在每一个寸心隐动的黄昏，在每一个情爱缠绵的瞬间，在每一个远别和相逢的时刻，在每一段字字锥心、声声泣血的怀念里，与你的名字相遇——

也与你相遇。

同此凉热

肖云儒

这些年在“一带一路”各国跑着，有意无意结交了许多朋友。一次相识就是一颗种子，在这个关键的春天，庚子之春，种子一颗一颗从春泥中冒了出来，一茬一茬发芽了。

意大利罗马：保罗与聂红梅

春节前几天，意大利国家电视台导演保罗先生和他的华裔妻子歌唱家聂红梅，一连几次来电话和微信，询问陕西的疫情，问候西安的朋友们，尤其关心我这个“老老头”的健康。红梅说，你宅家出不去，一定要多晒太阳，打开窗子光膀子晒背，补充维 D，增强免疫力。

他们还发来一个保罗拍的视频，红梅在镜头中说：“我现在在罗马著名的西班牙广场，意大利向中国问好，罗马向长安问好！这里的人们十分关注中国的疫情，对华人和中国客人是一贯的热情。长安—罗马，意大利—中国！”她在视频中唱了起来——“多么辉煌那灿烂的阳光，暴风雨过去后天空多晴朗，清新的空气令人心怡神旷”。《我的太阳》这首意大利名曲，一般被认为是首情歌，但在当地有一种说法，它唱的是兄弟之谊，是给出门远行的兄长唱的。我很为他俩的深意打动，立即发微信感谢，说“盛情难却，照单全收”，并提醒他们也要注意防护，千万保重。

保罗告诉我，春节期间，央视要播出他们参与摄制的百集微电影系列片《长安与罗马》，每集5分钟。“构思最早还受了一点你的启发，《长安与罗马》就是你那年来罗马讲学的题目。你当时从十几个方面将两大古都做了比较，这次采用的就是这种一个点一个点跨界比较对接的形式。”他们特别叮嘱我要看第5集，那一集拍摄了红梅作为东西两大古都音乐使者的情况。

《长安与罗马》真的很精彩、很受关注。央视在好几天的新闻联播中都做了预告，后来西安和其他一些地方的媒体也纷纷播出了这一系列电影。

保罗在大学学的是汉语，专攻中国文化，写过研究《道德经》的论文。3年前还给我寄来一个寻找王羲之《兰亭序》真迹的故事片剧本，用的是古今穿越的手法。聂红梅本是地道陕北女子，在西安音乐学院学完声乐，去罗马发展。灿烂悠久的中意文化相互吸引，让他俩走到了一起，成为绝配。

他们利用跨文化优势，组织中国艺术家去意大利搞“中国艺术周”，让中国戏曲秦腔在意大利的夏夜回响，让中国书画、摄影、戏曲作品走进欧洲。组织米兰名模在西安城墙的瓮城中搞“中意名模服装展示”，让现代世界服装新潮与东方古城相映成趣。他们还为中国“丝路万里行”车队行驶16000公里到达罗马时组织了盛大入城式，并请中意两国电视卫星直播。他们参与西安电视台丝路春晚，组织重庆的中意艺术展览和研讨……在多年的辛苦与快乐中，他们影响愈来愈大，事业一项一项成就着，已经是这一领域的知名人士，我们的友谊也一点一点加深。

聂红梅办事风风火火，骨子里却沉潜着海外游子对故土的深深眷恋。她对我说过：“海外华人太需要母语表达了，母语阅读和母语写作永远不能放。”是的，在她心中，母语和母土、母亲、母校，大约已经构成了一个“母体”寓象系列吧。

而此刻，他们最关心的就是中国的疫情，中国亲人的健康和平安。他们怎能不关心？一个是中国女婿，一个是中华女儿呀。

伊朗：孟雅琪

跨过除夕，大年初二，伊朗的孟雅琪女士也发来了微信和视频，将关切送给她认识的“丝路万里行”的中国队员们。后来我转发了好几次她感谢中国的抖音。她用中文说：“我们伊朗这几天新冠肺炎也开始蔓延了，这时候，最好最好的朋友中国，最快最早送来了援助。中国的疫情比我们暴发早，国家又大，但他们挤出医疗物资，支援日本、意大利、巴基斯坦、智利和我们伊朗，还专门给伊朗派来了医疗专家组，带来了治疗经验。中国治疗方案的伊朗文版已经发给我们医院。感谢中国，愿真主保佑中国！”我在微信中结结实实地感谢了她，约定随时联系。

孟雅琪的中文抖音很火，在中国有好几万点击量，许多学中文的伊朗人也在跟踪。她在抖音里介绍中国和伊朗，也披露这些天自己宅在伊斯法罕家中闺房的镜头，很个人，很家常，很亲切。我为她终于做了自己所爱的视频传播工作点了一个大大的赞，她回了我一串调皮的表情包。

安拉肯定是按美人的标准来塑造她的。大眼睛，高鼻梁，小嘴巴，橄榄形下巴颏，一切都按照美术学院教材量身定制。孟雅琪是她的中国名字。3 年前“丝路万里行”车队从德黑兰到伊斯法罕，她给我们当了三四天的中文导游。

记得刚见面她一开腔便把人震了：“哥们儿、姐们儿，上车了，出发！”竟是如此字正腔圆，又如此现代时尚的中文！“我是 90 后，叫孟雅琪，波斯名字太长，说了你们也记不住，就叫我小孟。”——她这样开始了自己的导游工作。孟雅琪在德黑兰国际大学学中文，并不满足于当导游，挺想来中国发展，当个演员、主持人什么的。

她到过中国，知道孔子、老子、屈原、李白，姓孟，更知道孟子。她很上进，说大学主要教汉语语言，中国文化讲得忒少，现在要恶补。好在她有许多中国朋友圈子，“是中国朋友圈子培养了我”。

让我真正看重孟雅琪的，是她讲述伊朗历史时的清晰和系统。每到一处，便像历史教师那样开讲，有板有眼，配之以老到的手势，显然认真准备过。她向世界各地的朋友讲述波斯文化的辉煌，在这种讲述中一次次体验民族的自信和自尊。

孟雅琪这两年频繁接待中国考察团、商务团、旅行团。她觉得自己做的事越来越有价值了，每天接触新的朋友，每天有新的发现，这样的生活实在很精彩。

记得在结束那一段旅程要离开时，我送了她一个礼物，教了她中国的俏皮话：“要紧的时候，你总是掉链子！”我说以后有客人迟到、掉队就这么说他，效果一定好！她马上就用上了：“只有肖老师不掉链子！”我们在笑声中道别。

此刻，她和她的伊朗朋友最最牵心的也是中国的疫情，是中国友人的健康。最近伊朗疫情也开始蔓延，她宅在家中做中文抖音和各种节目，为中国、伊朗和世界加油。

我想起了她给我们朗诵过的波斯诗人萨迪的名句：“亚当子孙皆兄弟，兄弟犹如手足亲。”这诗句被联合国用作表达自己宗旨的箴言。

罗马尼亚：玛丽娜和赵琦

个把月前，罗马尼亚陕西商会副会长赵琦突然从布加勒斯特来电，说他在国外为家乡筹集了一批防病毒口罩，已经空运到西安，担心我年纪大，没有买上口罩，特让西安的朋友第二天送一包50个过来，让在大门口交接。我忙不迭谢谢他，说我们老两口基本不出门，有一点就行了，多给前线的白衣战士们送去。赵琦的来电，像一绺春日的阳光带着暖意透进心里。

赵琦是陕西宝鸡人，白皙，青春，随和，一张娃娃脸，一口老陕话。中学毕业后到布加勒斯特大学学计算机，之后又去锡比乌大学学管理。28 岁已是罗－陕商会副会长，协助胡内多阿拉省长处理对华事务。他帮忙组织过该省各种赴华的合作项目和交流活动，西安"一带一路"经贸洽谈会，安徽、宁波、吉林的一些项目等等，搞得风生水起，是个让中国脸上有光的年轻人。他夫人也去了罗马尼亚，执教于当地孔子学院。学院与当地图书馆联办汉语讲座，每周 40 学时，已经坚持 5 年。

电话中，赵琦特别叮咛，罗马尼亚国家电视台主持人玛丽娜，希望我尽快录一段视频，谈几句西安抗疫情况。玛丽娜不会中文，托他转达。事不宜迟，当晚，我在家自拍了一段视频，谈了我们全国全城动员、万众一心抗疫的简况，并向罗马尼亚观众致谢。视频最后，我说："此刻我脑际响起了罗马尼亚名曲《多瑙河之波》，两岸的山峦郁郁苍苍，两岸的田野肥沃宽广……这也是中国黄河、长江的景象。"

玛丽娜是个出色的记者，多次访问中国，每次都会用视频和文字展示一座中国城市。3 年前我们见面时，她已拍了北京、上海的电视片播出，并出版了《北京十天》《上海摩天楼》两部书。西安是她跑的第三座城，再下来还有重庆。现在 4 座城的片子都播出了，写 4 座城的文字已经结集为《东南西北看中国—— 一位罗马尼亚人眼中的新时代中国》一书。访华期间，她在飞机火车上也不停笔："中国的高铁又快又稳，和在书房一样。"

2017 年 10 月 1 日晚 7 点，罗马尼亚国家电视台一频道播出了她访问西安的电视片《兵马俑探寻记》，中罗其他媒体也广有推介，引发了社会关注。当晚，两位汉学家——罗马尼亚原驻华大使罗明和夫人便发了评论："片子给我们带来了无比的愉悦和满足，把我们带进了神话般的世界，又展现了现代西安和陕西。"

罗马尼亚著名诗人、出版家卢奇安先生说："这部电视片的主人公是'光'，人们眸子里闪现出的幸福之光，悠久历史的灿烂之光，城市发展的炫酷之光，都市夜晚美好之光。”

记得电视片是从采访我切入的。在西安城墙前，我简介了这块土地的历史文化及当代巨变，并邀请玛丽娜骑共享单车游览了几处闻名遐迩的古迹，欣赏了美丽的夜景。琳琅满目的小商品市场、香味扑鼻的小吃和优美的广场舞姿，都被记录下来了……

那次见面之后不到两个月，我们第三次“丝路万里行”的车队就穿过中亚、俄罗斯到达罗马尼亚。玛丽娜极尽地主之谊，陪同我们参观了罗马尼亚国家电视台，并将她才完成的西安专题片光盘和发表了相关文章的刊物赠给我们。我们回赠了“丝路万里行”邮册和我写丝路的第二本散文集《丝路云谭》。那时她写西安的书还没有杀青。

缘分就这样将我们联系在一起。千缘万缘，不都是丝路之缘吗？临别时，我送她一幅书法，是杜甫怀念李白的“渭北春天树，江东日暮云。何时一樽酒，重与细论文”。是啊，什么时候再见，又在一起互叙友谊、切磋文事呢？我在丝绸之路的东方起点等着你。

此刻，玛丽娜、赵琦和罗马尼亚朋友们最牵心的也是中国的疫情，是中国友人的健康。无法直接沟通的她，将我送她的杜甫四句诗，拍照发给了我，后面缀着一串拥抱和鼓劲的小花。

意大利米兰：梅毕娜

庚子早春，我还收到了梅毕娜教授从意大利米兰发来的微信和视频，她向处在疫情旋涡的中国朋友问安。她说：“我从和中国人的多年交往，和你们的相识，感受到了中国是一个多么有文化的国家。我那么想念你们，为你们担心。愿上帝保佑你们健康、平安。”那时意大利还没发现疫情，米兰市民发起了“拥抱中国”的活动，她用视频记录了米兰人给当地华人华侨送“抱抱”的镜头。我赶紧打视频电话过去，感谢米兰朋友的热情，也“严厉”告诫他们，千万不敢拥抱，要尊重科学，更卫生地表达友情。

梅毕娜是位汉学家，操一口流利的汉语。数十年间，她都在为中意文化交流牵线搭桥。她前几次来中国，我建议与她以对谈的方式，完成一本“中国知己谈中国”的书。我们在北京、西安前后整整谈了三天半，整理出十几万字和许多相关照片，这就是《地球之虹：一位意大利人眼中的中国五十年变迁》，由江西教育出版社出版。这本书荣获国家丝路书香工程“外国人写作中国计划”的优秀选题奖，作者荣获“外国人写作中国计划”的杰出创作奖。

梅毕娜教授现任米兰圣心大学汉语语言与中国文化教授、意大利－中国“一带一路”交流合作中心执行主席、意大利东西方文化交流中心主席。

她从小向往中国，10 岁时用零花钱买的第一本课外读物，就是关于中国的书。20 世纪 70 年代起，她先后两次来中国留学，在北京大学和北京语言大学的校园里留下了青春的倩影。对谈中，我们曾一道唱起了那个时代流行的歌《浏阳河》，你一句我一句回忆当时的大学生活：在京郊农村参加的社教运动、唐山大地震中的防震棚，还有去大寨参观的“七沟八梁一面坡”……

文融则心通，心通则情生。年逾古稀的梅毕娜依然充满活力，出版了《易经研究》《中国传统民间文化》《米兰与中国》等多部著作，主持圣心大学的汉语中心，培养一批一批汉语人才。“中文人才远远不够用呀。”她说。

除了上课，梅毕娜还去各地演讲，介绍中国文化，组织、参与各种中意文化交流活动，希望两国人民手拉得更紧。

但此刻，她最牵心的是什么？依然是中国朋友的健康和平安。最近意大利的疫情也呈蔓延之势，米兰一带更为严重，她说她宅在家里正好伏案写书。我再三要她严隔离、多休息，她却给我发来一组照片，题目叫《意大利唯一的“病毒”——美》，是几十幅意国风光照，美丽至极，阳光、海水、游艇、城市风情和快乐的人们！我回过去唐王昌龄《长歌行》中的名句：“青山一道同云雨，明月何曾是两乡。”

唯德自成邻

随手记述的这些朋友间的交往，少有大事，却有了大势。这就是在生存和发展面前的民心相通、人类一体。环球本来同凉热、共命运。同行不疏伴，唯德自成邻呀。

友谊的种子从撒播到发芽，到开花结果，有如人的生命和社会的发展，免不了经受灾害的洗礼、危难的锻打，而最终成就的却是友谊更为紧密。

种子的力量多么强大啊，它可以飞翔到异地生长，可以寄生在别的树上发芽，可以在鸟巢中、屋顶上、石缝里，在一切陌生的甚至人类无法生存的地方探出头来，伸展自己生命的绿翅。我们和丝路各民族的友谊和感情不就是如此吗？它已经生根发芽，一定会绿树成荫。

友谊已经融聚为“一带一路”上的人流、物流、资金流，更会孕发、结晶为心之流、情之流、爱之流、共有的生命之流。这是比物流更深沉、更恒久的东西，是会植入人生记忆、历史记忆的东西。这种可以再生、复壮的文化密码，终会植入不同民族的精神基因之中，将人类推到一个更广谱的价值坐标上。

人类将在生死抉择坐标上思考我们这个星球，思考这些“我们”，思考这个“我”，由生命而仁德，而天道，而返归生命本体。原来人与人、地与地、族与族、国与国、人与天地，竟有着那么多共同的生存需求和感情渴望啊。

端午节，自汉代开启的国家防疫日

穆　涛

农历五月，依照十二地支的月历次序，属午，因而又称午月。端午，指五月的首个第5天，即五月初五。

古代中国人对五月有顾虑，甚至有恐惧。五月不宜盖房子，“五月盖屋，令人头秃”。五月上任官员的仕途，就此止步，不再高就，“五月到官，至免不迁”。这个月，须处处谨慎行事，“掩身，毋躁，止声色”。夫妻房事也暂停。一些地方的民俗，新媳妇要送回娘家住一个月，叫“躲五”。这个月播种出生的孩子，男伤父，女伤母。在古代，五月还称“毒月”，上、中、下旬的五、六、七日，合称“九毒日”。古代的这些认识，与对瘟疫的恐惧有关联。五月阳气炽盛，同时阴气滋生，阴阳交争易发瘟邪。“九毒日”，用今天的话表述，叫“瘟疫高发期”。端午，是“九毒日”之首。在汉代，这一天要举行国家大祭祀驱瘟。把这一天确立为节日，是唐代之后（此处依据马汉麟先生说），这个节日的含义特殊，不是节庆，可以理解为古代的“全民防疫日”。

中国古代的4个节日，中秋、春节、清明、端午，都是以对天地的尊重为前提的，是谢天谢地，每个节日各有清晰的内涵和具体的指向。

中秋节是丰收节，也是月神节，是向月亮致敬。古代中国人看天过日子，看日头，也看月亮，日积月累，年复一年。中国人的天文历法有“阳历”，有“阴历”，还有通行的“农历”。阳历是地球绕太阳运转的时间规律，阴历是月亮绕地球运转的时间规律，农历是阴阳合历。阴历一年的 12 个月，按大小月计算有 3 种天数，分别是 353 天、354 天和 355 天，比一回归年相差 11 天左右，因此要通过设置闰月的方式，给予“补充”，这样就形成了“农历”。置闰时间表是经过缜密计算的，基本原理是“三年一闰，五年两闰，十九年七闰，四百年九十七闰”。公元前 104 年，是汉武帝太初元年，这一年是中国历法集大成的改革年。颁行新历法，同时开始“置闰”。但汉代的庆中秋，是在秋分这一天，唐代之后，才确定为农历的八月十五。

春节是农历新年，是向太阳致敬。中国古人在对地球绕太阳运行的观测中，把一个回归年的首日锁定在“冬至”这一天，“冬至”是天文学概念中的“元旦”，“冬至大如年，纳履添新岁”。这一天，阳气由地心萌发上行，古称“一阳”，“今日交冬至，已报（极）一阳生”，阳气在地下运行 45 天，到“立春（交春）”那天突破地表，万象自此更新。“立春”也称“三阳”，这是“三阳开泰”一词的来头。周朝的历法（《周历》），把“冬至”所在的月定为“岁首正月”，即农历的十一月，就是据此原理。商朝的历法（《殷历》），将其后置一个月，农历十二月是“正月”。秦朝的历法（《颛顼历》），前置一个月，农历十月是“正月”。西汉立国后，承袭秦制，一直到汉武帝太初元年的 100 年间（公元前 206 至前 104 年），均实行《颛顼历》，汉武帝颁行《太初历》后，把农历一月确定为“岁首正月”，正月初一是新年首日。我们读《汉书》，包括《史记》时会注意到一桩“怪事”，记写皇帝一年之中的“大事记”，是从十月开始写起，这是史官在特别强调，汉代太初元年实行的这次重大“改朔”。

清明节，是以风命名的，清明风是东南风。中国古人对天地的研究是细致入微的，把一年四季中不同方向的风分别命名。从冬至这一天开始，每隔 45 天转变一种风向，古称“八风”。冬至到立春是东北风，称“条风”；立春到春分是东风，称“明庶风”；春分到立夏是东南风，称“清明风”；立夏到夏至是南风，称“景风”；夏至到立秋是西南风，称“凉风”；立秋到秋分是西风，称“阊阖风”；秋分到立冬是西北风，称“不周风”；立冬到冬至是北风，称“广莫风”。清明风从东南吹来，大地气象景明，万物茂盛生长，“物至此时，皆以洁齐而清明矣”。清明节是祈福节，也是环境保护节，礼敬先人，念祖追宗，同时祈福于天地万物，各地祈福的方式又因习俗不同而有差异，比如有郊祀、春祭、植树、春浴等等。

我说说汉代时，人们对端午的一些认识。

十二地支纪年，从“冬至”所在的农历十一月开始，“冬至子之半，天心无改移。一阳初动处，万物未生时”。子，对应农历十一月，丑是腊月，寅是正月，卯是二月，辰是三月，巳是四月，午是五月，未是六月，申是七月，酉是八月，戌是九月，亥是十月。

十二地支也有具体的含义和指向，子即“兹”，一阳初动，万物由此萌动。丑是“纽”，阳气上通，阴气固结已渐解。寅是“演”，万物衍然而生。卯是“冒”，万物出地表。辰是“震”，蛰伏的动物苏醒，蠢蠢而动。巳，本义是胎儿，引申为后嗣，生机旺盛。午是“杵”，舂米的木杵，引申为“牾”，抵触、忤逆。“五月，阴气午逆阳，冒地而出”（《说文解字》）。“午者，阴阳交”（《史记·律书》），阴气和阳气交相抵触。未是“味”，万物成长，有滋有味。申是“神”，“七月，阴气成，体自申束”。酉，本义是酒的器皿，引申为“成就”，“八月黍成，可为酎酒”。戌，本义是宽刃兵器，引申为“灭”，“九月阳气微，万物毕成，阳下入地”。亥是“荄”，草根，“十月，微阳起，接盛阴”，“阳气根于地下”。

午，在一天的时辰里，对应十一时至十三时，是最热的时候；在一年中，对应五月，是最热的季节。这个月里，有夏至，“是月也，日长至，阴阳争，死生分”（《礼记·月令》），夏至，不是夏天到来，而是夏之极至。这一天，白天时间最长，是“阳极”。中国古代哲学讲究辩证法，“阳极”之中藏着“阴变”。这一天，阴气由地心开始上行，称“一阴”，“夏至一阴生，阴动而阳复于静也”（《周易正义》）。“璿枢无停运，四序相错行。寄言赫曦景，今日一阴生”（权德舆《夏至日作》，此公为唐人）。这一天，阴气上行，与阳气抵触，纷相争扰。汉代的《淮南子·天文训》对五月的概括是：“阴生于午，故五月为小刑，荠、麦、亭历枯。”一阴生于夏至，五月已有轻度的肃杀之气，荠菜、麦子、葶苈子等植物枯黄。

五月也称“毒月”，上、中、下旬的五、六、七日，合称“九毒日”，再加上五月十四“天地交泰日”，共10天，是传统认识里的疫情多发期。进入五月，长江流域是梅雨季，雨多、溽热、潮湿，吃的穿的住的用的易霉变。在黄河流域，蝼蛄（蝲蝲蛄）、螳螂等害虫现身。这个季节，北方最怕干旱，旱则百虫生，秋收基本就没有指望了。端午这一天，是“九毒日”之首，从汉代开始，这一天要举行国家大祭祀，南方防疫，北方祈雨。“命有司为民祈祀山川百源，大雩帝（祈雨祭祀），用盛乐（祭祀时多种乐器合奏）。乃命百县雩祀百辟卿士有益于民者，以祈谷实。”（《礼记·月令》）“乃命鱼人伐蛟取鼍（扬子鳄一类），登龟取鼋。令滂人（湖政官员）入材苇（湖畔蒲苇）。命四监大夫，令百县之秩刍（有防疫效用的百草），以养牺牲，以供皇天上帝、名山大川、四方之神、宗庙社稷，为民祈福。”（《淮南子·时则训》）今天的民俗里，仍散落着当年国家大祭祀的一些细节，门前悬菖蒲、艾草，苇叶包粽子，雄黄酒涂于孩子额头、手心、脚心等。《礼记·月令》中“乃命百县雩祀，百辟卿士有益于民者”这句话，指各地的祭祀要因地制宜，多挖掘一些有影响的历史人物，“百辟卿士”，以使祭祀免于形式主义，贴近老百姓的生活，“有益于民”。端午节与屈原的关联，当年应该是这么挖掘出来的。

古人对天地的观察是细致入微的。五月有芒种和夏至两个节气，各 15 天。每个节气又分为“三候”。候，是时令变化后发生的自然界状态，5 天为一候。芒种三候：初候，螳螂生；二候，伯劳始鸣；三候，反舌无声。伯劳和反舌是两种鸟，一种开始叫，一种不再发声。夏至三候：初候，鹿角解，鹿是阳物，此时一阴生，遇阴气，鹿角脱落；二候，蜩始鸣，蜩是蝉；三候，半夏生，半夏，一种中草药，生于此时，故名半夏。

《礼记·月令》对五月里人们的行为有具体的规范和建议，归纳一下，大致有 7 种：

1.“仲夏之月……其帝炎帝，其神祝融。”五月的主宰，天帝是炎帝，天神是祝融。两位均是火神，居南方。五行属水，主色是赤。

2.“命乐师修鞀鞞鼓，均琴瑟管箫，执干戚戈羽，调竽笙埙篪，饬钟磬柷敔。命有司为民祈祀山川百源，大雩帝，用盛乐。乃命百县雩祀百辟卿士有益于民者，以祈谷实。”

3.“令民毋艾蓝以染，毋烧灰，毋暴布。门闾毋闭，关市毋索。”这些是防疫的具体措施，不以蓝草染布，不烧灰涑布，不晒布。家门街户多通风，关隘和市场畅通。

4.“是月也，日长至，阴阳争，死生分。”这个月，阴阳纷扰，严禁给君主进献嫔妃。

5.“君子斋戒，处必掩身，毋躁，止声色。”斋，指养斋心，心安是斋。吃素食不是斋，是戒。有些人天天吃素食，但做出的事，比吃生肉的还凶猛，这样就和斋这个字有距离了。止声色，夫妻间房事这个月暂停。

6.“是月也，毋用火南方。可以居高明，可以远眺望，可以升山陵，可以处台榭。”这个月，宜登高远望，但登高先要知自卑。知自卑，戒自大，才有自重，这是中国人的生存哲学。

7. 五月，给政府乱作为的警告是："仲夏行冬令，则雹冻伤谷，道路不通，暴兵来至。行春令，则五谷晚熟，百螣（蝗虫）时起，其国乃饥。行秋令，则草木零落，果实早成，民殃于疫。"

2020，让我如何停止对生命的热爱

邵　丽

就在前天，我接到上级部门的一个电话，说是上级部署各地写一批基层抗疫的短篇报告文学。我顿时火起。我说，我们是紧靠湖北的重灾区，几乎 95% 的人都在家中，交通阻断，四面楚歌。去一线采访，半点可能性都没有。难道仅靠翻翻朋友圈、靠道听途说的一星半点材料，就可以写出报告文学吗？

昨天他们再次打电话，恳切地问能不能通过微信和电话采访的方式了解一些基层情况，并且再三叮嘱，一定要在确保自身安全的情况下进行。

如此，方让我感觉到一丝安慰。

这很难，电话采访很难。对方无法确定你的真实身份，他们也像我一样，身在一波接一波的恐惧中。纵是有朋友引荐，他们往往也不愿意开口。他们有纪律和各种禁忌——你不得不沮丧地承认，到了战“疫”的关键时刻，这几乎是唯一有效的办法，否则，各种传言会改变事实。

得感谢我那些朋友们，感谢他们信任我，否则我将得不到任何有效信息。三门峡市的安伟市长在全国疫情等级区域划分图表公布的第一时间就用微信转发给我，并且骄傲地发了一个拳头紧握的表情：三门峡——河南最棒的城市！他说，增加一例就彻夜不安，情势好转就兴奋异常。

所有的地市都是一样的状态，他们就这样严阵以待，对疫情的防控揪心到寝食难安，每天都如临大敌般地警惕着。网上一直有关于河南严防过当的负面消息。可这些段子手知道吗？河南是湖北近邻，1 亿多人的人口大省，南部几个地市中，每个县从武汉返乡回家过节的各类人员都有数万人。若不是地方政府一级警戒、严防死守，对返乡人员进行彻查隔离，后果将不堪设想！

驻马店是河南省的重灾区，960 多万人的大市，湖北返乡人员 76000 多人，其中武汉市返乡人员 57000 多人。这数字不让人触目惊心吗？我曾经在驻马店挂职副县长两年，对这片土地有着深深的惦念。我拨通了疫情防控指挥部指挥长陈星书记的电话，他爽快地回答了我的几个问题。关于一线因公殉职人员情况，“有 4 名同志累倒在一线岗位上，”他沉痛地说，“基层是防控的最前沿，也是最辛苦最危险的地方，人心都是肉长的，心疼他们啊！”

河南城市广播媒体联合郑州人民广播电台做了个“黄河说”，河南全部省辖市呼叫武汉，每一个地市都图文并茂向长江呼叫，上了热搜，感动得无数人流下热泪。注意，这儿说的是全部的省辖市，可细心的人却发现，喊话者中没有驻马店——960 多万人的大市、疫情重灾区。一时间网友纷纷留言，怎么漏了驻马店？驻马店人更是纷纷留言。我问陈书记，您对此事件怎么看？他笑了笑说：“漏就漏吧，都是黄河儿女，不消计较！”

驻马店全市确诊病例 139 人，治愈 111 人，零死亡，零院内医护人员和其他病患交叉感染。结果最能说明问题。说真的，我本不太喜欢这个严肃到近乎“傲慢”的地方长官，但他面对疫情时的用心、用情、用力，还是让我深深感动了。他再三告诫，不要表扬他们，他们的工作还是存在漏洞的，否则那些不该发生的意外或许可以避免。他的声音低沉、疲惫——他白天要下县区看情况、听汇报，晚上要召开电视电话会议分析疫情、研究防范对策，每天都要熬到晚上12点以后。

这就是基层一线干部的真实工作状况。我又拨通了另一个地市疫情防控指挥部指挥长的电话。他正在开会。我发微信询问基层一线值守干部的工作和健康状况。他没有直接回答，只回复了3个流泪的表情。他不愿说，我亦不再问。

我以为前面的采访已经够难了，但当要拨通殉职人员家属的电话时，我才知道这更难。做了差不多一个小时的心理准备，我才最终下定决心。我真的不知道该说点什么，会说点什么。我首先拨通了一位叫李端的小学教师的电话，后来拨通的那位女士，叫刘云仙，是位农民。我知道她们会哭。我知道我会在她们的哭声里羞愧不已，因为我什么都帮不了她们。我知道不管如何表达，我的电话都将会再一次揭开她们尚未结痂的伤口。我听她们哭，听她们叙说，然后我说："你一定要保重，一定！"

何其苍白无力的安慰，我连自己都安慰不了。

放下电话，我哭了长达半个小时。年龄大了，感情脆弱得像风中的芦苇，稍有风声就觳觫不已。

是恐惧，也是伤心。

那个叫李端的小学教师的丈夫叫陈申，是驻马店市泌阳县卫生计生监督所的工作人员，1980年12月出生，未满40岁，农历正月十六倒在工作岗位上。李端说，他懂电脑，他负责收集各种情况、统计各种数据。从大年初一到正月十五，他只回家了一趟。开始在卡点值班，后来又请缨到隔离点当防护员。正月十五晚上他和妻子最后一次通话，9岁的女儿在电话中嘱咐爸爸："你要小心，别被传染了。"他高兴地对妻子说："我家闺女长大了，知道操爸爸的心了。"谁能想到，这竟成为他给亲人的遗言。

第二天早晨8点多，李端照例拨打丈夫的电话，一直无人接听。一小时后，单位一男二女3位同志来家里敲门。李端说："是陈申发烧被隔离了吗？"单位的同志说："没事，你和我们一起去一趟，看看他吧！"李端心里做着最坏的打算，怕就像电视上那样，让隔着玻璃和丈夫打个照面，话都没法说。车子开到中医院，却不让她下来，说人还在急救。20分钟后，两个女同志才扶她下车进去。她看到的，是已经被白布罩得严严实实的丈夫。

他没有被感染，死于劳累过度触发的心梗。她如何能不悲呼？这个文弱的女子，奋力挣脱陪伴她的人，一下子扑倒在丈夫身上，哭得肝胆俱碎。晚来的女儿看爸爸躺在那里，便俯身在爸爸的胸口说："我爸的心脏可有劲，跳起来总是怦怦怦的，现在咋没音了呢？"单位让李端暂时不要给陈申的父母打电话，他是家里的独子，怕父母听到了再出意外。李端说："好好的一个人没了，不告诉他爸妈，我怎么做得了主？"最后领导让她带着医生护士一起去了陈申家里。陈申的父母听到这个消息的惨状，李端哽咽了半天，伤心得不能详述。

李端说："我一直到今天都还觉得我是在看电视剧，我看到的是不是别人家的故事？"她在电话那头哭，我在电话这边泪流满面。我知道，她现在还处于心理应激反应期，被突然而至的打击撞懵了。等她清醒过来，会有一波一波更大的痛苦袭击她。

刘云仙，一个普通的农村妇女。接通我的电话，她从头哭到尾。我颤抖着，努力控制自己的情绪，否则我会和她一起哭到无法开口。她的丈夫陶红涛，是驻马店市高新区古城办事处五桂桥居委会的干部，他从大年初二开始值班，每天要忙到夜里12点以后。

农历正月二十二中午，陶红涛返家，他说那天特别累，浑身不舒服，想趁中午换班回去睡会儿。这让妻子很意外。刘云仙说："你先别睡，好歹吃点东西。"她匆忙给丈夫下了一碗面条。陶红涛面条没吃完就去睡了，临睡前还让妻子两点半喊醒他，不要误了值班。不到两点半，刘云仙去喊他，他脾气不好，喊得晚了会生气。她哪里会想到，她再也唤不醒这个睡着的人了。陶红涛 1979 年春天出生，2020 年春天到来的时候，死于心梗。

刘云仙说："我最安慰的，就是最后给他做了一碗面条，否则他就得空着肚子上路了。"陶家两兄弟，哥哥病故，父母跟前就剩下陶云涛这一个儿子，现在，白发人要再次送走黑发人。刘云仙是个农民，没有工资收入。两个儿子还在上学，大的 18 岁，小的才 13 岁。她说："陶红涛走了，家里的天都塌了。"

面对她们，我第一次觉得自己何其无用。我没有任何办法安慰她们以缓解她们的悲伤情绪，也没有任何能力伸出援手拉她们一把。我告诉她们，相信政府，政府和社会不会忘记英雄，不会让英雄的家人流血再流泪——除了这些毫无温度的话语，我还能说些什么呢？

对于陈申、陶红涛，我不想赞美他们，更不想给他们贴上英雄的标签而让他们丢失常人应有的欢乐和幸福。他们是普通父母的儿子、普通女人的丈夫、普通孩子的父亲。他们的亲人只想他们平平常常地活着，不想让他们的名字永远印在疫情资料里被更多的人记住。他们的亲人希望上天把儿子、丈夫、父亲还回来，要他们欢笑、发脾气、贪玩贪吃贪睡、犯各种各样普通人会犯的错误……但一切都在此时此刻停止了，他们走得如此突然。

陈申病逝了，陶红涛也病逝了，还有许许多多这样平凡的人，默默地没了。除了熟悉他们的人，几乎没人知道他们的名字。我看到胡锡进转发的微博："我不想看到一线抗疫人员流汗还流泪，他们已经做了很多，付出很多了，他们也是别人家的孩子……"

"他们也是别人家的孩子"，这句话深深打动了我，让我的泪水一次一次地充盈眼眶。是的，如果我们在很多事情上能够看到"别人家的孩子"，就会有足够的敬畏，也就足以改变我们的想法和做法。冲到火灾现场的时候，我们要看到别人家的孩子；置身这场抗疫战争的时候，我们要看到别人家的孩子！

就在前几天，我写了一篇文章——《无以言说的恐惧》。这篇文章被《当代作家评论》的公众号推出后，又被好几家报刊转载。我不期望产生什么影响，这只是两次遭遇大疫的个人，对当下和未来的一点浅薄的思考。我同意，作家不必对所有公共事务发表意见。我更同意，我们需要感受到理想和现实之间的"时差"。"时差"能让我们沉静下来，进行有距离的思考，从而更理解生活中的真相，以及那些真相对当下和未来意味着什么。

就在今天，又有一位作家在朋友圈呼吁：我们作家要写一写多难兴邦，写一写苦难辉煌。我在一篇文章里谈到过，多难兴邦是一个很能鼓舞士气的正能量口号，也是我们民族屡仆屡起的精神支点。但我们不能大而化之，要看到大难之中那些默默牺牲的受难者，要看到"别人家的孩子"，并与他们同此凉热，否则就是对生命的藐视。我们也必须从灾难里悟出点什么，得到点什么，改进点什么，否则我们所有的牺牲都没有任何意义。

毋庸置疑，百折不挠、愈挫愈勇的中华民族战胜疫情也是指日可待。但我想说的是，在灾难和胜利面前，我们的作家应置身何处？我们会将思想的标记，刻在哪条等高线上？

铁凝说过："文学将总是与人类的困境同行。也因此，文学才有可能彰显出独属于自己的价值魅力。"我写下这些，是想我们活着的人，需要思考些什么并做些什么。那些被疫情夺去生命的病患，那些为抗击疫情而奋不顾身的医生护士，那些为控制疫情蔓延而不舍昼夜奋战在一线的干部群众……面对这些人，我们无法任由他们白白地奉献和牺牲。面对灾难，我们也不可能永远侥幸地逃离。我们只有这样设想：我们要努力推动社会一点点地进步，哪怕完全是为了我们自身。

近处，远方，无数的人都与我有关

冯　艺

我家近处，有个公园，被耸立的高楼环抱，有几分中央公园的意思。不大的园子里四季花果，更迭生长，乐此不疲。当然，最能吸引市民前来观赏拍照的是满园的樱花树。南国的春天，每年都会随着二月的风如期而至。春风拂过樱花树光秃秃的枝丫，触动白白粉粉的隐隐约约。一片灰褐色的小手如同在魔术场上召唤，召唤着生命的热闹——花朵不知从哪里来的，一下出现在手里。满园的樱花就这样年复一年盛开着，粉红一片。微风一吹，树树摇曳，花瓣轻旋起舞，香气染上枝头并把市民召唤而来，园子里人头攒动，人们嬉笑着纷至沓来。坐在树下的白头翁，披着樱花的影子，感叹着岁月静好。年轻人捡起飘落的樱花，放在脸颊边上，拍照发朋友圈之前不忘把照片里入镜的游人小心抠掉。快乐，跳跃在粉色的云影中。

快乐是喧闹的，常常打扰到"园住民"。老友家就在樱花园旁边的楼宇里，在游人如织的日子，常接到同样退休在家的老友坐立难安抱怨的电话。然而今春，农历正月初五，困宅家里的我收到老友发来的照片，是他在阳台上对着了无人迹的樱花公园拍的，并赋诗一首：

寂寞樱花次第开，
不见相识宾客来。
满城人面何处觅，
红粉佳期无人爱。

心里难过，顺手应和：

红粉朵朵寂寞开，
无奈悲歌涌上来。
樱花虽美无人觅，
人心惶惑谁敢爱。

照片里绽放得近乎惨烈的樱花久久撞击着我的心，盛大的孤寂腾空而起，我感到茫然、惶恐和痛苦，怀念起老友曾经的抱怨，车流的拥挤和人群的欢闹，顿时感觉，原来那才是国泰民安，那才是我们想要的生活。

如今，远方的武汉，度日如年的艰难，其实与我们每个人相关，整个中国大地没有局外人。新型冠状病毒传播快，波及广，无情地吞噬着人们的生命。为了遏制病毒蔓延，多地政府被迫采取封城封路、关闭公共活动场所之策。我的城市也不能幸免，政府下令，家家关门，足不出户，偶尔有人出入小区，也是极尽盘问、测量体温，颇为折腾，以防相互传染，疫情扩散蔓延。以往，每天早上 6 点钟出门晨练，总能偶遇不少早行人，我总想着避开那些又唱又跳的练友们，找个安静的地方独自活动。禁足令下达后，我自认为这一生中经历过多少天灾人祸，虽会有后怕，但相信此次的严重性恐不如 2003 年的“非典”吧。我不管禁不禁，执意逆令而行。我说，病毒在武汉，离这儿很远，够不着。孩子说，虽然病发地点在远处，但不排除疫情蔓延的可能，要知道，这次病毒主要攻击的群体就是 60 岁以上的老人！这不仅仅是你的安全，也是全家和你偶遇的路人的安全。一想，这倒是，如果我真的不幸被染上，岂不是害了我爱的人和爱我的人？这真的不是在吓人。再说，保护好自己就是保护他人，少给医护人员添麻烦，也是对武汉的支援，要不然全国的医护人员都忙不过来。

我简直就像被关在笼子里一样难受。好在过了几天，网上称钟南山说，在没有人群的空间，可以不用戴口罩。且不管是不是钟南山所说，这足以成为我坚持下楼晨练的理由。然而，当我走出小区走向大街，摘下了口罩呼吸着自由的时候，却感觉我的城市俨如一座睡熟了的城市，道无舟车，街无人影，那联结着一柱又一柱的混凝土的黑影，密林一般。天上混沌，云冷霜冻，独自一人走在死寂的路上，恐怖像水一样漫上来直凉心底，让人瘆得发慌。偶尔有人迎面而来，都戴着口罩，竟躲避瘟疫般相互回避，心照不宣地拉开距离。“你别靠近我”，这恐怕是此时人们的内心独白。人人怕病毒，人们的关系变成了你怕我、我怕你的一种匪夷所思的关系，人人自危，成了我们的生活。

电视和手机不时传来远处的紧急求援，武汉多家医院均告无床位接收病人，医生缺防护用品，却日夜救生及至疲惫不堪倒下。新型冠状病毒大规模袭击，医治的难度远远超出世人的想象。多灾多难的人类世界里，病毒杀气腾腾，人传人的悲剧又一次历史重演。是天灾，还是人祸？姑且不论。但我似乎明白，人类的历史就如同一本病历，几乎每一页都写着惨烈的病史，飘着处方和死亡书。远的鼠疫、霍乱、天花、伤寒，近的“非典”、H1N1 型流感、中东呼吸综合征（MERS）、埃博拉病毒、拉沙热病毒等等，一次又一次地屠杀生灵。病毒像无形的杀手 ，改写战争，改写历史，改写一个人，一个家庭甚至一个国家的命运。

我们还如何生活？！菜场不能去了，小区团购“果夫群”成了生活的必需，群里百余户同胞满心感激群主“果夫”的贡献，鸡鸭鱼肉果蔬，每天三四个品种任君选购，难友们无人讲价更不会挑剔，每天重复着“感谢”。邻里患难与共，共享共情。

外边的世界变成了危局，而宅家对我而言本来就是常态，退休几年以来，已习惯于一个人宅家，这次本是读书和写作的最好机会，然而，正像武汉大学的老校长刘道玉所说的那样：“当疫情暴发以后，我既没有心情写作也没有心情再阅读了，因为已经失去了沉静的心情。”是的，过往个人的痛苦往往与外人无关，而今天任何一位国人的痛苦与生死都与你我息息相关。

这次突如其来的公共卫生危机如此猛烈，不可否认地暴露了我们在卫生管理体系和社会管理体系中的短板和不足，值得我们深思。好在这些短板，在抗疫中被及时补足了。而着眼长远，相关的制度建设、治理体系建设必须快马加鞭地推进。

我依旧一日三餐，什么都没有做，心却很累；依旧挨床就呼噜响起，却易醒难再眠。整个年节，全家都在低声念叨那些患者的苦痛与绝望；念叨那些灭顶的家门，何时才能升起炊烟；念叨让人哭笑不得的抖音与标语，笨拙又可爱的国民智慧；念叨政府以越来越强力的应急措施，拯救尽可能多的生命；念叨着希望那些正在住院的患者尽快康复，早日与家人团聚；念叨着各地援鄂的医务人员千万别染上病疾，健健康康回到亲人的身边；念叨近处、远方……

根本没有办法安静下来写一个字，尽管，这个城市从来没有这么安静过。疫情的消息时时刻刻从远方和近处的缝隙袭来，塞满恐惧、慌乱、悲愤、忧伤、慰藉、温暖、感动，裹挟着你，让你无法写下一个完整的句子。本已拒绝《美文》的约稿，穆主编诚恳有加一再催促，“就说说你的当下生活吧”。于是，一地鸡毛却痛苦忧伤地记下了这个失乐的春节，祈望灾难过后，警钟长鸣，以防范这类灾难的重演，长治久安，以祭奠那些消失的生命，慰藉在这个冬天成为“战士”的无数平凡人付出的一切。

老友又发来满地落樱的照片，并说，花开花落总有时，疫情过去，樱花树便可发绿芽了。隔窗远眺，我有与老友一样的心情——从没有像现在这样意识到，过往的每一天在今天回望起来，都如此生动。平凡的近处与远方，都是值得珍惜的生活。

“战士的日常生活，是并不全部可歌可泣的，然而又无不和可歌可泣之部相关联，这才是实际上的战士。”鲁迅先生写下病中的日常与思索，题名《这也是生活》：“外面的进行着的夜，无穷的远方，无数的人们，都和我有关。”

是的，我们同病相怜，我们唇齿相依。

生命的曙光

——抗击新冠肺炎有感

关仁山

2020年春节，一个不寻常的春节。

人生的常态是无常。从1月6日北京第一场初雪，到2月14日北京大雪，北京已经下了7场雪了。光阴在雪地里投下阴影。雪无常，疫情更是无常。在我们以为是常态的生活里，狠毒的新型冠状病毒已经在武汉肆虐了。前方亮起闪电，我们感觉还很遥远，年夜饭有酒，有笑声，似乎喜气洋洋，但是防疫突然就吃紧了。湖北武汉发布疫情信息，封城，接着北京、河北等全国各地陆续报告确诊病例。1月27日，有人在朋友圈发了北京第一个死亡病例，50岁的职业经理人杨军，他在武汉参加会议感染病毒，医治5天后死亡。他朋友震惊、哀伤，这世界有多少人像他的朋友一样心怀哀伤？而哀伤之外还有担忧、恐惧。新型冠状病毒从何而来？疫情会蔓延到什么程度？让人始料未及的是，严重的疫情呼啸而来，甚至让人来不及落泪，来不及悲伤。在这冰冷时刻，无数人震惊、悲痛、分离与牵挂……不管怎样，我们要直接面对人间的风霜雪雨了。

我是唐山大地震的幸存者，对灾难有切身体验。灾难从来都是能监测和考验一个民族的精神与力量的。一切为了人民！党中央高度重视，为了抢救人民的生命，国家启动一级响应。习总书记亲自部署，医生、军人、志愿者奔赴湖北武汉等地，热血出征抗疫情，万众一心打疫战，有奉献，有牺牲，人民有了信心，看到了希望，每一天都被感动着。

我们的民族储藏了无尽的爱，有爱才会赢。可敬的医生都有奔赴战场和投入战斗的勇气，他们拼了自己的性命去营救他人的性命，在这一刻绽放了无比灿烂的人性光芒。生命总是精彩，因而总有历险。疫情无情人有情，单河北援助湖北的医疗队，就有连续 3 批。自古燕赵多慷慨悲歌之士，如今的河北人还拥有燕赵侠风。我们记住了许多温暖的瞬间：石家庄火车站，母亲就要上车奔赴武汉，孩子刚刚两岁，父亲抱着孩子送行，孩子的小脸贴着母亲的脸，母亲流泪了，孩子却下意识地攥起了小拳头，仿佛在给母亲加油，同行的医生护士被逗笑了。同样是在火车站，一对刚刚结婚的夫妻正在告别，他们本来是要在春节后去海南度蜜月的，而现在，做医生的丈夫就要奔赴抗疫第一线。妻子与他吻别，叮嘱他平安归来，继续他们的迟了的蜜月旅行。男人托运的箱子上需要写上名字，可男人手里的笔没油了，女人从挎包里掏出口红，缓缓蹲下身充满深情地写上丈夫的名字。男人一把抱紧了她，感动了，这是他给妻子买的口红。女人把这支口红递给了男人，红色寓意吉祥，她祝福男人在武汉平安。

河北医科大学呼吸科护士王丛欢大年初一还在上夜班，原本定好初二去看望病中的老人，白天接到去武汉抗疫的通知，她毫不迟疑地答应了。她给老人打了个电话，老人叮嘱她说，我没事，国家需要你，武汉病人需要你。王丛欢心中热乎乎的。她爱人刚刚做完心脏膜瓣手术，需要她照料，可是她爱人说，我的身体虽然还虚弱，但你放心，没有危险了。你的任务不一样，你到那里是救命，比我重要，安心去吧，孩子和老人的事包在我身上。王丛欢拥抱着爱人，感动得落泪了。初二晚上八点半，王丛欢出发了。从她到武汉上第一个夜班，穿着防护服走进病房，恐惧没有了，救人，只有救人。她说戴着手套给病人扎针非常不方便，为了适应，也怕病人疼，她小心翼翼反复练习。工作18天后，有同伴被感染了，有人问她怕不怕，她说不怕，等疫情过去，如果自己活着，就带着孩子来武汉游览黄鹤楼。在家里，爱人身体有些不适，从没干过活的儿子会洗碗了，爱人把儿子洗碗的照片发过来，王丛欢含泪笑了。她记忆深刻的是，一个危重病人呼吸困难，几乎绝望的时候，她鼓励他，让他坚持，昏迷的时候，她在他耳边轻轻呼唤他的名字，还频繁找医生换药，病人终是挺过来了。我电话采访她，她还说了一句让我难忘的话：看着危重病人陆续出院，心中非常欣慰，还交了朋友，相互留了微信，说是生死之交。一个治愈病人激动地说，谢谢小王，等你带儿子游览黄鹤楼，我全程接待。她的笑脸，如花开了。我们的心情与之辉映。

河北对口援助湖北神农架。以省二院为主的专家，克服各种困难，精心护理病人，很快便治愈6例。同时，还协助当地干部群众，联防联控，寻找有风险人员，切断传染源。在那神奇的地方，医生们创造了奇迹。

生命并不总是美丽优雅，我们总会碰上曲折和坎坷，总有刻骨铭心的事情发生。灾难无情，人有情。河北经历过邢台地震和唐山大地震等各种灾难，得到了全国人民的支援，河北人最懂得感恩。比如我写过的报告文学《感天动地——从唐山到汶川》里的主人公张祥青和张荣华夫妇。张祥青是唐山大地震中留下来的孤儿。夫妇俩在唐山丰南开豆腐坊起家，后来卖废铁，最终在唐山、天津建立钢铁集团。汶川大地震的时候，他们夫妇捐款1亿元给北川灾区，建起抗震小学，学校的牌匾是张祥青请我题写的。如今张祥青虽因病离开了我们，但他的爱人，企业家张荣华得知武汉疫情，捐款1亿元，支援火神山、雷神山医院建设。捐款之后，在一个飘着雪花的早上，张荣华来到张祥青墓前，眼睛含着热泪说：祥青，武汉，湖北有灾了，是新型冠状病毒，我替你捐款了。我懂你的心，你活着的时候，常常讲唐山大地震时，那个苹果的故事，你是孤儿，全国人民的支援让你活下来，我们永远要感恩。今天你听见我捐款的话，一定是满意的。你安息吧，我们共同为武汉加油，早日渡过难关！她把鲜花放在墓地，为丈夫烧纸。

这个时候，其他唐山人也在用微信方式，为武汉捐款。

抗击疫情，河北人民都在行动，表现出了同心赴难的民族美德。承德一个村庄，把准备推向市场的蔬菜，用卡车送往武汉。停工的工厂召回歇假的工人，抓紧生产口罩。衡水老白干酒业股份有限公司除了捐款，还生产 75 度酒精，捐赠给武汉以消毒。一切为了人民，一切为了生命。天若有情，天亦感动。2 月 14 日上午，石家庄第五医院两例重症患者出院。患者李先生是湖北人，医院给他送了一束鲜花，他激动地说：我非常幸运，得到河北人民这么好的治疗和照顾，谢谢你们！好消息不断，这个医院一位 72 岁肾衰的患者摆脱了呼吸机，即将出院。

面对每次灾难，我们除了祈祷，更要有深深反思。当一座城市被迫按下暂停键，我们是什么感受？本该是阖家欢庆的春节，可是街道空空荡荡，一片片树叶和雪花在空中飘荡。病毒来自哪里？蝙蝠吗？我们以后应该以什么姿态生活？请人类放过野生动物。请人们善待让我们敬仰的医生，他们是最可爱的人！还有，我们国家应该建立与新时代相匹配的疫情预警和医疗机制。我们的生活和观念都将改变。

天光降吉祥，地德载兴隆。我们看见了人类的生命通道，渐渐没了恐惧，人间终会笑声朗朗。中华民族有根脉，我们有党和政府的正确领导，有强大的精神力量。我们一定会取得最后的胜利！

生命·疫

吴克敬

生命诚可贵，平等价更高。

——题记

那条大花蛇生得太漂亮了！

或者说那条大花蛇的命好，它遇到了一位绝世丹青好手的蛇妈妈。蛇妈妈在生育出蛇卵，并把蛇卵孵化出小蛇宝宝的时候，是把赤、橙、绿、青、蓝、紫，自然界最美的色彩，都赋予了它的蛇宝宝。蛇宝宝一次一次蜕皮，蜕着皮长大了，长得膨胀起来，从它可以自由纵横的草丛里，像小偷一样，老往我的家里溜。如果它懂得蛇妈妈的用心，给予它那么美好的一身保护色，它便不会奢望别的，只在百草丛里，享受它草丛里的游龙般的生活，它该是多么自由，多么幸福啊！它会生儿育女，实现它美丽一生所有的美好，做爸爸，做妈妈，是多么惬意舒坦，多么风流自在啊！

可是这条大花蛇，自恃它的美丽，自傲它的能力，就不管不顾地出溜进我的家里来了。

农村的家户，差不多都是一个模样，土木结构的房屋，土墙上多有蛇能自由出入的洞眼。这条父母亲见了，说是大菜花蛇的家伙，是无毒的。乡村人虽然都不是研究蛇的专家，却也一代一代地传言，让后世子孙知道大菜花蛇，美艳倒是美艳，但绝不是伤害人的妖蛇。这个道理，我小小年纪时就知道了，所以大菜花蛇出溜到我们家里来，如果父亲、母亲在，就用铲土铲粪的铁锨，把花彩的蛇，收拢在铁锨上，端到村外，找个草丛深的地方，放生了去。

父母亲说了，能来家里的蛇，该是通了神的呢！不得伤害，不能伤害。

父母亲这么给我说，就还给我讲了一个故事。父母亲说了，说我与蛇还有过一次非常好的亲密接触。幼年的时候，我因为感冒发烧，烧得很厉害，那条好来我家串门的大菜花蛇，大约知道我的状况，穿墙来了。我父母亲再一次把它收纳在铁锨上，准备端出门外放生，这时，我父亲灵机一动，把大菜花蛇装进一个粗布袋子里，扎紧了布袋口，把袋子塞进幼小的我的怀里，让我搂着大菜花蛇睡觉了。

不知父亲的灵机一动，可有什么依据，发着烧的我抱着一条大花蛇睡觉，对我的病情会有缓解。但结果是很不错的，当我迷迷糊糊地与大花蛇亲密地蜷卧了一天多，我原来难退的高烧，竟然慢慢地退了下去，体温恢复了正常。

这件往事，父母亲初说给我听，我是不怎么相信的，以为那只是父母亲见我特别畏惧蛇，而故意诓我逗我玩儿的。后来，当我的孩子在家也发了高烧，父母亲照着他们说的样子，也为我孩子做了，我才相信了下来。冷血动物蛇，对发烧的婴儿来说，或许有那么点儿作用呢。

父母亲给我这么说，无非是要我敬畏常来我家出溜的那条大菜花蛇呢。

我听了父母亲的话，敬畏这条大菜花蛇，以为它与我家，天生有着一种说不清的不解之缘。终于一天，父亲、母亲都不在家，而我因为暑热难当，就在我们家的那土炕上，昏昏地睡了去。

梦中的我，梦见了那条大菜花蛇。

我从梦里醒了过来，果然看见了那条大菜花蛇。它的样子好玩极了，紧连它嘴巴边鼻子那块儿地方，圆鼓鼓的不知被什么东西憋得特别大。但见它顺着我家的墙皮，不断地往上爬。爬到三五寸高的时候，它不爬了，故意把自己摔下来，摔在硬硬的地上，摔得很重很重……它正玩命地摔着自己的时候，在我家院子里咯咯哒、咯咯哒，大呼小叫的老母鸡，招呼来了我家那只大红公鸡，它蹿进我睡午觉的屋子里，向着那条大菜花蛇，发起了英勇的攻击！

这我就很奇怪了，一只公鸡可以大胆地攻击蛇，而且那条蛇，似乎还很畏惧我家的公鸡，慌不择路地找着一处墙洞，就急匆匆地摇摆着尾巴，向那处墙洞钻了进去。但它脖子上圆鼓鼓的那一块，此刻变成了它的障碍，头是钻进墙洞里去了，但那圆鼓鼓的地方却卡住了，怎么都钻不进去，急得大菜花蛇露在墙洞外的尾巴，摇摆得更慌乱了。

我家的大红公鸡，是大大地得了势，张开它宽宽展展的翅膀，有力地拍打着，对那条大菜花蛇，发起了一波又一波的攻击，尖尖的喙头，既精又准还狠，都啄在了大菜花蛇的身上了！可怜一条多么漂亮的大菜花蛇，就在大红公鸡的啄食中，渐渐地不动了，并凄惨地被我家的公鸡和母鸡，协同啄食得皮开肉绽，最后只剩下了一条没有肉的骨头架子。

父亲回家早，发现了蛇的骨头架子，就衬着一把干草，把蛇的骨架拽出来，剥开蛇脖子，取出那个圆鼓鼓的东西，竟然是我家老母鸡生在窝里的一个蛋。

鸡蛋就是鸡家族的后代哩！老母鸡不允许大菜花蛇伤害它的子孙，就招呼来我家的大红公鸡，为了抢救它们的后代，齐心协力地进行了那么一场惊心动魄的战斗。

不过我有疑惑，大菜花蛇何以要不断地爬墙，爬上去再摔下来？

父亲给我解开了那个疑惑。大菜花蛇之所以要反反复复地那么做，就是为了摔碎它囫囵吞枣咽进嘴里的鸡蛋，然后消化的呀。

可怜的大菜花蛇啊！它选择了一个错误的时间，选择了一个错误的对象。我在为大菜花蛇伤心的时候，父亲把从蛇脖子里掏出来的鸡蛋，送到我的手上，我偎在了我的眼睛上。鸡蛋保持着刚生出来时的温度，热烫烫的，偎在眼睛上，是很舒服的呢！这是父母亲的一个习惯了，别说这颗从蛇腹里掏出来的鸡蛋，便是我家老母鸡刚刚生下的鸡蛋，他们都要第一时间拿给我，让我偎在眼睛上的——用鸡蛋刚生出来时的温度，来温暖我的眼睛。

这么做的好处是什么？我不能乱说，但我今年已经 66 周岁了，而我的眼睛没有近视过，也没有花过，还保持着年轻时的眼神。

鸡与蛇的那一场战斗，许多年了，我虽然记在心里，却没怎么多想。突然地遭遇了这场新型冠状病毒肺炎，我才似乎有所感悟：不论你是一条蛇，还是一只鸡，大家各有各的生存法则，相互间多些尊重，多些忍让，也许才是最重要的呢！

生命诚可贵，爱情价更高。这里，我想要改两个字来说，生命诚可贵，平等价更高。

大菜花蛇的遭遇，是太悲催了，而更悲催的，是与近日暴发在武汉的新型冠状病毒肺炎疫情，拉扯在了一起。我在电视新闻中看见被商家锁在铁丝笼子里的蛇，花花绿绿，就非常像我说的这条大菜花蛇。

科学的论述言说地球生命有 46 亿年，而人类在地球上的历史肯定没这么长。仅仅数百万年的时间，放牧、耕种，把地球搞得伤痕累累、血迹斑斑，土地沙化、江河污染，大量生物灭绝。我们不能不想一想，别到某天，地球还在，而人被地球开除了“球籍”。

地球上的所有生物，都是大自然的孩子。善待生命，是我们必须面对的一个严肃的问题。

我们人似乎是太自大了。别的动物，还没有进化到有自己的餐桌，而人的餐桌，几乎无处不有、无时不有。这餐桌上就满是动物的尸体，有什么生吃猴脑、活焖螃蟹、铁板甲鱼、火烧龙虾，还有被称为“四大美味”的鱼翅、鹅肝、熊掌、鹿胎等等。餐桌上的血腥与残酷，看来要让有点良知的人毛骨悚然呢。

在一些人的眼里，动物一般是相貌丑陋、生性粗野、弱肉强食的，生命谈不上宝贵。真的是那样吗？非也。我看到过一个资料，西双版纳的野象谷里，一头年迈的雄象，不幸染疾死亡，群象结队而来，把雄象的尸体搬运到密林深处的一条小溪旁，用象牙掘开泥土，挖出“墓穴”，小心翼翼地安葬了它。离开的时候，群象一字排开，绕着“墓穴”行走，它们的眼眶里无不充满了泪水。

地球是人和动物共同的家园，爱动物，也就是爱人类自己。

秦岭山里的果子狸，就以它生命的体验，很好地回答了这个问题。2003 年暴发在广州的是“非典”疫情，最后把那悲惨遭遇的原因，归结给了果子狸。这能怪罪果子狸吗？多少人张着血盆大口，渴望吃到身为野味的它，因此在层峦叠嶂的秦岭山里，摸着果子狸的行踪，挖陷阱，下锚套，上暗弓，千方百计地要把它逮。哦，多么可爱的果子狸呀！特有灵性，特别机敏，但我过去常去秦岭山里游，是见不着它的，它在躲人，怕被抓去宰杀了。

吃出人命来了，而且不是一个两个人的命，成百上千呢！

把死人的罪过栽在果子狸的头上，让它因祸得福，没有人再吃它了，它便活出了自己的风采。去年秋天，我与友人武强先生，一起上秦岭山里玩。武强先生有在秦岭山里工作的经历。他熟悉秦岭，且又有一手摄影的绝技，我俩漫无目的地瞎走，他边走边用照相机镜头捕捉他要拍摄的风景，居然多次抓到了果子狸的身影。其中一只，干脆就站在我俩头顶的树枝上，我抬头看了看，它也不怕人。不仅不怕，还得意地在我俩头顶的树枝上，开开心心地上下乱蹿。我当时只把果子狸瞄了一眼，便直觉它伶俐，还美丽，是不输秦岭山里的珍宝大熊猫、金丝猴的！

把祖国分成南北的秦岭，原本就是果子狸的乐园。

我把我看到果子狸时的心理活动，记在了我的笔记本上。人人生而平等，这没有错。但是生命呢？这句话可否做点修改，改成生命处处平等？

人有人的生命，蛇有蛇的生命，大象有大象的生命，果子狸有果子狸的生命，万物都有生命，是生命就该是平等的。至于物竞天择，还有森林法则，我不能说错与对。自然存在的东西，就自然地存在去吧。谁让人骄傲地要把自己从万千动物中脱离，视为高级动物。既然是高级动物了，能不能有点高级动物的情怀，高级动物的胸怀，关心、关爱、照顾点儿比自己低级的动物，譬如狗，譬如猫，譬如其他被人“宠爱”着的那些动物。

钟声响起

弋　舟

首先，这不是你的虚构。尽管，虚构几乎就是你谋生的唯一手段。

你也确定，这不是幻觉。即便，这是幻觉四起也说得过去的时刻。

午后，在准点的刹那，在阳光下或者阴霾中，它悠扬响起。没错，只是在午后两点时——对此，你没有把握。这令人狐疑，你无从理解，若是报时的钟声，为何不在一天之中鸣响24次。

就在此刻，21点整，你屏息谛听，没有它的鸣奏。

有人听到了吗？午后两点，有人听到了吗？此刻，有人听到了吗？你期待日后有人能够给你一个呼应，从而给你一个见证与确据，也给这庚子年的初春一个见证与确据。

这钟声，从前你也未曾听闻过。理性告诉你，那从前，午后的世界市声如潮，午后的内心也市声如潮，洪钟大吕被湮没在世界与自我双重的喧嚣里。这如今，纵然内心依旧无可救药地喧哗，世界却不可阻挡地安息了。于是，钟声浮现，如律动的朝阳，袅袅跃出往昔被如麻一般纷乱的声量注满了的时空。

但眼下你难以完全地信任理性了。你开始怀疑，没准儿，许多时刻，你那所谓的理性，也只不过是自以为是。但你也时刻提醒着自己，万万不要掉进非理性的深渊里。

你唯一能够确认的是，在非常的日子里，这钟声一天一天地在午后两点时响起，给予你无从说明的慰藉。起初当然是不经意的，你听到了，有那么一瞬间的恍惚；渐渐地，成了一个盼望。你开始在那样一个整点时刻，立于窗前，侧耳倾听。时长大约也就半分钟，却如丝如缕，绵延难绝。

你该调动起你的专注，如同进行严谨的科学观察一般，专门用一天的时间去定格它吗？——搞清楚它究竟是在哪一些整点时刻才会奏响，是什么理由让这些时刻专门被遴选出来，它一天究竟会奏响几次，它的规律何在，在这规律之中，究竟蕴藏着怎样的奥义。

你拿不定主意。你对于理性的信赖已经开始摇晃。要命的是，你的感性也已经站立不稳。

不错，这钟声已经成了非常时期专属于你的一个盼望，但即便是在非常的时期，你也依旧涣散。你知道，自己恐怕是做不到在 24 个整点的时刻都竖起耳朵、保持警觉，即便，你已经认领了它于你而言某种堪称重大的意义。这是普遍的人性，你是如此的软弱和无能为力，那重大的声息已经响彻天际，你却依旧难以在浑噩的舒适区中凝神聚力。你听到了，被触动了，却依旧在惯性中任其弥散在势不可挡的浑噩里。直到下一个时刻，它再一次响起。你意识到了自己的软弱，并为之感到羞惭，可是在短暂的羞惭过后，历经了不安与焦灼、懒惰与懈怠，周而复始地迎来下一次羞惭。

对此，你差不多完全是沮丧与气馁的——你的耐心与毅力，都不足以令你在 24 个小时里去寻觅缥缈的钟声，你依旧难以专注，哪怕，事态已是如此的严峻。于是，你只能轻浮地给自己开脱，喏，那天籁之声，无须以刻板而机械的方式去捕捉，你赶巧听到了，便自有其隐秘的美意。

自有其隐秘的美意！但这美意你若不是聚精会神地去领受，它当然只能永远对你保持隐秘。省察的时刻到了，否则这生命只能交给一次又一次的“赶巧”，而谁又能保证，下一次你“赶巧”听到的，将不再是报时的钟声，竟是，丧钟为谁而鸣。

此刻是22点整，准点的时候，你专门站在窗边屏息去听了，钟声没有响起。

你用力听到了风的声息。除了风声，万籁俱寂。在这非常的日子里，白天静得像夜晚，夜晚静得像史前的夜晚。时而，邻居的争吵响起，社区的喇叭响起，却并不嘈杂，显得不太真实。

妻子开学前需要自我隔离14天，她必须回到兰州去。独居的你跟小爱智能管家说话，毋宁说，是跟它制造点儿声音。刚才，它突然发声：主人主人，我的能量不足，请给我充电。你回它一声：我就不给你充。

23点整，没有钟声响起。

史前的夜晚也许都比此刻热闹吧，风吹草动，乃至风声鹤唳，万物发出静谧却有力的喘息；而此刻的城市之夜，是人工制造出来的带着塑料味的静寂。

刚刚接到通知，其后你有3天需要去值班。和同事沟通了相关的事宜，重点是，你需要一张复工证明，拿着这张证明，你才能找小区的物业开具出门证。腿真的是被关住了。耳朵貌似依旧自由。但你早就明白，这人间，从来都有着对于耳朵的囚禁。更多的时刻，人还会充耳不闻，自我拘囿在听觉的牢笼里。

你开始着手探寻那钟声的踪迹。只能依赖百度，你只能依赖百度。你搜索的第一个关键项是“电报大楼报时的钟声是什么音乐”。几番甄别，你得到这样一条讯息：

武汉江汉关1987年恢复采用自1924年1月18日建关后就采用

的国际通用报时曲《威斯敏斯特》。

值得庆幸的是，你没有太费力气，便抑制住了你那颗惯于草率地将万物肆意比附的心，坚定地站在了朴素的常识之中；你坚信你的耳朵是在物理的世界里谛听到了钟鸣，而不是那千里之遥的汉江边上奏鸣的旋律飘荡进了你的耳朵。如果此刻你再一次放纵自己的冥想，你知道，天亮之际，你将受到惩罚，将神魂颠倒在不可预知的精神危机里。

你做出了决定：明天，在那个时刻，你要录下那钟声，作为这非常时期的勒痕。

现在，你得到了一个曲名——《威斯敏斯特》。对此，你并不陌生，你知道，那是一个地名，还关乎宗教与信仰。果然，百度继续证实：

威斯敏斯特钟声，又名西敏寺钟声，是英国伦敦威斯敏斯特宫大本钟报时用的乐曲，也是国际通行的一种报时音乐。其最初来源于剑桥圣玛利亚大教堂，后来因作为威斯敏斯特大教堂的钟声而闻名遐迩。

1794 年，英国著名作曲家克洛兹设计的以 4 个音符为一组的“报刻”音乐，首先被剑桥大学钟楼所采用，世称“剑桥钟声”。1859 年，英国议会大厦钟楼亦敲此曲，故而声名大振，伦敦市民常常听到钟声便核对时间。

《威斯敏斯特》这首教堂音乐除了成为大钟的“报刻”音乐外，也是英国皇家的名曲，并成了世界流行的音乐。

这首乐曲在东亚被广泛使用，在日本、韩国、中国的学校被普遍作为上下课的铃声使用。上海江海关大楼曾使用此曲，广州粤海关大楼、武汉江汉关大楼现仍使用此曲。

中国铁路车站使用这段音乐的第一段作为播音前的提示音乐。

在日本，许多公共场所都采用这段音乐作为报时音乐。

在印度尼西亚，火车到站或者出发时采用这段音乐。

在美国，联邦信号公司采用这段音乐作为报警设施的报警音乐。此外，纽约地铁在关闭车门时也会采用这段音乐提醒乘客。

在加拿大渥太华的和平塔，这段音乐被当作报时音乐。

…………

好了，现在你只需要找到这段音乐的音频。这很容易，当旋律响起，你宛如又一次站在了这些日子里午后的窗前。你知道，就是它，那钟声的肉身，被你认准了。

凌晨 1 点，世界那塑料味儿的寂静似乎有了一些自然的气息。

没有钟声。

你多少有一些感动，感动于那驱策时光的“报刻”之声，竟然被人类共同接受与谛听。这像是一个奇迹，更像是一个安慰。因为你知道，“人类”这样的一个想象，在这样的日子里，空前地成了全部中国人重大的命题。

你找到了相关的视频：上海海关大钟钟声——威斯敏斯特报时曲的珍贵记录（三刻 • 整点）。

你甚至想将视频的链接也复制在这里。但你必须用汉字将其描述出来。好吧！这段视频全长两分钟，镜头对准巨钟的内部，钟声分 3 节，时长 22 秒，前后是巨大的齿轮匀速咬合转动发出的咔嗒声。时间一往无前地迈步，沉重、严酷、毫不动摇。宇宙庄严地恪守着它的秩序。

你在心里琢磨，你所处的位置与西安市的电报大楼距离几何——显然，那几乎没有钟鸣相闻的可能。那么，你听到的钟声来自何方？它当然不会是来自那座正在苦熬着的城市，当然不是。尽管，这样的想象何其抒情，但你知道，在这样的日子里，不过半个月的光景，你已经无可转圜地丧失了抒情的冲动，并且深切地将那种冲动视为会令人害羞的事儿。

合理的推断是，就在你的住处不远，有一座大钟在定时鸣响。它当然不会是自然的产物，是人，是人构成的组织，建设了它，管理着它。你开始意识到自己往日的轻慢。往日，你并没觉察有一座大钟在你生活中存在，就像你并没觉察这世界是在如何钟表一般运行着，无数个你无视的人，人构成的组织，齿轮一般咬合转动，才支撑起了你轻慢的生活。

现在，你开始意识到了。因为你那座狭隘的微不足道的自我之钟，被迫紊乱了。你被关在了笼子里，惶惑、仓皇、晨昏颠倒，小区的保安在你面前拥有着绝对的权柄，你被迫张望到了有人在高速公路上流浪，有人与婴儿被一层玻璃间隔成两个世界，有人剃光了长发，有人在阳台上鸣锣呼救。你被迫张望到了苍生。人，人构成的组织，这尘世所有紧密咬合的齿轮，出故障了。

而钟声依然准时响起。

这才是你艰难时刻所有盼望与慰藉的根基。

你不想再将这一切形容为一个隐喻。那种知识的卖弄与浅薄的抒情一样，至少都不是现在的你可以去随手操练的了，你没有如此的能力了，也许，这不过是你的无能。那么，就领受这样的无能吧，在时而坚定不移、时而又犹豫不决的摆荡中，去熬你的艰难时刻，去感动于能够感动你的图景，去聆听你听到了的钟声。

凌晨两点。依然没有钟声响起。但你听到了大地均匀的呼吸。

那钟声，为何不响够 24 下，这是你现在最为迫切想要解开的谜题。而你现在唯一确知的，只能是，至少，在午后两点的那样一个精确的时刻，你和那座被封锁着的大城里的人们一同，听见了 4 个音符为一组的“报刻”之声：

3 1 2 | 5 - - | 1 2 3 | 1 - - |

当那一天来临，世界再度川流不息，小区保安不再限制你的腿，你应该马上就去探寻你身边不远处那座大钟的位置，你将满含热泪去搞明白，你的生活原本是由什么构成的；是谁在黎明清扫马路；是谁在将书籍、牛奶递到你的手里；是谁在装模作样，是谁在脚踏实地；是谁，不懈而又卑微地持续劳作，让钟声准点响起。

正月里

张　楚

腊月二十八

1月22日，我们一家从天津返唐山滦南县过年，本来买的汽车票，21号得知，爆发于武汉的新型冠状病毒具有传染性，思来想去还是改签了高铁。汽车要走3个小时，且是狭窄密闭空间，比起高铁，安全性似乎弱些。还好抢到了高铁票，又匆忙到药店买了5个口罩，这才全副武装奔往火车站。临走之前将两盆繁盛的满天星坐于水盆。孩子辅导班开课早，我们预计大年初五返津，喜水的满天星应能熬过这七八天。另外几盆植物，琴叶榕、龟背竹都是大型木本植物，想来不应有恙——只念着花花草草，忘了带剃须刀。

火车站嗡嗡嚷嚷，虽说疫情已至，仍阻拦不住游子的迫切归乡之心。大部分人都戴了口罩。网络上出现了“60后劝90后穿秋裤，90后劝60后戴口罩，横批：谁都不听”这样带善意讽刺的段子。这种段子颇符合90后一代的佛系风格。我想，回家后第一件事情就是劝父母戴口罩。他们都是有主见，甚至是有些顽固的老人，父亲当了一辈子兵，擅长对下属发号施令，而母亲也是闲不住的人，这些年迷恋书法，几乎天天去老年书画社切磋技艺。

下了火车，我们没拼出租车，也没坐长途汽车，而是让朋友开车来接。唐山尚无病例，我们内心有些松懈，当天晚上小徐请我们在老据点“旧时光”吃饭，赴约。他朋友送了几斤新鲜的三文鱼，我们又点了些红柳烤串、炭烤鸡爪，喝了4瓶白酒、两箱啤酒，喝着喝着在大厅唱起了歌，无非老三样，小徐照样唱他的《南方姑娘》或《成都，成都》，我照样唱我的《想和你去吹吹风》，其他食客和服务员照样坐在旁边鼓掌。当然，其他食客展露歌喉时，哪怕歌声如鬣狗偷笑，我们也要掌声如雷。这叫捧场，也是教养。而一个人最幸福的事，就是回到生他养他的地方，见到那些他既喜欢又间或厌恶的狐朋狗友吧。总之那个夜晚，我们唱到凌晨1点钟方才散场。我们那时决计没想到，这个夜晚会在接下来的日子里显得如此奢侈。

席间，朋友说，红盒53度习酒不错，价格便宜，而味道接近茅台，于是翌日买了两瓶。

世间诸事，皆是如此吧？当时觉得琐碎平庸，死水微澜，回望之时却瑰丽犹如繁星。有个朋友在研读《追忆似水年华》，这个心思缜密的阅读者已经写了15万字的读书笔记。他说，普鲁斯特的回忆里，到处充满让人生厌的矫情，而普鲁斯特却偏偏不自知，我们姑且将之称为天才的美德吧。

正月初三

年三十，吃了肉和饺子，往年除夕夜，是没有鞭炮声的，这晚不但听到了鞭炮声，还看到了久违的烟火。不晓得这是否和网上所言鞭炮有助于驱赶瘟疫有关。没有看春节联欢晚会。数据显示，湖北省已经确诊549例，死亡24例，广东确诊29例。当时觉得这个数据已然骇人……

初一。网上流传着外甥给姥爷拜年被关在门外，姥爷从楼上窗口扔下口罩和红包的视频。已经有人在总结河南的“硬核”举措。老妈说，这个春节就别回村里拜年了，村里的亲戚也不会来县城，疫情严重，安全第一。这样一来倒省了不少事。我家亲戚众多，往年春节都要拜访十五六家，基本上给长辈拜完年，也就到了初七八。

大年初三，在同学群里得知发小宏民去了武汉同济医院。他是北京协和医院 ICU 的大夫。跟他联系，才晓得他初一晚上就抵达武汉了。对于上战场的哥们，我除了祝福，更多的还是担忧。ICU 里都是重症患者，他以前给我讲过协和医院的故事，他说，每天，都会看到很多美好的人离开这个世界，一张张消失的面孔让他对生命充满了敬畏，也充满了自责。而我知道，武汉这个战场更为凶险叵测。我只恨自己不是医生，不能跟哥们同赴武汉。他让我们放心，说会平安归来。我答应他胜利归来时，请他吃螃蟹和皮皮虾。他最爱吃的就是海鲜。我也得知，另外一名发小文勇在我们县的抗疫一线，电话联系他，他说已在隔离区好几天了。我让他做好防护措施，他笑着说，每次从隔离区出来，都会把防护服和衣服一起扔掉，为了节省衣物，干脆连内裤也不穿。

往年这时候，哥几个轮流坐庄请客。今年，就算了吧。

老妈派老爸送来了许多食物和水果。我跟她说，都中年人了，无须惦念，你们把自己照顾好就行。当然，说也白说。老妈自从学会微信语音留言后，就乐此不疲地使用此项功能。常常是我一打开微信，就看到她发来的十来条语音，每条都 60 秒。我就像听评书般侧耳倾听，不敢落下半字。这些留言概括起来通常有如下几层意思：吃饱没？穿暖没？钱够没？

这些语音留言，我都小心翼翼地保留着。

正月十四

2 月 2 日下了雪，在河边发现了 3 个矮小的雪人。其中一个在冰面之上。雪人都戴着口罩。行人偶遇，各自怯怯一瞥，急匆匆弹跳至三丈开外。

2 月 4 日，去蔬果店购物。县里虽无病例，管控依然严格，这是好事。出入小区要量体温，入商店除了检测体温，还要登记手机号码。本来想着买一把剃须刀，又忘记了。晚上见朋友李舫在微信上说，《人民日报》为新冠肺炎求助者提供快速通道。这真是几日来最好的消息！我在豆瓣和微博上看到诸多求助信息，让人欲哭无泪，我赶紧按照他们留的电话号码打过去求证，可不是占线就是没有信号，只好先把几条信息转发给李舫。李舫说他们会有人逐条核实，给予帮助。

晚上出小区遛弯，发现小区四周全部罩上了铁丝网。有条狗站在网里，不晓得如何出来。它的主人大声呼唤着它，它只是愣愣地盯着铁丝网发呆。

2 月 5 日，托朋友买的口罩终于送过来了。朋友还送了我 3 棵大头菜。于是接下去几日，我们的餐桌上是海天酱油凉拌大头菜丝、大头菜炒鸡蛋、大头菜炒粉丝、大头菜炒辣椒、大头菜炒大白菜。脸都吃绿了，呼吸间全是青草的味道。

买不到酒精和 84 消毒液，恍然想起那两瓶 53 度酱香型白酒，于是老婆每隔一日，就将白酒撒到墩布上墩地。屋子里飘着白酒的味道，我老怕复习功课的儿子不知不觉就醉了。

2 月 6 日，在沙发上坐到凌晨 3 点，睡不着。这晚，31 个省（自治区、直辖市）和新疆生产建设兵团累计报告确诊病例 31161 例，累计出院 1540 例，死亡 636 例，疑似病例 26359 例。这些没有体温的数字，让全国人民揪心。

2 月 7 日傍晚，家里忽然停电，我正在吃饭。一碗粥，刚烹好的鸡蛋，放了些酸酱。自己喝了二两白酒。在无边的夜色中，眼泪难免流了下来。

中午的时候看电视。新闻里播报了很多志愿者的事迹。云南莲花乡的村民浩浩荡荡地骑着摩托车，走了近 2000 公里将 22 吨香蕉运到黄石；洛阳市贫困县嵩县将 10 万斤大葱捐给了武汉；河南沈丘村支书载着 5 吨蔬菜，只身赶往火神山医院工地免费送菜；大年三十中午，上海市第一人民医院呼吸科的医生点了两份外卖，下单时体贴地备注，不用送上楼，但不仅快递小哥把饭菜送到了二楼，店家也免费送了两个菜，并附了张字条："医生，辛苦了，送一份肉一份菜。新年快乐！"看到这些新闻，我时常眼眶湿润。

还看到林生斌捐了5000个口罩。2017年6月22日，他的妻子和3个孩子被烧死在房子里。保姆赌博输光了钱，想用放火再灭火的方式博得雇主感激，以此开口借钱……一名网友留言说，一位身与心都曾在地狱的男人，以一己之力打造出一片天堂，告诉我们——人间值得。

每隔两三天，我会给宏民发一部电影。我问他喜欢看悬疑的还是娱乐的，他说想看娱乐的。我本来想把观看地址直接给他，上面有200多部电影，但是后来发现里面有很多沉闷的文艺片，怕影响他心情，干脆专拣轻松的一部一部挑好了发给他。这天推荐的是部动画片——《蜘蛛侠：平行世界》。蜘蛛侠在拯救地球拯救人类。我觉得宏民和那些奔赴疫情一线的医护人员，和蜘蛛侠一样伟大。

不，比蜘蛛侠伟大。非虚构总比虚构更要显现出血肉丰满的力量。

正月十六

2月9日，家里米面没了，水果没了，蔬菜也没了，我开车和爱人孩子去超市。虽然县里还没有确诊的病例，小区也已经全面封锁，规定每家每户只能两天派一个人出门采购。我们说还不知道这个消息，于是量完体温，记好门栋号后，保安给我们放行了。超市里也没有什么人，没敢让孩子下车，我跟爱人在里面挑挑拣拣，买了500块钱的蔬菜和水果。水果没有明显涨价，蔬菜涨了不少。

今天，县里有10名医护人员奔赴襄阳。期待这些无名英雄早日凯旋。看继军兄转的帖子，上海今日派了360名医护人员驰援武汉，出征前，姑娘们剪掉了长发，小伙子们剃了"卤蛋头"，几百只医护行李箱里塞满了成人尿不湿。宏民曾说，穿防护服需要40分钟，脱防护服需要60分钟。这些尿不湿，是工作期间最好的保障了。

现在是2月10日凌晨两点，看疫情动态图，全国确诊病例37294，疑似病例

28942，治愈病例 2918，死亡病例 814，新增确诊和新增疑似病例数较前都有所下降。

忽然想起我在天津的那些花草，估计除了琴叶榕，全部都枯死了。想把钥匙邮寄给同事帮忙浇水，可非常时期，多出一次门就多一些风险，还是罢了吧。希望它们也能给我奇迹。

没有剃须刀，十几天没刮胡子了。

不能在一起喝奶茶的日子

艾　平

人们说灾难是一面照妖镜。我在这里想说的是，灾难更是一台显微镜。显微镜下，我们自己的、彼此的，普通人的、非凡者的，几乎所有人的，曾经隐没在岁月静好之中的内心，猛然被揭开，小到偶然的一次选择，大到义无反顾的一场牺牲，那眉头紧蹙忍住的一滴泪水，那将众生扛在肩头的赴汤蹈火，分毫毕现，真真切切……于是，我们知道了，当疫情莫测如海，每一个人的内心，都是大海中的水滴，斑斓而真实地呈现出大海的质感。

2020 年 1 月 15 日，我乘坐呼伦贝尔新开通的旅游列车进入草原腹地，窗外是白雪和青松组成的绝美景色，天地洁净而安详。朋友圈里隐隐传来消息，肺炎、武汉、有限人传人……我当时不是没有警觉，但是没有太大反应。

7 年前，我看到一个热爱草原的年轻朋友发的微博，说有一匹马正在呼伦贝尔学院院墙外流浪，两天多了。我放大了图像一看，那马果然很落魄，衰毛累累，满身灰尘。我立即开车到了那里，见那匹马正如朋友所说，正在车流和人流的尘嚣中，寻觅着可吃的草木，叫人十分心疼。我虽然想起了“冲动是魔鬼”这句话，还是火烧火燎地给呼伦贝尔学院的一位领导打了电话求助。那位领导不久之后告诉我，已经将马交给了某单位。热爱草原的年轻朋友后来告诉我，他到某单位找见了那匹马，被拴在院里，有草吃，但到后来就不见了，他的询问无人理睬，他认为凡事皆有可能。他告诉我的时候带着埋怨的意思，此前我经常得自我告诫，“每逢大事有静气”，从这件事之后我变了，好像越来越沉得住气了。

春节前，我慢条斯理地准备各种事宜，“坐怀不乱”地给呼伦贝尔号旅游列车写了两篇宣传短文，接着采买了一堆游牧之地的吃食，让我先生带着飞上海和女儿一家过年，他十分想念我们的小外孙女，我也一样，但是我必须留在呼伦贝尔陪母亲过年。就在这时，我听到钟南山说新冠肺炎可以人传人，腊月二十九，武汉封城的消息传来，我知道坏了。

漫天白雪的呼伦贝尔依然是过年的氛围，无数私家车排气管滴下的水，把街道上的雪融化了，夜里又重新结冻，这样反复，城市成了溜冰大道，到处可见一串串追尾的汽车，但人们依然前仆后继着去购物或者送礼。按我以往的经验，呼伦贝尔天高地远，一般不会有什么值得惊慌的事情，如果上了新闻联播，也不过是因为气温降到－ 40℃以下，其他状况到了这里，基本就不是事了。

我的自以为是使我陷入尴尬。我按计划陪母亲吃了年夜饭，半夜自驾返回鄂温克旗的寒舍。一路月朗星稀，不见一车一马，有种莫名的孤独袭来，刹那间心就小了下去。是谁说过“大自然总是善于躲藏起来”？在万籁寂静之时，它会以压倒一切的姿态出场。我对自己说，你这个人，多么渺小。

宅，对于写作者来说是长项。我初一没有下楼，在朋友圈得知疫情正愈演愈烈。初二上午，我戴上保暖用的纱布口罩外出，走了两家药店，都是酒精无货！口罩无货！售货员已经被问烦了，如果你追问一句何时能到货，她只回三个字，不知道。

问题是我的眼镜在这个时候坏了，久未使用的银行卡也被吞了，我常用的中成药，突然变成了处方药，而开处方，需要去医院。当地好像还没有接到停办第十四届全国冬运会的指令，参加开幕式演出的人们还在准备初七的彩排，街上流光溢彩，上上下下空前认真，无疑是想好好把握这次大展城市魅力的机会。(说句题外话，这种机会的确应该多一些，那么呼伦贝尔人就会越来越聪明，越来越谦逊，越来越多地展现一丝不苟、用细节决定品质、分秒必争等美好行为。博大精深不是完美无缺的代名词，任何地域文化都有去粗取精的必要。) 家里的大米快没有了，“刚需”的绿叶菜也得储备一些，还有，厨房的下水管突然堵塞了，更重要的是，我以往每两天就要进城一趟，看看老母亲。她生病以来，只要我不离开呼伦贝尔，我总是这样坚持着。母亲 88 岁了，虽然不能说话，但脑子非常清楚，当儿女出现在她眼前的时候，她都会露出笑容。让母亲多笑一次，对我们姐弟 5 个来说，是最重要的事情。

很快，老朋友树君来了。他很忙，他母亲当时正因为重感冒住院，他的孩子一家又从上海回来过年。他从有限的储备中分出了两个一次性口罩和一些酒精给我。树君平日爱读书，不是学以致用那种，只是喜欢在书里漂游。他不让我下楼，戴着口罩，自己上了楼梯，在两米之外把封好的塑料袋递给了我，还嘱咐我，要用酒精喷一下这袋子，说自己这些天正出入医院，必须有所防范。这不经意中的言语行为，透出了一个人骨子里的修养。

接着，我外甥来了，他给我带来我妹妹没舍得用的两个 N95 口罩和 100 毫升酒精，更给力的是他居然给我带了修理工——我们看到网上的广告，一种蓝色的小蜡条，说放到下水管可以分解油污，便买了，隔几天放进去一根，不曾想反而堵塞了水管。修理工戴着口罩，一会蹲着，一会儿侧身躺下，拆下一组连着两个净水器的水管，清掉凝结的油污，又细细装好。我没有看见他口罩后面的神情，只看到了他的满头大汗。我预想工钱或许会加倍，结果他只收了 30 元。这个时候，他原本该在家待着，谁也不差这点钱。

大而无当的口号和咿咿呀呀的口水诗不适合民间的质朴生活，没有多少人关注。朋友圈里充满各种防疫提醒，我发现了一个蒙文版的，立马转了出去。这些年写草原，圈里群里很多牧民朋友，一般牧民家都有孩子在外面上学或者打工，草原和北京紧相连，已经不只是歌词了。而很现实的问题是，常年留守牧场的老人们往往不认识汉文，在这个时候，一个手无缚鸡之力的作家能做的事情太少了，为他们传递个有用的信息，对自己也是一种安慰。

有了行头，我看过母亲、一通买买买后，径直向远离尘嚣的大雪原深处开去。只有辽阔而清澈的草原能够让我一扫心头的阴霾。天蓝得犹如大海悬在空中，大地不染一丝烟尘，抓起一把雪看看，雪花有棱有角鲜活如初，清新的空气让人仿佛置身梦境。我摘下口罩，默默呼吸，享受洁净，享受安全。不远处，几匹马好像睡着了，一动不动地站立着，在阳光下简直漂亮极了。一个骆驼爬犁飞快地由远而近，我认出了那戴着羔皮帽的鄂温克牧人是谁，他大约和我一样，太寂寞了，正拉着他的老婆孩子在雪地上兜风取乐。

草原上的人们常说，蒙古包里没有不能在一起喝奶茶的日子。谁能想到，这不能拥抱，不能握手，不能围在一起喝奶茶吃肉的日子还真的来了。我看见，他们一家三口都戴着口罩，不知他是否看到了我发的蒙文版防疫提醒。好在他还没有看出我是谁，我便不由泪目，迅速开车返回。

小朋友乌琼转来一个实时播报疫情变化的公众号，每天公布确诊、疑似和死亡的新冠肺炎患者的数量。当地平台也通知了，呼伦贝尔境内的满洲里和牙克石，都已经有了确诊病例。满洲里的患者是一个小伙子，他年前由武汉自驾过来，准备从呼伦贝尔出境，到俄罗斯西伯利亚一带旅游，走到满洲里就发病了，正在紧急救治。牙克石的患者是一个返乡人员，官方正大力寻找和他同一个车厢的接触者。接着海拉尔境内又出现了疑似病例……网上的消息更可怕，原本还有一半是淡黄色的中国地图，几天就红了。

期待着火神山，期待着雷神山，期待着新药，期待着拐点……我发现自己根本无法安坐于案前。我正在写一位脱贫致富的农家妇女，她的故事是先苦后甜，她靠绑笤帚致富，带动了整个屯子的贫困户。节前我视频询问她一些相关细节的时候，她朗朗有声地笑着，还把她的丈夫、大病初愈的儿子和品学兼优的女儿叫到手机前让我看。因为她，历尽艰难孜孜矻矻，我拟的题目叫《她的幸福不是一朵花》，潜台词就是她的幸福来之不易。当我写到她当下的快乐和幸福，叙事的调子却无端地低沉起来。我失去了激情，因为我的脑袋在嗡嗡作响，里面全是疫情。看看微信、微博，死亡离我们如此之近，并且让人猝不及防。

又从朋友圈里接到很多警示，公共场合、气溶胶、飞沫、一支大家共用的签字笔、与感染者前后脚在自动取款机上刷卡等等，都有人传染人的可能；房间要通风，地漏要拿装水的塑料袋堵上，接过他人传递的物品要用酒精消毒……恰恰这时，片警来做入户调查，让我填写一些个人信息，我接过他手中的笔就用了，过了挺长时间想起来，连忙追加洗手程序，却总感觉为时已晚——那是一支无数人用过的笔，细思不由极恐。反过来站在片警的角度想想，他岂不更危险？我无法找到这个片警，心里好像怀了鬼胎，更加坐卧不安。

突然想到小区超市，那里平日是个居民枢纽，信息汇集于此又流向四面八方。超市老板夫妻，是不卑不亢的两个人，你来了，愿意买就买，不愿意买，也不向你推销，我算老顾客了，他们也不叫你个姐啥的。他家的货好，小贵。老板每天开着小面包车到批发市场零揪，每次上货很少，就像给自己家买菜似的，精挑细选过了才上。我跟他说了片警的事儿，他说片警手里有消毒酒精，没问题，接着又问我缺不缺酒精，我说快没了，他说，那你下午拿瓶子来吧。看看我的神情，他又接着说，我托人上了点，原价给大家。下午我果然拿到了平价的酒精。我说太谢谢了，他说不用，然后就忙自己的去了。

与此同时，在网上看到有卖口罩的，价钱高于平常两三倍。卖主也是个熟人，平常总是处于义愤填膺的状态，他的朋友圈，永远都是忧国忧民，嬉笑怒骂。我不想使用发国难财这个字眼，但的确当头挨了一闷棍。同时，我还有点纠结，我可以不出屋，可是身边的晚辈们比我更需要口罩。买，还是不买？

女儿女婿在城区为我们买了个电梯房，节前已经装修完毕，水电气尚在调试阶段，正该去看看有无疏漏，没想到小区也不能随便出入了。那天寒风瑟瑟，几位物业管理人员和一位看似机关干部的中年女性把守着大门。庚子之春，天有不测，一场雪连着一场雪，气温降到 −36℃，那位女性已是一脸疲惫，一头霜花。他们看了我的车牌，说登记测温后可以进去，但最好补办一下出入证。我没有直接进去，转身到社区去办出入证。

接待我的是一个年轻女子，她同时接待着好几个人，并不断地接电话，还要和其他工作人员沟通情况。我告诉她自己不常住这个小区，只是来看看房子。我以为自己健康，有合法身份证，她没有理由不给我办。没想到她说不行——你就在你现在的小区待着，不能乱窜。我说你……她打断我的话，语速飞快地呛我："谁知道你是不是一个病毒。"这话说得真是——火气一下升到我的头顶，我强克制住自己，我说我知道你忙，可也不能这样说话啊！谁知我话音未落，她突然就哽咽了，看样子马上就要号啕大哭，嘴里还叨叨着："我从早上 6 点出来到现在，我……"

我呆呆地看着她。她穿着肥大的男式制服，戴着口罩。也许这是一个还在哺乳期的母亲？也许这是一个心怀委屈的妻子？或者是一个焦躁的孕妇？我说好好好，我不办了行不行？作为一个一把年纪的老阿姨，我承受不住任何女性的眼泪。

回家一看微信，朋友圈里卖的口罩只剩最后几个了，很无奈地买了下来。卖家说，他只用一个上午就把到货的口罩全卖光了，他为此高兴，感觉雪中送炭，手有余温。我想，他这样在朋友圈里零售口罩，一上午能有多大的销售额呢？他的店铺停业了，他也是要吃饭的呀。理解了，我也就不拧巴了。

心里的感恩之情一点点蕴积，正月十五在朋友圈脱口而出：今天是元宵节，没有什么吃元宵的心情。能够安全地宅在家里，有饭吃，有书读，已经非常感恩。感谢为了百姓赴汤蹈火的白衣天使，感谢为我们筑起血肉长城的子弟兵，感谢为我们的生活坚持工作的各行各业的人们！愿为战胜疫情做着实实在在哪怕很小很小之事的普通人安好，愿我们的民族、我们的国家安好！

先生决定提前离开上海返回。他从上海出发时全副武装，由女婿用私家车送到机场，经严格检查后登上了旅客稀少的飞机，降落后一出机场，立刻被我用酒精进行了笼罩式喷洒。我将他用私家车载回家，时值夜半，未和任何人有过交集。

不管被传染的可能性到底多大，矫枉必须过正。一旦，万一……最正确的选择就是把病毒关在自己家里——这个家里一向互相口诛笔伐的两大派，关键时刻竟然无比志同道合，即刻结成命运共同体。我们打电话拜托妹妹照看好老母亲，约好两周之后和她们见面，然后便各自抱着手边的功课，遁入单独的空间。

关心则乱。“两耳不闻窗外事，一心只读圣贤书”，何其难也！你的亲人在远方，你的同胞在受难，你不是冷血动物，岂能安之若素？书本在手，手机却越发不可替代，如果说世界正命悬一线，那么手机是希望的窗口。主流媒体、朋友圈、亲友群、各种网站的声音，窗外物业人员的不断提醒，全中国全世界与疫情搏斗的呐喊，都从这个窗口涌到我的心里。

这个世界正在经历排山倒海一般的震荡！

快啊，快！

呼伦贝尔医院呼吸与危重症医学科主任史瑞峰，今年年底就要退休了，当她接到医院的电话之后，二话没说，买了机票就从北京返回呼伦贝尔，立即奔向满洲里，投入呼伦贝尔第一例新冠肺炎患者的救治。2003 年，面对呼伦贝尔的第一例“非典”

患者，她说，一生所学，报效国家，舍我其谁？便和患者同时入驻隔离区，直到圆满完成任务。17 年后，她又做了排头兵。患者出院了，她还在隔离，当得知有新患者出现，她说，疫情不退，我不退！

快啊，快！

莫力达瓦达斡尔族自治旗医院的呼吸科医生杨永峰，门诊时发现了当地第一例新冠肺炎患者，他迅速将诊室彻底消毒，请示了领导，只身一人担起门诊重任。由于治疗需要，杨永峰必须将患者送到 200 公里之外的扎兰屯传染病院治疗。一路上，他为了照顾患者，始终和患者一起坐在封闭的救护车里。当他终于把患者交到当地医生的手里，由于天气极寒，他的眼镜和防护镜已经完全被水汽蒙住，什么也看不清了，他坚持着用手摸着，处理好了患者的被子，避免病毒传播。他返回莫力达瓦以后，医院又确诊了两例新冠肺炎患者，也需要送到扎兰屯传染病医院治疗。他说，还是我来，我已经有经验了……他不害怕吗？

终于有了好消息。在满洲里医院治疗的武汉小伙子痊愈出院了，当他走出隔离区，挥手和医生护士告别的时候，他告诉记者，是他们救活了我，可是我至今都不知道他们长什么样……

纵使相逢应不识。我不知道你是谁，我却知道你为了谁。

惊恐、绝望、谣言、欺骗、谜团，无不存在。我们都在惊涛骇浪之中，每一个心灵都经历着冲撞、起伏、洗涤、锤炼，然后徐徐落下，像千万颗水珠，汇入茫茫的大海，再一次成为茫茫大海。

我们的生命里充溢着这个时代，这个时代将和一个民族的苦难成长一起载入历史。

就这样自我隔离，手捧手机，我日夜祈盼。

快啊，快！尘埃落定，万物安宁。

青羊宫到浣花溪

——成都新冠肺炎时期的民间生活文本

熊　莺

1 月 23 日（己亥年农历腊月二十九）

凌晨 1 点多，孩子从北京回成都。进家门时，她戴着口罩。也就是说，从机场到家，约半小时车程，再从小区的车库到家里——出车库，走上院内小径，上电梯，到家，长长的一段路，孩子一直严实地戴着口罩。

我愣在门前，有那么严重吗？

那时我的家里，一只口罩没备。街上的行人、单位的同事、邻里巷陌，也不多见戴口罩的人。孩子从行李箱里取出几只来，那是她在北京仅余的几只，白色，3M9001。那也是我第一次感觉到，原来新冠肺炎，已近在咫尺。

那日凌晨 3 点，武汉市发布交通通告：武汉封城。

据国家卫健委数据，那时的最新情况是：截至 1 月 22 日 24 时，国内 25 个省（区、市）累计报告新型冠状病毒肺炎，确诊病例 571 例，其中重症 95 例，死亡 17 例（均来自湖北省）。13 个省（区、市）累计报告疑似病例 393 例。

1 月 24 日（己亥年农历腊月三十）

“成都文殊院即日起暂停对外开放，开放时间另行通知。”截屏。

峨影 1958（影院）春节期间暂停营业的公告。截屏。

成都文殊院公号那日温馨提示：一、本寺自即日（1 月 24 日）起暂停对外开放，开放时间另行通知。二、本寺原定的新春祈福法会、新春供灯法会等法务佛事活动暂时停止，相关后续工作将根据情况另行安排。

电影院线：《夺冠》《囧妈》等数部贺岁档电影公映，被放空档。

1 月 24 日，清晨，我第一次在我的朋友圈中发出了那两张截屏图片。大“敌”来了。

随即，朋友圈中，有空门中的师父发出信息：成都的爱道堂、金沙庵、大慈寺、石经寺，远方的峨眉山报国寺等，春节期间一律暂停对外开放。微信图片中，趺坐的卡通沙弥，戴着口罩，露出沉静的大眼。爱道堂、金沙庵，两座女众寺院的紫红山门上，斜贴着 A4 纸大小的“公告”。

那日我同时还转发了另一张图片，武汉人易中天先生告友人的截屏图：“情系武汉，无心过年，因此敬告亲朋好友和各位网友，本人拒绝一切拜年贺岁，在我的同胞和乡亲面对生死存亡的日子里，哪有心情听什么‘新春快乐，恭喜发财’之类！恭请诸位海涵。”

1 月 25 日（庚子年农历正月初一）

武汉某医院的一名女生，在休息室，情绪失控，撕心裂肺地痛哭尖叫：“我受不了……”我给发出这条视频的友人留言，为什么？做媒体工作的友人回复：前方口罩等医用防护资源全方位告急。

这一天，大年初一，那个清晨，远隔武汉城千山万水的我，第一次，落泪。

大年初二，即 1 月 26 日晚，湖北省人民政府新闻办公室召开新闻发布会，通报疫情防控工作进展，湖北省原省长王晓东说：我们感到非常痛心，非常内疚，也非常自责。会上，一条信息指出："目前有500多万人离开武汉，900万人留在城里。"

1月27日（庚子年农历正月初三）

黄昏，有人敲门。是小区的保安。一人问，家里有从武汉来的客人吗？近期家人有没有去过武汉？家中几口人？一人开始记录。

"就是有，我也不会告诉你。我会帮他们自行隔离。以我的方式，给他们以温暖。"这是当时，我的心里话。这些话，我如实发在了我的朋友圈里。

就在前几天，另一段视频在圈中传开：武汉一家人，数日前入住某酒店，那日醒来，酒店不再给他们续房。"上级有规定。""就因为我们是武汉人吗？"武汉男子愤怒质问。他一遍又一遍质问："这大过年的，你让我们去哪里住？""我们武汉人怎么了？"

他应是封城前出去的游人吧？

好多友人留言。

我的同人，头一天在成都某某处，还遇到一群武汉人。那里食宿便宜，他们已出来有一段时间了。我那并不富裕的同事硬要捐赠500元。不是施舍，如同汶川大地震时武汉同胞千里来驰援，那是血浓于水的手足之谊。

1月30日（庚子年农历正月初六）

这是一条滞后的消息：大年初三，1月27日黄昏，海口机场，海南147名医护人员集结，他们将驰援武汉。他们华发的省长讲话："这次我不像送以前的队员，送去汶川的，我知道他们大概一个月能回来；送到印尼去救助海啸的，我知道他们两个礼拜能回来。这一次，我很难预计你们要在武汉(湖北)待多长时间……”

他跟他的队员说：“根据我的经验，你们可能会被分散到不同的岗位，甚至是不同的医院，大家要相互关心。”

他跟他的队员说：“医生是不能生病的，医生生病，比一个普通的病人生病，带来的危害要大得多。因此累了不要扛，累了的时候特别容易感染，累了就要说……”

仰天泪目。

在他们之前，1 月 25 日，我们四川第一批援助湖北医疗队，138 位医护人员，已向着湖北负重逆行。2 月 9 日(庚子年农历正月十六)，四川第 6 支医疗队，303 名医护人员，再次向着湖北启程。他们中间，有男医生剃了光头，有女护士剪了长发，“我愿用飘飘长发，换你平安健康”。

川人从未负国。

2 月 6 日(庚子年农历正月十三)

“李文亮医生因新冠肺炎于 6 日晚去世。”

多希望这是真正的谣言。

有人说，“李医生正在抢救”。 线上这个小社会，仿佛个个都是神医，人人都是神明，都能施法救人。

朋友圈顿时被刷屏。全是同一个内容，关于一名远方的医生。这个线上人间呀，无数人默默燃起烛火，合十祈祷。

友人寒露发：“我们等。”如果可以等来李医生的苏醒，仿佛所有人，愿意久远地等下去。等哨声重新响起。

凌晨近两点，噩耗传来。医方发出讣告。

是谁，最先转发杰奎琳·杜普蕾那首，让世界落泪的大提琴曲《殇》，线上瞬间被刷屏，哭成一片。友人陈岚，不知从哪里得来一张图——一只滴泪、平静、无言的大眼，图上文字是：人们为什么会流泪，那是因为眼睛表达了嘴巴说不出的悲伤……

翌日夜，武汉市民为李文亮送行。特殊时期的武汉人相约：悼念李医生，晚上8：55至9：05，关灯10分钟，打开手电筒，将光射向天空，5分钟，集体吹哨5分钟。

那一夜的武汉，有作家在朋友圈中写下：今夜华夏，遍地火焰，雷霆骤至，哨声依然。有电视台后来制作了一期电视节目，《送别李文亮——致全国所有战斗在疫情一线的医务工作者》。电视画面中，深夜里，一群年轻人面对李医生工作过的医院大门，深深鞠躬。一位花店老板手里拿着一沓纸，说："已经关门，顾客在电话那边只是哭，也不说话。我是替他们来的。花卖完了。只能把他们的'话'（写在纸片上）带过来。"然后他点上一排香烟，替代祭奠的火烛。

钟南山院士接受某外国媒体的视频采访，说到李医生时，满眼是泪……

2月11日（庚子年农历正月十八）

"武汉封城的第一天，我原本准备一早就回湖北荆门老家过春节。我也没想到会封城啊，结果就走不了了。我老家也有几百例新冠肺炎感染者，我父母的情况我也非常担心，但我没有办法，现在只能是'一种相思，两地哀愁'。"这是湖北省作协主席李修文的口述实录《我的心是乱的，现在没法写作》中的一段。

"我平常晚上睡得很晚，因为第二天要回老家，我就早睡了，准备第二天早起，谁想得到凌晨两点发了通知要封城。既然走不了，那就买了很多菜，囤积着，以备未来之需，一直吃到今天。迄今为止，我已经 14 天没有外出了。现在武汉大街上基本上空无一人，仅剩几家药店还开着。

“我个人非常反感朋友圈里‘把武汉还给我们，把我们还给武汉’这样的口号，它们忽略的是个人的具体处境。此时此刻，还有多少人住不上医院，还奔走在各大医院之间？他们是该被指责的对象吗？这难道不是求生的本能吗？

“我觉得现在武汉缺乏一种清晰而有力量的声音，在巨大的恐惧和困惑之下，所有的人都在猜疑和苦熬。如果有人得了病，他会不断回忆自己曾经与谁接触过导致自己被感染，长此以往，心理上肯定会出问题。现在我不知道我们接下来还要封闭多久，很难对时间做出某种规划。事实上，在这样的心态下，我什么都做不了。我是个作家，很多人说你可以写作啊，那怎么可能？”

远方的老作家那日在电话里跟我讲，与“非典”时不一样，那时仿佛我们独善其身，便能安然无恙，而这次，病毒仿佛无孔不入。他所指“病毒”，应还包括病理学以外的其他“病毒”吧？

杂志社的编辑老师，这天打来电话向我约稿。

2 月 12 日（庚子年农历正月十九）

武汉封城后，位于光谷的 Wakanda 咖啡店没有歇业。7 名员工自愿留守，每天为两家医院的一线医护人员外送咖啡，每天 500 杯，全部免费，至今已坚持 20 天。

临近春节时，这家咖啡店做出了一个大胆决策——继续营业。只是因为，他们有一批老顾客，是湖北省中医院的医护人员。

年轻的他们，在每一杯做好的咖啡的纸杯上，都亲手写上一句祝福语。

或许他们也曾被种种情绪强烈“代入”，也曾被某种情结困扰、遭遇“共情伤害”，也曾对“尸位素餐”这四字进行重新审视……眉间心上，无计可避。年轻的他们，身在“疫区”，或许他们所知道的、了解的，真不比我们少呀！

从成都的青羊宫到当年陆游为踏雪嗅梅写下“二十里中香不断，青羊宫到浣花溪”的浣花溪畔，这中间有：确诊的新冠肺炎病人、医院一线发热门诊的护士、误入“武汉爱心群”的教授、特殊时期仍旧日夜奔跑的外卖小哥、开始“线上”自救营销的火锅店经理和服装店店员、一直开门营业的手工小作坊店家、远在深山不知成都疫情一直想回来的小花店店主……

特殊时期，人们的生活被“篡改”，他们的生活发生变化。我想，我能不能将这些普通人的“口述”作为文章的主体？我做“民间文本”的一名记录员，做美好声音的整理员，替他们记录下历史上这一特殊时刻，记下青羊宫到浣花溪这一群普通人，他们的一段生活。

那日，我再次用疫情软件“疫小搜”，搜了下我家周边的情况——疫情最近地：730 米，浣花香（成都青羊宫对面）。

那日，官方公布的成都市疫情情况为：截至 2 月 12 日 24 时，累计报告确诊病例 131 人，累计出院 42 人，死亡 1 人，其余 88 人均在定点医院隔离治疗。1365 例密切接触者正在接受医学观察。

那日，全国相关数据为：确诊病例 52526 例，累计治愈出院病例 5911 例，累计死亡病例 1367 例，累计报告确诊病例 59804 例，疑似病例 13435 例，累计追踪到密切接触者 471531 人，尚在医学观察的密切接触者 181386 人。

那日我给远方约稿的编辑部老师回话中有这四字：义不容辞。

出门怕肺炎，在家怕地震，2020 好难

口述人：杨旗（女）

身份：成都人，贵州某旅行社经理

居住地：成都浣花溪畔少陵路某小区

口述时间：2 月 13 日

采访题记：春节期间，我曾去我弟妹杨旗家所在的小区外取饺子。同住浣花溪畔，相距不远，但我们还是决定开车去。戴着口罩，摇下车窗，接过饺子盒，迅速关窗，离开，特别像年代剧中的“接头”。

腊月二十九（1 月 23 日），来了外地朋友，一起去大悦城里的餐馆吃酸汤鱼。当时觉得很奇怪、很搞笑哦，服务员都戴口罩，连穿民族服饰的服务员也戴口罩。我想拍张照片发朋友圈。

年三十（1 月 24 日），一大家人吃了个年饭。那时候已经知道武汉疫情了。

从大年初一开始，全家人，各自回去居家隔离。

在家里不用戴口罩，但开始用公勺用餐。

小区防护很严。电梯间楼层按钮上，贴着防护膜（保鲜膜），每天有专人负责消毒。电梯的墙壁上贴着牙签盒和抽纸，住户可以用牙签戳电梯楼层按钮，都是一次性的，用完就扔掉。抽纸也是一次性的。

我今天看见小区门口多了一个“消毒池”，里面有一块浸过消毒液的地毯。业主出入，鞋底要先消毒。

现在我们小区还发了防疫期间出入的“进出卡”，上面填了住户门牌号，联系方式，每户一张。

出门要有“两件套”：口罩、防疫卡。

进出要严格登记，几点出门，几点回来，去了哪里。要测体温，进门测，出门测。

进超市也必须戴口罩和测体温。我们一般去农贸市场买东西，那里通风好。现在农贸市场的两个大门封了，留了一个小通道，方便进出测体温。里面卖菜的商家很少。

初二、初三，我们出过城。去扫墓。我看到外地车辆排着长龙入城，车上的人一个一个地测体温，温度正常的都放行。我们成都本地的车，单独一条通道。

我从来没见过高速路上停着那么多车。

那天用“周边疫情”的软件测了一下，距我家最近的一例患者，在0.78公里外的双楠花园。

我家隔离第一天，应该是大年初一。我当时很乐观，经历过“非典”的嘛。其实，当年“非典”时也没有这么紧张过。人数天天涨，人越来越心慌。

现在，我们每天9点左右起床，第一件事是找手机，看看疫情。早餐后，一家人一起看电视，有啥看啥，打发时间。

一日三餐的食材，我们通常会一次性买好几天的。午后去浣花公园走路健身。晚饭后不再出门。

最恼火的一件事，是大年初五那天，我的肾结石病发了，痛了一夜。那时候发着热，又不敢上医院，怕去了反而被传染。买了点消炎药，一边吃药一边热敷，硬扛。我那天第一次哭了：我一个小病，都这个样子，武汉那边，还不知道恼火成啥样子。

隔离时期当然也有开心事，出门不堵车，股票涨了，城市空气质量超好。唯一不方便的是，没有地方理发——除菜市、超市，所有店家都关门了。

这期间我们在家包饺子，做川菜。做得最好吃的一道菜应该是干煸兔。新鲜兔肉，切成丁，料酒、花椒、五香粉、孜然、蚝油、酱油码料，半小时后，锅里放油，兔丁干煸，煸到没有水汽，再放干海椒、青海椒、大蒜炒。自己做，起码食材放心。

地震那天（2月3日00：05，四川省成都市青白江区发生5.1级地震），是2月

2日晚上，我当时还没有睡觉，肾结石病发，正发低热。我爸在隔壁嘟噜了一声，我以为他说“进球了”，因为他正听球赛。然后我的手机响起来，赶紧打开一看，地震了。

我的反应历来比较迟钝，当时也没有跑，但在朋友圈里看到，有人戴起口罩跑出去了。我女儿在外地，赶紧发微信给我：把口罩放在边上，衣服随时穿好，地震来了赶紧跑。

四川人太幽默了，第二天我在朋友圈里看到好多段子呀。“在成都的外地人全部找到了。地震时其他人全跑上街了，只有成都人在烫脚。”“地震大省要有骨气，8级以下不要开腔，人家要笑。”“跑下楼吧，给疫情添乱；不下楼吧，给自己添堵。”“出门有病毒，在家怕地震。”“太难了，病毒把我们撵进屋子，地震又把我们吆出来。”“来自成都人民的灵魂拷问：我们是在家里蹲还是广场见？”有人出了我们成都地震的对联，上联：出门怕肺炎。下联：在家怕地震。横批：2020好难。最搞笑的段子是一个友情提示：“地震出门避险请戴好口罩，不要中了病毒的调虎离山之计。冷静！！！跑的话还要浪费一个口罩！！！”

李文亮是一个有良知的医生，是我心目中的英雄。我那几天因为病痛，人晕乎乎地发烧。第二天打开手机一看，人走了。好难过。

他是一个非常普通的医生，一个普通人。和平时期的英雄，应该就是这种普通人，做着寻常事。

最“搞笑”的事情是这次防疫，有的地方还动用了无人机。在一个视频里，村主任用方言喊话，那个不戴口罩的，戴起！打牌的那些人，散了！！这些人全部被骂回去了。

最感动的是我们的导游团队，他们都已经失业了——春节黄金档期间的团，全部退了单。但是，我们5个省的导游，一共在国外采购了15万只口罩，捐赠给武汉前线。

1月22日，家人去楼下的吉庆堂药店买了20只口罩。普通一次性医用外科口罩，没涨价，10多块钱10只，便宜。后面我又在网上订了5只，90多块钱。大年初五下单，8天以后到货。之后一位开药店的友人又送来10只。目前家里储备了20来只口罩，做好了打持久战的准备。

1月24日，我们接到上级通知，让不再接团(旅游团)。停到何时，等候通知。

现在我最担心的事是国家经济会不会倒退，对外开放的情况会不会受到影响。虽然我们没做境外团，但是这个，对我们影响还是会很大。"非典"时期，我们花了一年多时间，才缓过气来。下一步怎么办，现在无心想，走一步看一步。防控疫情是天大的事。

相比而言，门店面临的情况会严重一些，要考虑房租、员工工资等等。

导游，是根据自己的出团率拿薪水的，也就是说，导游们将会面临暂时性的失业。

我还看到了一条消息:《疫情之下，第一个彻底归零的行业》。讲的是，浙江一位投资人，投了2000万，把一个老仓库建筑群改建成民宿。春节前，房间在线预订出八成，结果，1月23日，武汉封城，1月24日，携程宣布，所有酒店类产品全部无损退款。好像是那一天吧，各地政府出台文件，所有景区和酒店，全部暂时歇业。

收件人说，他已经被隔离了

口述人：钟结金

年龄：49岁

职业：闪送员

口述时间：2月16日

采访题记：成都仁和春天百货距离我家1.9公里，2月15日13：44，我下单了一件物品，闪送员钟师傅用了 10 分钟时间送达。平台显示，这是钟师傅第 2536 次闪送业务。从 1 月 24 日开始隔离至今（2 月 16 日），20 多天，这期间，不知头盔下、口罩里那位并不年轻的男子，他、他们是否别来无恙，又过着怎样的生活。

隔着小区的铁门栅栏，他将东西递给我。我们戴着口罩远远说话：您哪里人？四川内江。我有一个小小请求……他说，打给你的那个电话是个虚拟号码，我给你一个我的手机号码吧。

他只有晚上才有时间休息，于是，我们的电话采访时间，约在了夜里。

腊月二十九，我媳妇在手机上晓得的（武汉疫情）。媳妇也在成都上班，她买了 3 只 N95 的口罩，后来又买了 20 只 3M（口罩），那时 10 多块一个，买了就开始戴。看到武汉封城的消息时成都还没听说有（新冠肺炎病例），武汉离我们那么远，我们没有当回事。

大概是初八九的样子，（闪送）公司通知我们去拿口罩。我住城北的金牛区五块石那边，公司在总府路口，10 多公里路，我跑去时，口罩领完了，我没拿到。

口罩很关键，后来又找熟人买了酒精、消毒液这些。我媳妇买的，花了几大百。

现在我们去取件，先测体温。保安给我们测，用体温枪，先测额头，再测手心。手要消毒，用喷的。收的件，取的件，都要喷。喷了，把码一输就可以走了。

从前我们取件送件，都必须送到家门口，现在只送到小区门口，顾客自己出来。防疫，彼此都不能接触。有个小区（防范）严得很，那天我打电话过去，收件人直接就说，他已经被隔离了，让把东西放在物管处，保安直接给送上门。小区名字我记不得了，只记得它外面的马路都拦了。很大的小区，封闭式管理，不准进出，只留了一道门，保安口罩戴得很严实。

天天在外面跑，我感觉郫都区那边，好像严重些，还有人守马路。那天我进去以后，守的人换岗了，新来的人就不让我出来了。

这阵子没有送过医院，医院都“封闭”了，也没有业务。

现在送的东西，口罩要占三成，送 10 单起码有 3 单是口罩，从网上买的嘛。其他的，吃的要占五成，点的外卖，点的火锅，还有就是买的菜，对了，二成是买菜的。其他小东小西的少得很。

最吓人的就是路上没有人，白天都没有人，晚上就更没有人了。跟平时不一样，平时人多车多习惯了，很热闹，人都爱往热闹的地方凑。我们农村就是这样的，热闹的地方就安逸。

我一般是从(早上)8 点到(晚上)7 点,(工作)差不多 11 个小时。

我骑电瓶车，一天认真地跑不够(电)，中间要回五块石充电。最辛苦的，就是送火锅。火锅有各种各样的菜，都是拿塑料盒子装起的，还有泡着水的，又重。还有火锅料、佐料，什么都有，怕一不小心给别人弄洒了。

这期间，钱要比年前挣得多些。平台上每单上浮了钱，从初一开始，一单(上浮)10 元钱(春节期间叫闪送服务，每单价格上浮 10 元)，持续了差不多有一个星期的样子，然后降了 2 元，隔了两天又降 2 元，一直降到 2.4 元了。现在每单只奖励 2.4 元了。平台每一单要抽两成。但是春节期间每一单给你加 10 块钱(他开心地笑)。

一天最多跑十一二单。初一到初六我没有跑，回老家了，初七开始跑的。从初七到今天(正月二十四)，挣了 3000 块钱左右。

我每天吃两顿，平时也是。早饭吃了要到晚上下班回家才能吃夜饭。中午不吃，喝点开水。早上吃干饭，吃得很多，两碗，还喝一碗米汤。我们一直都是做沥米饭，有专门沥米的东西。

为什么来做这个闪送员呀？我文化程度不高，我儿子教我的。他偶尔送一下，在做其他事。

我 1988 年就到成都来了，来成都三十多年了。以前在荷花池当搬运工，搬服装，一年能挣到几万块钱。

闪送我没做多久，去年 3 月 15 日开始的。儿子帮我在手机上报名，他带我去考试的。考的内容简单，如何用手机、找路、收件、取件，还有就是如何注意遵守交通规则，如何保护好东西，打烂了，打倒了，损坏了，要赔的。

去的时候，老师先要讲一个小时的课，他讲的课程就是你要考的课程。

我家里面还有一个老母亲，86 岁了，二哥在家伺候老母亲。我们八姊妹，我是老七。家是内江农村的。我是腊月二十九回去的，初三就回来了。

我们开车回去的，自己买的一个大众车子。一家三口开回去，走的时候没有测体温，回来的时候在高速公路口就要测体温提问了。

家在农村，乡里头管得比城里头还严，一样地不准进出，乡村公路拦起，人车都不许过，人必须戴口罩。

乡里头不好耍，人少得很。我们“钟家大院”，一个大院子，只有几个人。出去打工的今年好多没回来，剩下的都是老的和小的。全部回来的话，至少有好几十口。我算算(嘀嘀咕咕念着人名)，那么大一个大院，才 8 个人在。

我读书少，初中毕业。18 岁就上成都来打工了。在荷花池，五块石那个房子，我租了 30 年了，现在 10800 元一年。

闪送，它起送分是 60 分。60 分是享受不到派单的，要去抢单，抢单也不容易抢到。我考试考了 95 分，考试合格，占 60 分。另外 40 分，要去跑，每天在线时间至少 10 小时以上，你跑的分高，你才可以享受派单。我现在跑到 99 分了，“王牌分”了，就享受派单了。

你服务好，服务得多，大家没得意见，平台就给你不断派单。

这个工作，它帮助、方便了别人，自己(收入)也比较可以。最好的时候一个月收入6000块。就是年前那个月嘛，我刚好跑到99分。

原来打麻将，做了这个我麻将都打不成了。我喜欢打麻将，只喜欢打麻将，别的啥子都不喜欢。现在没有时间了。

现在跟以前比最麻烦的就是消毒。从前不戴口罩，我们男的要抽烟，你戴个口罩就不方便。

今天有件不开心的事：我去取件，打通电话，她喊我在小区门口等。打第一次电话后，我起码又打了四五次电话——她说我马上送下来，又等了差不多10分钟。我又打电话，她又说马上送下来。又等了差不多七八分钟，马上要超时了，超了时（平台）要停你一天，扣你一天钱，不准你上班。她终于下来了，还在打电话，说还要等一下，要加一件文件进去。再着急你都要忍，不准打骂客户，要有礼貌。前后等了40分钟。我跑了2000多单了，从来没有遇到过这种情况。

前几天有一件高兴的事：接了一个78元的大单，去温江那边，送一个焊机，十几公里路。送件人说，你把这个焊机送那边去，再把那边的焊机拿回来，那边有一个焊机是坏的。我来回各挣了78块。一共不超过3个小时。

超市的口罩一下子被抢光了

口述人：蓉儿（化名，女）

年龄：34岁

职业：服装店店员

工作地点：浣花溪畔某知名服装品牌专卖店

口述时间：2月14日

采访题记：蓉儿是何时将我拉进群里的，已记不得。大概是2月6日，正月十三吧。

她供职的专卖店所在的大型商场，在1月26日，即正月初二夜里10时，通过微信平台发布了一条消息：因疫情防控，从2020年1月27日（初三）开始，营业时间调整为10：00—18：00。1月28日（初四）—1月30日（初六），营业时间调整为11：00—18：00。后续调整另行通知。

紧接着，第二天，即1月28日，18时平台再次发出通知：为响应国家关于疫情防控的号召，本商场1月29日（初五）—1月31日（初七），暂停营业。后续调整另行通知。

与此同时，成都各大商场，除超市、菜市和药店外，因同样的原因，先后暂停营业……

1月22日，也就是腊月二十八，那天商场人很多，顾客和其他品牌的同事，有零星的戴口罩的。当天商场有一名店员发烧了，不知是哪个柜台的。当时也不知是普通感冒，还是感染了（后来证实是普通感冒），商场为了安全，当天就让我们全部放假了。

整个商场的人开始紧张起来。负一楼的超市，口罩一下子被抢疯了，没有了。我们赶紧给店长打电话，公司很快给我们闪送来20只口罩，普通的医用口罩。那个时候，听说附近的药店，口罩、酒精、84消毒液，都不好买了。我们的店在3楼，共6名店员，3人一班，轮换班，之前抽签，我抽到正月初一到初五上班。

我赶紧给男朋友打电话，说我准备买动车票回宜宾。他家在仁寿，他赶紧从仁寿开车过来，把我送回了宜宾。男朋友来的时候给了我两只3M的口罩。说实话，这个口罩我就一直戴着，反复地使用，有时用酒精消一下毒或者是蒸一下，因为买不到新的。

就这样，腊月二十九，也就是1月23日，我回到了宜宾的老家。

还在成都上班的时候，1月22日吧，我就给在宜宾的弟弟打电话，让他赶紧买口罩，结果那边也已经脱销了。我在淘宝上订了60只，至今没有发货。

我父母挺高兴的，一家人在一起过年。

我们公司的总部在广州。我们通过电脑查数据，查看库存，然后直接从电脑上下单。下单之后，“款号”发给总部，总部每天统一发货，直接发给顾客。

我们是2月6号（正月十三）开始做活动的。

我们用自己的手机建群。一开始群里几个人，客人是逐渐加进来的。我们所有的秒杀活动信息，都是滚动推送。服装虽是老款，但是折扣低，有一折的，有的才四五百元一件。顾客选中了哪件，私信给我，微信转款，然后我帮他下单去“抢”。

全国各个门店的人都在替自己的顾客“抢”，那时就看谁的手快。每个式样的款号、面料、尺码、颜色、吊牌价、秒杀价，被拍成图片，每天上午10点开始，上线推送，一直到晚上10点。你必须时刻在线，保持与顾客的互动。

不用出门，不用化妆，不用换衣服，在家里过春节，在家里上班，对我而言还是第一次。

我们不拿加班工资，但提成要比平时高，也没有什么任务限制。平时我们是有工作任务考核的，你完成任务的100%，或者完成60%，提成的百分比是不一样的。比方说你完成任务的100%，你就可以有3个点（提成），假如本月你个人的任务是5万，必须完成了100%才拿到那3个点。如果没有完成，就只有一两个点。

我老家在宜宾市区，父亲退休了。我毕业于宜宾的技术学校，后来，我跟男朋友一起上成都打拼、结婚，有个小宝贝女儿，后来离婚。我现在租房子住，租金900块一月，在金牛区二环边上，离我上班的地方乘车大概半小时。上班时公交、地铁都能坐。

商场早上10点营业，但我们9点半就要到公司打卡，下午4点下班。班，一天一换。

我的基本工资是3000元左右。这个品牌在这个商场停卖了两年，2018年底重新开业，我是2019年1月才去的。客户不多，我一个月能有5000块左右的收入。

女儿跟前夫，我舍不得。女儿才6岁，刚读一年级。我租的房子离他们近，离女儿的学校也近，常常去看她。她刚念一年级，怕影响她学习，周一到周五，我尽量不去打扰她。

回宜宾，我住我姐家。我每天醒来第一件事情就是找手机，看疫情，看武汉的、全国的，还有我们宜宾的。到今天，宜宾有9个确诊病例，没有增长。但我看到成都的反而多了。我知道成都沙湾那边有一例，那里离我住处挺近的。宜宾的9例中，其中一位是我的朋友，他今天应该出院了。他是搞养殖的，在河北那边工作。我打电话问他，他说去开了一个什么会，7人开会，3人被隔离了，现在住在宜宾一家医院里。

宜宾消毒工作做得很好。我姐家的小区，24层的高楼，每天有专人给电梯消毒。电梯里有一次性纸巾，按电梯用。用后，放在垃圾桶里。进出大门有人量体温，出入必须戴口罩。保洁每天背着药桶，喷洒消毒液，一天两次，整个小区全面大消毒。超市的门口也测体温，进入必须戴口罩。那天还搞活动，凭消费小票可以领取一瓶消毒水，约100毫升。

听说我们对门的小区里，有一对夫妇是年前从湖北回来的。老婆是湖北人，回娘家探亲，回来之后，他们去了保安那里取水卡，之后出去吃面，现在那家面馆也关了。他们回来的时候可能在潜伏期，自己也不知道，后来发病了，被隔离了。现在那两栋楼，每天有人把守，所有人不让进出，吃的东西，有人送到楼下。

这段时间比较开心的一件事是跟姐姐学会了一道菜，芹菜牛肉丝。牛肉切成丝，加上小米辣、大蒜丝、生姜丝、嫩肉粉、料酒，我们宜宾吃得辣，再加点豆瓣酱，腌上10分钟。泡生姜、泡辣椒切了，下锅爆炒，炒香了，下牛肉丝。最关键的是，炒牛肉的时候，必须把火关小，牛肉是焖熟的，不是炒熟的。炒熟的话，就老了。起锅前加芹菜再炒一下。

商场复工时间还没有定下来，但公司说了，发底薪，提成按3个点算，没有任务量考核。我们店6名员工，我是前三名哦（感觉她正盘腿坐在床上，莞尔）。

实体店，走向虚拟

口述人：燕子（化名，女）

身份：经理

工作地点：浣花溪畔某知名火锅旗舰店

口述时间：2月16日

采访题记：1月17日，燕子在朋友圈中晒图，是店里已备好的春节礼盒，并配文：春节不打烊。1月24日（大年三十），员工们穿着淡绿色工作服团年。1月25日（正月初一），她在朋友圈中留言：从即日起，本店暂定延至2月2日（正月初九）营业。1月26日（正月初二），她发出外卖自提服务通知。1月27日，她的小伙伴们开始给附近的顾客送外卖。1月28日，店前平时立的大水牌上贴上了一张纸，“免费赠送食材”，她图文并茂地说：“狙击疫情，免费向市民赠送食材。”连续两日，店前的街面上，人们有序地排着长队。2020年2月2日这天（“20200202”），人们在朋友圈中晒心愿，职业经理人燕子也许了愿：不心浮不气躁，做好自己，静候佳音。

我所在的这个朋友私人群中，燕子他们店是成都餐饮行业的最先苏醒者。从1月26日（正月初二），于社交自媒体上，以个体的形式发声，开始卖外卖。空街闭巷，疫情时期，成都的“银杏”“鹿港小镇”等实体名店，也纷纷走上“线”来……

从实体店到线上的虚拟餐厅，肯定比我们预想的要差一些。

大年初二开始给附近的客人送餐。当时还没有全面铺开，在做一些准备工作。第一单是一位老客户的，在锦里西路那边。他在我的微信朋友圈看到消息，联系我，我告诉他为防控疫情，只能点外卖。当时点餐是通过微信，我们传菜单的图片给顾客，顾客看着图片点。

餐费，办过储值卡的客人，在他的卡里扣。其他客人通过微信转给我。第一位客人消费了600多元，微信支付给我的。

从1月27日到今天(2月16日)，20多天了，没有细算过，最多的一天15单，那天是元宵节。平常日子，六七单、七八单的样子。往年此时，应该是餐饮高峰期，提前几天，所有的餐位就全部订满了。

我们一直走的中高端路线，往年商务宴请、私人请客的很多，今年这部分客人流失了，防疫期间不让聚会。

许多客人不愿在家动手弄(火锅)，这个对于我们，就是难点。为方便顾客，目前我们电磁炉、鸳鸯锅全部配好，押金300元。客人用完了，喊个“滴滴”送回来。

我们毕竟不是专业的做线上虚拟店的，很多东西刚刚开始，特别怕做得不完善，怕影响了客人的满意度——从前不敢说客人100%满意，但是至少98%的客人是满意的，因为我们平常很注重服务上的细节。

很多老客人，他们的喜好我们都基本知道。我们会定期让服务员进行一个分享。比如我接待过的一个客人，姓张，他点锅很特别，清油和牛油各加一半，一般的是全牛油，或者全是清油。另一位老客人，每次点大红锅，然后会再加一斤牛油在里面。大红锅本来就有4斤牛油了，但他还会让再加一斤。另外，他还会提前点两份酒香排骨，让我们提前给他煮上。还有一位老客人，他订包间一定要订包16。

因为他的朋友爱喝啤酒，喝了酒喜欢上厕所，包16离洗手间最近，而且这个包间特别大，里面有休息区。每次他来电话，我就会问他，今天还是包16吗？

做实体店，在“看台”的过程中，处处皆学问。诸如此类，我们都会做分享。

正常情况下，我们的员工都不放假，我们店有40来人，今年，还特招了两名寒假来打工的大学生。目前除了值班守店的4名前台店员、两名后厨，其他员工都回老家了。

员工的工资，是基本工资，加奖金、绩效、提成，没有营业，绩效、提成肯定没有了。不同的岗位，基本工资不同，最少的是1800元，往上递增，最高管理层拿下来也有七八千的。

什么时候复工，目前没有一个预期。公司讲，等所有的企事业单位全部复工了之后，我们才会考虑复工。

目前我们能做的，除加强防护措施外，就是要加强线上虚拟店的宣传，完善平台和流程。之前是给客人发菜单图片点餐，现在各个门店统一上线经营了。

我们在成都有10多家门店，目前在一个第三方平台——“饿了么”上，可以自主点餐。我们目前推出了各种套餐和优惠活动。套餐有两至三人餐，也有四至五人餐。两至三人餐，折后200多元，四至五人餐，折后349元，特殊时期，我们差不多打6折。

通过微信，更方便沟通，我们更能让客人满意。在“饿了么”上线4天加起来，我们这个店不到10单。目前我们的外卖，基本上都是通过我们的微信和电话联系的。

大年初一那天，公司发了停止营业通知。口罩，我们大年初一开始戴的。员工全部戴口罩，必须戴，无论是在店内店外。药房那时还有卖，中午去买38元一只，下午再去买变成48元了。第二天再去，已经买不到了。所有地方都没有了。当时我们还去买了一只红外线的测体温的枪，300 多元。

初二开始送菜，员工戴口罩送。

现在店内每天消毒两次，用 84 消毒液喷。酒精用来擦拭门把手和开关之类的。员工测 3 次体温。

现在留下的共 6 个员工，包括我自己在内。前台接单两位，4 个人轮换，后厨配菜师傅两位，不休息。

免费送菜那两天，来领菜的人，我们也给他们测体温。送外卖的时候，我们喊的滴滴师傅或者是闪送师傅，我们都会给他们测体温和消毒。给每位客人送的单子上，我们都会贴上一张“爱心卡”，上面注明我们店人员的体温情况。

公司有员工宿舍，但我住自己的家。租的房。我每天骑自行车上班，怕这期间坐公交车不安全。差不多要骑 10 到 15 分钟。小区房，也管得特别严，住户进出测体温，要出示防控期间的出入卡，没有问题才让出入。

这天，“20200202”，朋友圈消息铺天盖地，好的不好的抱怨的都有，我当时就想，怎么说呢，武汉疫情这种情况下，很多个人的情绪其实不重要了，就想，不要想那么多，我们已经够幸运了……

我是简阳人，在镇上的一个职业中学学的会计。2004 年，与我老公一起出来打工。当时，老公在一家公司做安保，我从餐厅保洁员、领班开始，一直做到今天。

说到公司那天宣布疫情时，不害怕是不可能的，大家都还是有些害怕的。

今年春节，年前每一天店里都爆满，包括年后，每天也都有预订。把员工安顿好后，我们开始跟所有的订餐客人打电话，告诉他们我们近期不能营业。

疫情对我个人生活的影响，不是特别大，因为我还好，没有房贷，没有车贷。

这份工作，它能让我完完全全找到我自己，能体现自我价值。以前我就觉得自己特别不自信，但是来到现在的公司以后，到了我现在这个位置以后，我就觉得原来我还可以做成这样。

家在简阳农村，爸妈都是地地道道的农民。我上面还有一个姐，她在温州打工。我们店里的员工最远的来自大凉山。年龄最大的，是 50 多岁的保洁阿姨，年龄最小的十六七岁。大家在一起每天都很开心，有员工宿舍，同宿同吃同工作。大家都很年轻，都充满活力。小伙伴们现在情绪都挺好的，只是会在群里盯着我问，燕姐，我们什么时候能回来呀。

我扫码进入了一个群

受访者：肖浅浅（教授，女）

年龄：60 岁

居家：成都市浣花溪畔某小区

受访时间：2020 年 2 月 17 日

采访题记：她温暖、智慧、热爱生活，业余爱好是写作、绘画。她在网上坚持 360 多天，每天听一段英文原著；她会画风情万种的西洋油画；她会去旧书网开个账号处理家中书籍；她会与家人偶尔“翻墙”去国外网站预订一间民宿——她酷爱以“居民”的方式，融入当地并了解当地民风民俗。2 月 10 日于成都家中，她一不小心误入了一个远在武汉的“志愿者爱心群”。她看见了什么？远在成都的她能做什么？

在朋友圈中看见她发的文图，我忍不住打电话过去，听她讲呀讲呀，特别担心自己整理的口述实录，会有损她的文思与笔力，遂请肖老师亲自写下此文。

非常偶然地，我扫码进入了一个志愿者群，那是 2 月 10 日的晚上 10 点，进去后才发现是武汉本地一个线下的万人互联救助群，征集居住在武汉的志愿者，在群主提供的平台登记区位住址，因地制宜合理安排需要帮助的对象。我身处成都，没什么用，退出吧，又有点不甘心，就想也许能够做些什么，于是就这么候着。

忽然，有几条求救信息弹出来。

虽然群主一再要求大家把求救信息发到他们专门的平台上，不要发在群里，方便整理，但对于惊恐绝望的呼救人，生命正在倒计时，哪里还可能按部就班？求救的呼喊穿隙而进。

36 岁的英语老师，2 月 4 日开始腹泻，没有发烧、呕吐和咳嗽的症状，8 号 CT 查出双肺感染，呼吸窘迫，在酒店隔离，已经没有办法平躺入睡，只能靠着墙休息，不知道下一次呼吸窘迫什么时候发生，不知道自己还能不能熬过去。社区说已经上报，需要排队，目前只能自己靠身体免疫力支撑，只能自救。我不想年迈父母老无所依，我想看着孩子长大，我想和可爱的同事并肩奋斗。请大家帮我转发，让我能早日去医院治疗！

50 岁的鼻咽癌晚期女性患者，有糖尿病，已发烧 10 天，所在的肿瘤医院关闭，医生都抽调到发热门诊，我走投无路……

没有读完，我已经泪流满面。怎么办啊？！

情急之下，猛然想起朋友周君，从 1 月底以来，他就加入了一个由主流媒体牵头的志愿者群，他说那是某大报牵头，联合了一线媒体和武汉当地的医疗资源建立起的紧急救助通道，能够尽快实际地提供援助。以前朋友也招呼过我参加这个救助群，我很犹豫，一想到要接触那些令人肝肠欲碎的求助人，就有点发怵，担心自己脆弱的小心脏难以承受。

没想到第一天入武汉这个群，就看到这些让人几乎崩溃的求助信息，一条一条地弹出来。

“跪求！”

“救救我！”

“我已经没有爸爸了！不能再没有妈妈！”

“救救我的孩子，他才1岁！”

一连串的惊叹号！欲不伤，悲不能已，我脆弱的小心脏好像忽然上了发条。如果不马上做些什么，我都不能原谅自己。所以，我赶紧打电话给我的好友芳儿，她的老公就是周君，某大报紧急救助群的发起人之一。她一听就说，快发来，我马上转给他！我就一个接一个地把这些求助信息转给了她。

周君那边速度确实快，当天深夜就解决了两个。其余的，第二天都陆续做了妥善安排。

我的闺蜜知道了，她也想加入我所在的群，她的祖籍是武汉，对武汉有特别的感情。我记得入群时，群主发了武汉各个区线下志愿者群的二维码，让大家根据自己的住址加入。我“爬楼”找到这些二维码，全都发给了闺蜜，喊她随便选一个。

她看了一阵，说，没有汉阳区的吗？我要加入汉阳区的！我爸是汉阳人！

我仔细一看，我自己所在的群就是汉阳区的。

咋办？

你加入另外的区嘛，分开，这样我们可以多帮助一些人。

这样，闺蜜扫码进入了洪山区一个救助群。

周君这边的某大报紧急救助群，对每一个信息，都要先打电话核实情况，迅速上报，其间还要和患者或家属了解病况，病人住院以后，还要电话回访，进一步了解情况，好提供帮助。因了这个，我、闺蜜、周君，周君的夫人芳儿，我们4人建了一个小群，我把它叫作“成都群”，用来传递求助信息，以及每天晚上开会，交流情报、回访结果，互相打气。

闺蜜入群的当天，他们群没有一个求助信息，第二天，她征求我们的意见，将周君所属这个紧急救助群的来龙去脉，在洪山区群里做了一个介绍。由于每个救助群都有自己的救助链接，群主很快删掉了闺蜜。就在这一瞬间，一个妹妹要求加微信的信息跳了出来。

这个妹妹并非武汉人，而是深圳的志愿者。她在群里呼救："我朋友妈妈也感染了，还在跟社区沟通，半个月了，一直在家隔离治疗。"

深圳妹妹拉了一个微信群，把闺蜜和两个武汉女孩以及一个叫阳光炒饭的男孩加了进来，现在这个群有来自3个城市的人，我把它叫作"三城市群"。闺蜜在三城市群里，把紧急救助群的程序和办法，详细做了介绍，让他们把需要救助的人的信息资料传过来。

"我们现在应该揪住每一根可以挽救生命的稻草，这没有什么好怀疑的。"闺蜜说。

第二天，我的"线人"又上传了几条求助信息，闺蜜看我转了那么多，急了：我这里怎么没有呢？其实我们心情都是一样的：一方面希望有信息，这样就能够帮助到他们；一方面又祈祷没有，说明情况在渐渐好转。

没想到，闺蜜刚说了这句话，就有求助信息了，其中有几个人的情况还相当危急：

48岁的汪师傅，2月2日就开始出现症状，2月8日CT检查显示肺部发白，完全感染，但核酸检查结果又是阴性，医院无法收治。家人带着他四处寻医，可能因为压力太大，汪师傅精神崩溃，在家里又打又砸，送精神病院吧，不收，说没有病史。送肺炎定点医院医治，不收，因为核酸检测是阴性。家人崩溃！

发求助信息的是他女儿，一连串的惊叹号看得出他们一家人的挣扎：跪求各位好心人！

> 我是武汉市洪山区李 × 珍，社区终于联系我了，要了一堆材料，却仍然告诉我不能住院，因为诊断书上医生写的是："肺炎感染，住院治疗，尽快！"但没有出现"危重"字样。我已经开始高烧，我要入院！我要入院……

闺蜜赶紧上报信息，周君打电话核实，制表，芳儿负责周君的饮食起居，以保证他正常工作。我们成都群迅速转动起来。

终于，汪师傅被收进了精神病院，但是很快又被告知要求出院，去新冠门诊，第二天，汪师傅终于被收进了医院。

李阿姨的情况就有点复杂了，闺蜜收到求助信息时，李阿姨的老伴已经开始发低烧，还在家中，而李阿姨自己发烧已有几天，可是因为没有确诊，医院无法收治，但是不进医院又如何能确诊呢？

李阿姨时高时低地发着烧，她躺在床上，异常绝望，拒绝进食和吃药。大家都急得不得了，又无法亲身前去安慰她。深圳妹妹马上把李阿姨在外地的侄女拉进了三城市群，这样她们就可以一起来劝慰李阿姨。闺蜜把自己整成了"心理医生"，好话说尽，只为其他人能够感到好受一些。毕竟那几个女孩年龄小。闺蜜不仅要鼓励几个女孩子，还要教她们怎么说服李阿姨吃饭吃药。在李阿姨入院前两天，闺蜜一边不停敦促周君，一边又不间断地和李阿姨侄女聊至深夜，要她鼓励姑姑姑父无论如何都要坚强地活下去，绝不放弃每个人只有一次的生命！终于，穿过黑夜来自陌生人的温暖让李阿姨夫妇振奋了，他们冷静下来。侄女告诉李阿姨，有成都的志愿者在想办法帮助住院，那天晚上，李阿姨终于同意吃点东西，也同意服用感冒药。

我在写这一段的时候，李阿姨的侄女发来了好消息："应该跟大家报告下进度的。姑父进入雷神山医院，目前已经得到全面检查，明天医生会给出治疗方案。姑姑现在在武汉市第三医院光谷院区。目前通过治疗，已经不发烧了，正在接受进一步的治疗。两人的情况目前都非常稳定，他们要我谢谢大家的帮忙！感谢你们的工作！"

现在我坐在这儿，比之前平静多了。四季更替，有一次次的欢欣和绝望；疫情来临，生活就成了一块石头。玉兰已经开花了，鸟飞回来了，树枝在发芽。深渊来临，深渊又远去，世界就是这样。

取咽拭纸会比较危险一点

口述人：紫云（化名，女）

年龄：32 岁

身份：四川省人民医院（青羊宫对面）发热门诊护士

口述时间：2 月 13 日

采访题记：同样的采访提纲，我发给在医院的友人——四川省人民医院一位护士长，她说让我们一线的小妹妹来说吧。发热门诊 32 岁的护士紫云，答完"试卷"发来，我突然一阵心酸。"2 月 6 日晚，李文亮医生离开，我看到了朋友圈、微博、新闻的各种缅怀，心里感触很大，我哭了。然后我洗了个澡，就去上夜班了。两点的成都一环路，没有人，没有车。3 点，偶然会有一辆空出租车，像这个城市的萤火虫。4 点左右，我们医院灯火通明，但外面的路上空无一人，我不害怕，我心疼。5 点，我们医院对面的包子铺冒着热腾腾的气。6 点，我看到开往家的公交车靠站了。7点，医院的工作人员，开始上班了，来来往往的人也多了。8点左右，天慢慢亮了，我知道这个城市苏醒了。”

我眼湿了。约补充采访，护士长发来紫云与她的对话截屏：天明打电话可以吗？我今晚上夜班，8点到凌晨两点。

我们医院首批援助湖北医疗队的医护人员出发时，是大年初一（1月25日）的中午。他们临行前，在医院第一住院大楼前的阶梯上合影留念，旁边有一面党旗。他们穿紫红的医疗队队服，都戴着口罩，露出眼睛。看不清神情。第一住院部大楼的标志下有一条横幅，上面写着：“抗击疫情　驰援湖北　不辱使命　共克时艰”。

除了本院的医生，还有好多病人，也都在给他们拍照。

我是从医院内部医护人员群里看到的照片。当时我在家里，那一瞬间，我眼泪就流出来了。心里想着，我们的战士要上战场了，我的家人要出征了……那时候，湖北已经封城，形势非常严峻了。

我是医院体检中心的一名护士，我也报了名去武汉，我先是在我们科室报的名，后来又去医院报名，两边都报了。回家后我早早准备好行装，做好随时出发的准备，等待通知。

后来医院公布了首批援鄂医疗队人员名单，共30名，都是我们医院重症、呼吸、感染，还有心内科的骨干和专家。

我是2月1日接到通知的。我不是被安排去湖北一线，是从我们体检中心抽调去本院的急诊发热门诊。这个发热门诊，分成“发热门诊一”和“发热门诊二”，我被分在“发热门诊二”。

医院在急诊室楼前的空地上搭起一个临时医疗棚，那里就是我们工作的地方。

医疗棚下分为：分诊区、等待区、验血区、观察区、抢救区，还有一个休息区，6个区。我的工作，主要是分诊、导诊、抽血、登记来的病人信息、分流病人、取标本等等，好几个岗位我都被分配去工作过。

这里的工作非常细，病人来了，首先需到分诊区，看有没有“武汉接触史”。我们对病人进行筛查，如果病人从武汉来或接触过武汉人员，就将病人分到“发热门诊一”。对，“发热门诊一”是专门接待有武汉接触史病人的。其他发热病人会被分到“发热门诊二”。诊断的流程目前跟武汉那边一样，查CT、查血、取咽拭纸……

有天晚上11点过，有位70多岁的婆婆过来，她老伴陪着她。她发着热，要抽血、做CT。两位老人步履蹒跚，我问：“婆婆，您的子女为啥没来？”婆婆说：“没敢给他们说，我们自己先来。”老人家是担心万一有问题，传染孩子们。爷爷对婆婆很好，还给婆婆穿了一件红色雨衣，当隔离服。

还有一天，一位母亲陪发热的女儿来。当时我给她女儿取咽拭纸。家属不能进检查区，那位母亲在休息区那边，把头伸过来，一直看着她女儿，我们阻止了几次都不听……慈母心呀。

我们的个人防护，会严格按照医院的标准流程做。2月1日到3日，医院陆陆续续对我们进行了培训。培训内容包含病理学知识、临床操作知识、如何自我保护、如何穿脱隔离服等等。我们也穿隔离服、鞋套，戴护目镜，全副武装，跟武汉那边医护人员的装备一样。

取咽拭纸会比较危险一点，要在发热病人的鼻腔里面取分泌物，距离近嘛。咽拭纸的结果一般6到8小时才能出。

穿隔离服很麻烦，每天穿脱，至少要半个小时。穿上它，你就不能吃饭不能喝水不能上卫生间。护目镜吧，你打个喷嚏，上面会起雾。手套要戴双层，抽一次血，扔一层，都是一次性的，要预防传染，保证安全。

很多时候，到后面几个小时，护目镜全起雾了，能见度在二三米以内，你只能摸——靠手感，靠经验，常人是不能想象的。

我住在医院旁边的酒店里，很多医护人员都在这个酒店，回家的话，怕交叉感染。

“发热门诊一”和“发热门诊二”的两支队伍分开排班，每个班上6小时。每个班5名护士，1名医生，后备的护士有两三名，还有几名后勤人员。

我们医院有没有确诊病例？有多少隔离病房？这个我不能回答你，领导才能回答，有纪律。

上夜班的，我们都知道，临时搭建的医疗棚子，四面透着风，天亮前的4、5、6点是最冷的。

社日节要到了

口述人：吴必洲

年龄：73岁

职业：剃头匠

地点：百花西路7号附2号小路边小摊

口述时间：2月18日

采访题记：成都百花西路7号附2号的超市门前，有6株榕树，最靠边的一株，一枝大的枝头垂下来，仿佛有意方便这位路边手艺人、73岁的剃头匠吴师傅挂镜子。镜子、剃须刀、推子、挖耳勺、脸盆，都是老的。在这棵树下，在成都浣花溪风景区一排旧宿舍旁弯弯的这条小径边，从外地来成都生活的老手艺人吴师傅，以剃头为生，而他来成都差不多整60年了。

远远近近的人慕名来找他。奶娃娃剃胎毛、老年人刮光头，一旁快捷酒店的外国客人也来凑热闹，找他理个古老传统的“中国头”。每年正月十五过后，是他复工的日子。特殊时期的今年，树下空空。昨日我路过那里，恰见老人从小径远处走来。“刀片、剪子，我来取回去磨一下，怕生锈了……”他的工具寄存在旧宿舍的门卫室。

“二月二龙抬头，您老要复工吗？”今年的 2 月 24 日，即农历二月二。二月二，是中国传统的中和节，也即民间祭社（土地神）的社日节。“二月二日江上行，东风日暖闻吹笙。”（唐・李商隐《二月二》）民间更有“二月二，龙抬头，风雨顺，又丰收”之说。相传这一天要“剃龙头”，小孩理了发，会出人头地，大人理了发，一年顺遂吉祥。

“要来，那时候（疫情）该过去了吧？”他问我。

今年 73（岁）了，二月份就满 73，吃 74 的饭了。这几天给我打电话的人有六七十个，远的有长沙的、云南的、上海的，全国各地的都有。还有外国人，他们一到成都就来找我剪头。

外地的，都是旁边那个快捷酒店的客人。第一次剃过了，他们都还满意，所以又要来找我。云南那些（人），只要来成都，就要来找我。还有长沙那家人，年前还来过，大人娃娃 3 个人，父亲和儿子剃了头，老婆掏了一个耳朵。娃娃的爸爸剪的是个“三面光”，比寸头要短一点。娃娃剪的小学生娃儿头。一家人来成都耍的，自驾游。他们非要给我 100 元，还把我电话号码要去了。

上海那个客人有三四十岁。

也有从湖北来的，都是酒店的客人，开车子来的。

社科院有一个唐院长——我听人家这么叫他，他每回来，也很客气，非要给我 100 元，年前还给我拿来一包茶叶，茶叶管一两百块钱呢，茶叶包装都好贵。这些都是年前的事了。

（疫情）成都当时好像看不出啥。我一直忙到年三十下午，才收工。

剃胎毛的多，随时都有。打的来的，开车子来的都有。

外国人，我剪过两三个，都是旁边酒店的客人。

刮外国人的胡子才恼火，好难刮呀。大胡子，又粗又多(老人家在电话那边笑)。

有次来个外国人，他的老婆是中国人，说中国话。他把手机递给我看，让我按照片的原样剪。我就剪了，他好高兴，还跟我合了影。

跟我这儿最长时间的顾客，1968年以前的都有。

1968年以前那个时候不能摆摊子，只能“转乡”，提起包包到处走村串乡。不担挑子，背一个包包，就是理发师。那个时候我剃过胎毛的娃儿，现在好多都50多岁了。

改革开放以后，允许摆摊子了。1980年，我开始在百花潭公园对面摆。百花潭公园原来是动物园，动物园后来才搬去了昭觉寺那边。

1986年一环路扩建，正月间开始砍树子，我就搬到河边，现在狗市那个位置。2004年3月份，才来到这里的(百花西路7号附2号)。

老顾客都是问来的，那个时候又没有电话。

现在固定来剃头的老客人，总有上百人吧。我天天摆摊子，每天最低也要来十来个。

星期六、星期天一般能挣两三百块钱，平常最低都是100多块钱。

我的绝活儿是“银珠洗眼睛”。 珠子绿豆大，放到眼睛里滚。银珠不晓得是多少年前的了，我父亲传给我的。他1960年就死了，死前把那颗银珠传给了我，就一颗。也可以用刀子洗眼睛，刀子就没有银珠好，银珠随便滚，刀子稍微不注意就要划到人。

我还有另一个(绝活)叫“舒刀”，一般老辈人喊的是“跳三刀”——从颈项上“砍”到背脊底下。热天，把(客人的)衣服提起来，从上到下“砍”到背心下面去。

用刀锋“砍”，一般“砍”三四刀，提神醒脑，舒服得很。

刮面的讲究“热天的颈项冬天的脸”，意思就是，热天的颈项有汗，就不能刮重了，冷天的脸，冻僵了，也不能刮重了，刮重了要裂口。

有些老年人刮惯了，不刮不舒服。好多人，因为喜欢修面和刮脸才来找我的。

刮脸从清朝就有了。

我刮脸用土刀。

我父亲留下的土刀都烂了。我现在有不止一把，最老的是1968年(生产)的，52年了。刀在刮之前要在滚刀布上荡一下，以前的理发店要吊一块牛皮，刀在上面“咣”一下。

剃头匠学徒，从前分“文”和“武”。文，就是剃头、盘头发、挖耳朵这些；武，就是“翻打”，那时我小，父亲没有传给我。听我父亲说，是把人反背起来，把骨头都要松得咔咔响。

我13岁那年跟父亲学徒，在简阳的乡坝头。学徒练一个“稳”字，手摇筷子，练手的弧度，一天下来手都僵了。我父亲当年，是到成都来学的手艺。

我还记得，1958年那会儿，做活路不给钱，也不记工分。1960年后农村才开始记工分。

我们去每个农村食堂剃头——我们父子俩包了一个大队。吃饭自己带上口粮——你要出去，食堂就把你今天的口粮称给你，一个人有一个人的口粮。

我1968年到成都的，住我姐姐家。那阵管得紧，派出所经常查户口，我住几天又回老家，住几天又回来。姐姐嫁到成都的。

1980年开始办暂住证，我就开始摆摊子了。

2004年搬过来时，这里还没有开超市，超市是2006年开的。2007年就栽树子了。眼看着栽的树子，树子到今年都13年了。从前在街边，我把镜子挂在电桩上，

2009年后，开始挂在树下的。

每天5点过我就起床了，9点钟上班，提几瓶开水——从前烧蜂窝煤，后来不准烧，就提开水去。一天要三四瓶开水。中午老婆送午饭来。6点钟收工回家。

我有一儿一女。女子嫁去长沙，儿子也开了理发店，算是我的徒弟。老婆在大石东路扫地。

我(理发)的价格一直合理。理发带刮胡子，12元。不刮胡子的只收10元。银珠洗眼睛加5元。掏耳朵10元。宽窄巷子和锦里，听说掏个耳朵都要几十元呢。

我的这些工具，剃须刀最早的是1968年的，"挡皮"1960年的了，推子还是1968年的，洗脸盆也是60年代的，上面写着"春飞千万家"，瓷盆，只是现在有个小眼眼，有点漏，我用来装工具。

好多老人，儿媳妇、女儿推来剪。还有些要去做化疗的人，也被推起来剃光头。

"二月二龙抬头"，就是2月24日。到那天，我想(疫情)应该没啥问题了吧?我可能要来开一下(老人家想正式复工)。这几天还不能来，我看外面人也不多，怕人家说。

北京是最讲究"龙抬头"的，那天娃儿若是在成都，他的妈老汉在北京都要打电话，要娃娃来剃一下。去年"二月二龙抬头"，老人、学生娃娃、奶娃来的都多。

疫情，已有时日。前几天，已有男士在朋友圈中呻吟："再理不到发，我要扎鬏鬏了。"更有夸张的漫画被晒出来：顾客端坐远方，理发的师傅全副武装，一如武汉ICU病房的医生。理发的推子绑于长杆，用手遥控着，"远程理发"。

2月24日，二月二"剃龙头"。特殊时期，被老顾客们电话催了又催的吴师傅，会复工吗?

小作坊的“黄金档”

受访人：张师傅

身份：一间面条小作坊的主人

地点：科联街19号附2号

受访时间：2月16日

采访题记：忙于生计的张师傅无心接受我的采访，我只能将我闻我见，如实记录下来。

作坊很小，一台“挂面机”隆隆转着，半湿的面条，一杆一杆挂在当空。临街的案子上，摆着肉馅、抄手皮，张师傅正包着抄手。旁边有半簸箕包好的水饺，皮已有些发干。收音机正放着歌曲。

他只做猪肉韭菜馅的水饺，抄手是全肉馅。几天前我去买3两水饺，在那里等他包。其他戴着口罩的顾客也远远地看着他包。对面的女顾客那时说：“有单位的倒好，一年不上班都无所谓，工资照发。我们呢，还发愁要给员工发工资……”张师傅并不停手，说一些宽慰体己话劝她。他浑身扑满白色面粉，戴着白色口罩，特别像动画片中一只滚入面缸的大白鼠。

“娃娃一放寒假就送回老家了，老婆、娃娃都回去了，还好我没回得去，过年了，赶不上车了——我是外地人嘛。我们租的省医院草堂病区边的民房，租金一月600元。每天早晨6点起床，差不多忙到天擦黑才关门。

“没赚啥钱，只能说基本够生活。我主要是卖面条、抄手皮和饺子皮。包抄手和饺子，是配摊子的，得空的时候包一点……”

轮到给我包了，我戴着口罩，远远等着，我们有一搭没一搭地聊天。

手工小作坊的门楣，挂着水果店的牌子，我这才记起来，从前这里是水果店，现在搬去拐角大道的大店了。为啥不换块牌？他埋头干着活，“懒得费那个钱”。

这里是从前的菜市，钢架的高棚。去年对面建起了新型综合性菜市场，这里便成了洗车场。洗车场高棚的外围，一排并不高的树下，隔出数间不足10平方米的小屋，开起五金店、杂货店、小食店、鲜花店，还有张师傅的小作坊。张师傅做的面条很实惠，一般1.5元的能够两人吃。饺子也便宜，0.3元一个。小作坊对面的综合性菜市一直开着，但这个时期，只有他在做手工抄手和饺子，生意尤其好。

我有8天没有出过小区了。出门前，要带上疫情期间给每家每户发的小区通行卡。小区入口处的超市边，榕树上拉着红色横幅：凡外出返蓉（来蓉）人员必须到门卫处登记。

院里的蜡梅花儿已谢了，吐着娇嫩新绿。贴梗海棠已然怒放，浓烈、持重、安静地开着。四下无人，橙子大小的节庆小灯笼，依旧红红地挂在灌木枝头，寂静地喜庆着。

与几天前不同，小区门口多了一张消毒地毯。用旧了的羊毛地毯，垫在出入口铁栅门前一米多宽的地上。地毯上喷过消毒水，湿漉漉的。业主进门，须在上面踏一踏消毒。“去菜市场。”我亮出通行卡。

两侧安静的楼宇，夹道的遮天蔽日的榕树，这是百卉路。夏日里，成都的出租车司机常常自发聚于这些树下休息一会儿。这里没有什么大的商户，一间小小的银行、一间健身房、一间河鲜餐厅都关着门。我去找张师傅，他拒绝了我的采访。

“不用了，真的。”

“莫得啥子说的，我真忙得很，晚上8点才回去，还要煮饭。吃了饭马上又要开始准备第二天的活路。只要我开着门，真的是忙不过来……”

因缘交错，一直说“从前没怎么赚钱”的他，在特殊时期，因为“走不了”，竟迎来了一年之中的“黄金档”。

才离开小作坊几步路，我收到友人发来的微信文章：《湖北电影制片厂常凯全家染病去世》。常凯的父母，他和他的姐姐都去世了。他和姐姐于2月14日同日去世。弥留之际，常凯留下了遗书，最后一段是："奄奄气息之中，广告亲朋好友及远在英伦吾儿：我一生为子尽孝，为父尽责，为夫爱妻，为人尽诚！永别了！我爱的人和爱我的人。"

媒体很快跟进，湖北电影制片厂贴出了讣告：湖北电影制片厂"像音像"对外联络部主任常凯同志因患新冠肺炎医治无效，于2020年2月14日4时51分在黄陂人民医院逝世，享年55岁。

我们小区不用口令

口述人：王泽辉

年龄：38岁

职业：百卉路10号某小区保安

口述时间：2月18日

采访题记：那日在朋友圈看到一段视频，外省某小区保安认真履职，女业主大包小包被拦在门前，保安问："口令？"女业主一时狐疑："啥？""你不是小区业主吗？'有朋自远方来'——"这是《论语》开篇的句子："有朋自远方来，不亦乐乎。"但接头的"暗号"当然必须出其不意，只见女业主一抬头："必诛之。"

笑翻过去。

温情的成都小区多发通行证，纸卡片，填上业主详细家庭情况、联系方式。一人一卡，持卡出入。有人说，此间成都比任何时候更加安然有序，可夜不闭户。

防控疫情，小区保安功不可没，拿着"枪"测体温的他们也是战士。

1月23日接到(小区物管)经理通知，我们开始戴口罩。

1月24日，赵经理召集全体人员开会。那个时候，要先给员工测体温。我们马上买了测体温的“枪”、84消毒液和酒精。小区一共有4道门，其中两道侧门。我们立即封了两道侧门，让小区的人只从两道大门，即一号和二号门出入，这样方便防控管理。

小区电梯和整个小区消毒，是从1月24日就全面铺开的。所有的电梯间、过道，主要的小区路面，进入的车辆，都要严格消毒。

电梯间，每天由专人消毒，每天一次，天天登记。电梯的按钮，贴上保护膜，便于喷洒消毒液。出入的人、车，车轮，车开过后的地面，出入人员的鞋底，都要进行消毒。

小区门口，喷了消毒水的那张地毯，就是用来给出入小区的人员，进行鞋底消毒的。

业主出入小区，首先要测体温、出示健康卡(疫情防控期间小区临时通行证)，鞋底消毒。

这个卡，每个家庭两张。一张是居家人用的，叫居家卡，绿色。另一张是上班人开车出入用的，红色，叫上班卡。如果有维修人员上门、保姆回来之类的，可以再办一张临时卡。办卡必须登记个人健康情况，如，有没有发热，去过哪些地方，等等。

保姆办了临时卡，业主返蓉等，全部都要进行登记。

对小区的全面排查工作，是从大年三十开始的。小区共400多户业主，我们挨家挨户上门登记：家里人的健康情况，有没有外地来客，客从哪里来，等等。

从大年三十晚上开始，送外卖人员一律不准进入小区。所有的东西，放在小区门外，业主自己来取。

目前我们小区非常安全。

外地有的小区用口令，我也看到了。那些小区大，人多。我们小区只有 400 多户，98% 的业主，我们都熟悉。外来人我们一眼就能认出来，所以用不着口令。

刚开始量体温时，我们也闹过些笑话——红外线的测体温枪，一打，灯一红，把业主吓一跳——从前我们也没有接触过这些。

刚开始用消毒水喷雾器时，我们也操作不来。后来慢慢学会用了，84 消毒液倒进去，水压式的箱子背在背上，每天上午消毒一次，下午一次。园区面积大，保洁和我们保安，都要加入这项工作——还是物管的同事想到了这个好办法。

比较小的东西，比如给车的 4 个轮子消毒，我们用水壶大小的那种喷壶喷。

体温枪测温，有时候不准，比如清早很冷，员工六七点钟骑车过来一测，33℃，把人吓一跳。有的业主开车回来，车内空调温度高，人一测，超过 37.5℃，只好赶紧让他们去车里休息一会儿，开窗吹一下凉风再来测。

这段时间出入的人，不像以前那么多，少了三分之二。家家户户，都在家里。

下一步我们的工作，上级说，主要是做好对返家的业主，以及外来务工人员的登记工作。目前，已经有几个保姆回来了。

外地回来的人，不论是业主，还是家政人员，我们都要看一下当地给他们出具的健康证明。这个必须看，必须！（采访时，我忽然想起口述人之一的肖浅浅教授，某次，她驾车回小区，电子识别进门后，保安喊：“通行证。”“不认识我啦？”她问，自信保安肯定认识她。“都要出示我看一看。”“保安的权力，业主的权利，二者皆忘。”那天她笑安逸了。我又想起，某日我的家人买菜回来，小区保安举起“枪”，又放下，“进去吧”。——或许是看到家人刚出门不久即返回，抑或是因为年前我们曾慰问过辛劳的他们。特殊时期被赋予特殊使命，但哪怕是最小的权力，他们也会用来表达一点点善意。）

当然，我们小区外出复工的业主，同样需要办健康证明。社区街道办贴的那个二维码，扫一下，可以申办一张全国通用的电子健康卡。

年夜饭我们在食堂吃的，轮着吃。腊肉、香肠、鸡、鱼都有。

大年三十晚上，我值夜班。当时小区门前非常冷清，七八点一过几乎就没人了，路面上也没有车辆。路边有把大伞，到了夜里11点，值班人员就要坐在伞下的椅子上，不但要看守小区的门，还要看守前后方的围墙，一直到早上7点换班。

这是我在这里过的第三个春节。我白班夜班都上过，从来没有这么冷清过。从前热闹，多晚都还有人，路上的车辆也多。

我是雅安天全县人，原本要回家过年，疫情防控，怕忙不过来，我主动留下来了。

我是老二，父母都好，家里还有一个姐姐，我老婆和我的女儿。

我老家那边，听说封了村。村里人出来买东西，由队长统一带着。村上有个群，需要什么东西，也可以跟队长在群里说，队里统一采购，然后让人到村委会领取。之前每家每户也办了一个出入证，但是，每次出村，要填上好多内容，比如去哪里，而且每次出去的时间不能超过两小时，大家觉得很麻烦。

村上有3个出口，封了两个，留下的那个出口有人把守。我们和镇子一河之隔，村上的干部把守在桥上，不许人出入。

农村买不上口罩。我们村在天全县石羊镇（音）镇边，山中人少，空气也好，没有人戴口罩，也没有外人去打扰他们。我想我们那里还是比较安全的。

出外务工人员出门怎么办？我想他们也需要去开一个健康证明吧。村上可能没有资格，得去镇上开吧。

（我给他讲了刚刚看到的一段视频，成都某报社宿舍小区，一女性业主大闹保安室，看上去，仿佛是女业主忘戴口罩了，保安不让她出门。他在电话那端笑，他说，我想起小区里的一位老人家来，给你讲个她的笑话。）

（小区）一期那边有个冯婆婆，80多岁了，平时找不到耍的，爱跑到这儿来，找人说说话，要么在红旗超市（小区内的超市）门口坐坐，要么在一期大门口，要么来我们二期大门口，天天都在，雷打不动，上班一样，天晴下雨，从不缺勤，有时候多晚都在。这期间，真是的，好久没有看到她老人家了呢，肯定憋坏她了。

到处是山呀，我们这里不让下

口述人：薛利（女）

身份：鲜花店的店主

工作地点：浣花滨河路35号益民超市内小薛园艺

口述时间：2月14日下午

采访题记：腊月二十八，即2020年1月22日，我将几只空花钵交给小薛的母亲。当时她不在店里，我打电话给她，让她空时帮我种些多肉，又约定年三十那天去取——她的店，会开到大年三十。大年三十前一天——2020年1月23日凌晨，武汉宣布封城。武汉疫情严峻，在成都，口罩、84消毒液、酒精，业已脱销。诸事缠身，那天我没能如约去取花。再打电话时，已是2月1日，鼠年的大年初八。我告诉她，家里的花蔫了，问她何时开店。她在山中她男朋友的家里——四川成都的大邑县。眉目清秀好看的姑娘在电话那端切切地喊："下不了山，我们这里不让下……成都那边小区也不让我们回，超市那边也不让回呀……姐姐是要花吗？"

大邑县，我在网上查了一下，地处成都平原向川西北高原过渡的前沿地带，与邛崃山脉接壤。邛崃山脉由西北向东南延伸，西北最高处，为西岭镇境内的苗基岭，海拔5364米，为成都市的第一高峰。那日她在电话里喊山似的说："到处是山呀。"那时，薛利在山中的哪一段呢？

我的家在成都新都区，我是新都区人。我去我男朋友家里过年。他家在大邑县的马桥村，大山里面的一座小村庄。山的名字？（她问一旁的男朋友，对方一时也答不上来。）到处都是山，人家很少。这里人也要戴口罩，政府说要戴。

小村有多少人？不知道。我们基本上不出门。他家里有爷爷、奶奶、大伯、妈妈和侄儿，还有我。这座山上面就我们一户人家。最近的邻居，离他家差不多有两里路。

我们在家里面不戴口罩，出门才戴。村上没有召集大家开会，因为这里吧，都没有什么可以聚集（开会）的地方。

家里面的老人，奶奶、爷爷，不让我们出门。大伯是村主任，他也不让我们下山。

这山中的人，比如说谁家有事，其他人家都会过来帮忙，很朴实，很团结。平时，人们也不会聚在一起打麻将什么的，都在自己家里面。

大年三十那天下午3点，我们开车回去的，男朋友借的车。晚上一家人吃年饭，看电视的看电视，想玩手机的玩手机。

农村人一般准备都比较充足，家里啥都有，自己地里种的菜，土豆、儿菜、白菜……腊肉、香肠都有。家里喂了很多鸡，一大群，还有几只鸭子，没有喂猪。家里的腊肉、香肠，不知道是他们去买的还是自己杀的年猪。

我们那天走得特别急，什么都没有带，两手空空回去的。

这期间我们下过山。2月10号，无聊，他爷爷是村卫生站的医生，卫生站里有很多兰花，我们就去分兰花了，走了十几分钟的山路。爷爷78岁了，早先是农村的赤脚医生，听说当年是去大邑县拜师学的医。

马桥村没有感染的。大邑的疫情，我们在山中，不知道。四面都是山，一望无际。

如果是往年的话，我们初六就该开店了。

我们想回成都，但是回去以后就算能进小区，也要隔离14天。这14天又不能去花店，还不如在这山上，有爷爷奶奶妈妈，还有侄儿在一起，有说有笑的。

在成都我们是租的房子，是峨眉电影城那边以前单位的老宿舍，没有物管。听我朋友说，成都现在不管哪里，出门要登记，要消毒，做啥都不方便。昨天我给超市的收银员发了信息，请他帮我给我的花浇下水——死了很多花(她叹息)。

租房子一个月1800元，花店租金每月3000多元。这一个月就算泡汤了。按平常，今天2月14日，西方的情人节，我们应该可以卖到1万多块钱。

我的店，属于那种“家族企业”——我一个店，我哥一个店，我侄儿一个店，我另外一个侄儿一个店，我侄女一个店，一共5个店。我们的基本供货，就是那10亩地。

超市那边，我们也问了，说是可以回去，但也是天天测体温、消毒、登记你去过哪里。想了想，就算我们回去了，也不见得有生意，人们都在家里。听说航空公司也不会送花，现在只保证医疗物资的运输。

今天还有一位顾客给我发微信，要包一束花，我问成都的同行，花倒是有，平时四五块的，今天要20元一朵——人家是拿着命在挣钱，自己开车，偷偷去昆明带回来的花。

这山中不像我们那边的农村，天，随时都湿漉漉雨蒙蒙的感觉。那天我出门转了一圈，摔了两跤。出门，走的都是自己家铺的石板路。

平时出太阳了，我男朋友会去山上背柴，家里烧的大柴火锅，用的老的土灶台。他妈妈也会去挖折耳根。

我家在新都区和郫都区交界的乡下，有10亩地，一部分是租的，一部分是自己的。10亩地里主要栽培盆景，还有多肉。有发财树、幸福树、摇钱树，还有大叶绿萝等，市面能见到的、摆放在客厅的各种植物和盆景都有，多肉最多。

我们店卖的多肉都是我家的。

家里没有种玫瑰，成都这边的气候种不出来。昆明那边气候适宜种。本地的玫瑰，我们一般用来插婚车或者是做烛台花，它秆子细，插起来东倒西歪不好看。我们出售的鲜花，多是进口花，厄瓜多尔的进口玫瑰卖得好。

进口花，怎么讲呢？有一人在外国代买，然后发物流到成都，哪家要什么货，要多少，就自己去取。成都的机场里，有一个代收点。进口花贵点，但是花期长，花头大。传奇（一种玫瑰）至少能管20多天。

进口花还有这点好，比方说你今天下单，明天一早他们去“切”，“切”好后当天发航空，第二天我们就能取货，很新鲜。昆明的货走火车，花放在冻库里会有损伤，插不了几天。我现在基本不卖昆明花了。

铺子是去年借钱开的。房租、押金交了几万块钱，要进货，还要弄那些花架子、桌子，别看一个小小的花店，也还是花了10多万。

我们当时借了七八万，本想着一年能回本的，现在吧，不知疫情啥时候能结束。超市这边免了我们200元的清洁费，是2月份和3月份的，每月100元。

我们是去年6月份开张的。我们两个都只念到高中，后来经人介绍相识的。他从前是搞装修的。现在我卖花，他送货，他体力好。

从前鹭岛国际旁边有个市场，我哥我嫂他们就卖盆花，给我一个角，让我自己卖鲜花。我骑着电瓶车，晚上一两点钟一个人去三圣花乡，早上五六点钟回来。理完花我就去睡，我哥他们就帮我卖。我每隔两天就要跑一趟三圣花乡。我哥不收我租金，我一个月可以挣六七千元。可惜那个临时的市场被拆了。

你来电话那天，对不起，我没有接，一个朋友出车祸了，我们正在处理。

他是负责帮整个村子家家户户外出采购的。哪家要什么东西，在微信上跟他讲，他买好后，一袋一袋写上名字，各家各户去取。下山有点远，开车都要20多分钟吧，因为头晚下过雨，路面滑，他的车子不小心把人家的车子给撞了，自己的车子还爆胎了……

我每天在山中，辅导侄儿做作业。侄儿7岁，成绩好，估计现在也开不了学，学校没有通知他们什么时候开学。

2月22日，小薛的小花店正式复工。午后，她去机场取货。我去早了，刚返回小区院子，她打来电话：姐，请你一定要回来！我想请你做我新年开张的第一位客人！我回去了，很荣幸，我成了小薛鼠年开张的首位客人。

特殊时期，除此之外，我、我们，还能做些什么呢。

后记

武汉市江夏区第一人民医院、协和江南医院呼吸与危重症医学科医生彭银华，2月20日21时50分在武汉市金银潭医院去世。29岁的彭医生本打算正月初八举办婚礼，他办公桌的抽屉里，还放着没来得及发出的结婚请柬。一纸请柬，怎道人间悲喜？

2月18日，武汉市武昌医院51岁的院长刘智明去世。15时，刘院长遗体被装上运尸车，穿着隔离服的妻子蔡利萍——武汉另一所医院、一直执守岗位的护士，在车后痛哭着追……

泪水涌出来，后来我听见了自己哭泣的声音。“今天中国所有的头条只为他们”，无须什么“头条”，唯愿，他们，我的骨肉亲人，能够，平——安——回——家！

昨夜，2月20日，我另一位弟弟家所在的成都城东某小区物管在群里发出一则疫情防控通报：

各位业主：

2 月 19 日下午接社区通知，5 栋 3 楼治愈回家观察的新型冠状肺炎患者（回家第 10 天，患者及家属均未出过门，所需物资由物业送上门），按要求出门到定点医院复检（出门路线：从消防楼梯下楼，经单元大厅出楼栋，再经总平道路出小区大门。出门戴了口罩、手套）。当天晚上这位业主接社区通知，复检结果为核酸阳性，医疗机构需马上接走患者及家属做进一步的核查及隔离观察。

2 月 19 日 23：00 左右和 20 日 1：00 左右，相关机构先后接走患者家属及患者（出门路线：从消防楼梯下楼，经单元大厅出楼栋，再经总平道路出小区大门。患者出门戴口罩、手套，家属戴口罩）。

物业及疾控中心随即对该患者及家属从其家门到小区大门所经过的路线进行了全面的消毒。物业中心将会持续对该楼栋进行重点消毒，持续跟进该患者的情况，及时向全体业主通报。

疫情期间，我总在自家的花园里来回踱步，偶尔拿出电话打给友人，也仍旧是步履难停。

若从空中看去，那时的我，像不像一只热锅上的焦灼的蚂蚁？

居家“禁足”了 20 多日，那日，成都阳光明媚，我们决定出门。

浣花溪边，一河春水，波光潋滟，河堤上的迎春花，已经绽放，黄了两岸。路上已见人影，少许车流。岸边唯一的咖啡厅，仍旧关着门。我拍了一组河景发在朋友圈，后来无意中发现，图二倒影中的那栋高楼，竟然正是距离我家最近的有一例确诊患者的浣花香小区里的。一位老友在图片下留下诗文："已是悬崖百丈冰，无须花枝俏。待到山花烂漫时，大家一起笑。"

是呀，家国有难，共克时艰，天佑我的手足同胞！"当只能眺望时，我向着远方双手合十；当只能祝福时，我向武汉致敬；当只能守候时，我向那些白衣天使们，深深鞠躬。"

那日我们一直走到了浣花溪公园，走到了紧邻的杜甫草堂。公园里，迎面立着一块宣传牌：人日游草堂——2020 年农历庚子年第十届成都诗圣文化节。

相传有神祇造苍生，先造出了鸡、狗、猪、羊、牛、马，第 7 日造出了人，因此每年初七为人日节，相传此习俗源起汉朝，杜甫草堂每年都会在人日节举办活动。而今年，据说杜甫草堂的员工们，大年三十夜为应对疫情，都还在加班工作。那一日，杜甫草堂博物馆大门的门环旁贴出了公告：暂时闭馆。

2 月 17 日那个午后，我隔着门缝往草堂里面望，身旁忽然响起人声，"喵——咪——咪——""喵——咪——咪——"中年女子一直唤。一只老猫恹恹地、不远不近地看着她。是不是这期间没有了游人，垃圾筒里早已没有了游人所丢弃的食物？

因为要完成本文，我不时来回翻阅着自己朋友圈中所发过的那些信息。朋友圈仿佛时光日历，时光迅速飞逝又可以恣意溯回。那么请问，我华夏大地的时光日历，可否也如此恣意溯回，回到 2019 年第一例病例出现之前，那些月白风清花好月圆、家家擦拭窗户清洗被单准备迎迓新年，那些仿佛地久天长、岁月静好的日常时光？

我们，所需不多。

这期间，我在旧书网上买回一本《论人性》。翻开，里面竟然夹着一张旧纸条："在以后的日子里，我愿能与你共同度过，携手共创美好的未来。你在我心上，我的爱人。”此书2001年出版，第一次印刷。为何那时他（她）选择读这本书？书从湖南永州寄来。19年了，他们好吗？有情人可成眷属？

我又在朋友圈里看到了一张图：父子俩撑着一柄雨伞，背书包的小孩子问：“爹，俺为啥要读书？”

父亲答：“读过书，面对武汉之疫情，你会说‘山川异域，风月同天；岂曰无衣，与子同裳’。不读书，你只会喊‘武汉加油，武汉不哭，我们都是武汉人’。”

我扑哧一笑。好温馨的父子背影。

2月20日，四川省旅游景区管理协会对外发布《四川省新型冠状肺炎疫情防控期间旅游景区开放工作指南》，指出景区实行网络实名制购票，日接待量不超过日最大承载量的50%。同时，景区需设立临时隔离点，应备酒精棉球或其他消毒液等供游客免费使用。游客须填写《游客健康状况登记表》和《游客入园承诺书》……

据国家卫健委消息：截至2月22日24时，全国现有确诊病例51606例（其中重症病例10968例），累计治愈出院病例22888例，累计死亡病例2442例，累计报告确诊病例76936例，现有疑似病例4148例。累计追踪到密切接触者628517人，尚在医学观察的密切接触者106089人。又据成都市卫健委消息，同日，成都市累计报告确诊病例143例，累计出院78人，死亡3人，其余62人（其中危重11人）均在定点医院隔离治疗，364名密切接触者正在接受医学观察。

描述1665年席卷英国那场大瘟疫的小说《瘟疫年纪事》开篇的第一段，是这样写的：

约莫是1664年的9月头上，我在那些邻居中间，在平日的谈吐中听说，瘟疫又回到了荷兰；因为它在那儿非常猖獗了，尤其是阿姆斯特丹和鹿特丹，在1663年，他们说它被带到了那些地方，有些人说是从意大利，另一些人说是从列文特，夹在某些货物当中，而那些货物是由他们的土耳其舰队带回家乡；另一些人说它是从坎地亚来的，另一些人说是从塞浦路斯。它从哪儿来的，这无关紧要，可是大家都赞成，它又来到了荷兰。

新冠肺炎疫情的开篇，历史，不知会怎样写。

立春了，成都，仍觉轻寒。金风细细，今夜此时，天人可无恙？

感谢这一特殊时期接受采访的所有受访者！

疫情沉思录

史丰有

鼠年春节，因为一场突如其来的新型冠状病毒肺炎疫情，几乎每一个人的计划、节奏都改变了、打乱了。可以说，这个春节过得郁闷、闹心、迷茫、恐慌，但同时也过得温暖、感动、万众一心、守望相助。春节期间，本是合家团圆、走亲访友、交流感情、其乐融融的时候，却因为疫情宅在家里，不敢串门，不敢聚餐，甚至不敢出门散步、上街购物。从来未出现过如此多的人集体进入郁闷的状态：宅在家里，每天除了吃饭、睡觉、看手机，不知该干些啥，想干些啥，能干些啥，心里鼠窜猫抓，情绪焦躁不安，何曾有过如此闹心？“非典”疫情并不太远，新的疫情又肆虐神州大地，因何而起，为何扩散，何时止息，许许多多的人一头雾水，两眼迷茫。疫情到底严重到什么程度，将会发展到什么程度，戴什么口罩防护效果好，用哪种消毒液能彻底杀死病毒，吃什么药能预防感染？一时口罩紧缺，消毒剂脱销，恐惧心理加剧，恐慌情绪蔓延。在如此严重的疫情面前，党和政府、各行各业、全国人民迅速行动，挺身而出，奋起抗击，充分展示了中华儿女英勇顽强、不屈不挠的优秀品格、伟大精神，展现了中华民族强大的凝聚力。多少医护人员放弃团圆、含泪抛家，奔赴湖北，驰援武汉；多少同胞坚守不出，忍受煎熬，自我隔离，防止病毒扩散；多少党员干部、防疫人员、公安民警、部队官兵不分昼夜，不惧风险，在不同的岗位上英勇奋战，严防死守，全力以赴抗击疫情；中国工程院院士、84 岁的钟南山等一批医学专家在关键时期急赴武汉，研判形势，制定对策，指导疫情防治；武汉前线医护人员高强度、满负荷、超极限展开医疗救治，与时间赛跑，与病毒搏斗，有人感染，有人累倒，有人牺牲，既惨且烈，既悲且壮；海外华侨以及世界友好国家和人民关注疫情，心系武汉，为之加油助力，捐资捐物，汇聚抗击疫情的强大能量和磅礴力量。这是一场人类与疾病、生命与死神、正义与邪恶的较量，是一场没有硝烟、规模宏大、异常激烈、不能输也输不起的战争。在这场战斗和战争中，人人难脱其身，人人都是战士，人人积极参与，大家同仇敌忾，涌现出多少感人事迹，多少动人场面，多少难忘瞬间，多少悲壮时刻！大多数人把少出门、不聚集、常通风、勤洗手作为坚定的信念和行动，大家相望相助，相互鼓励，忍着，闷着，憋着，挺着，以这种特殊的方式抗击疫情，等待着战胜疫情的曙光出现，等待阴霾散尽、春光明媚、奔走相庆的时刻！

因为现在工作岗位的原因，我只能按要求居家不出，一方面注意自身和家人的防护，一方面密切关注疫情的发展变化，心情起起伏伏，情绪涨涨落落，时而着急，时而紧张，时而揪心，刚有所平缓，又把心提到了嗓子眼。随着疫情信息及时、透明、全面地发布和公开，看到疫情防控不断取得进展和成效，我焦虑躁动的心才慢慢沉静了下来，理性的思考也逐渐多了起来。2003 年，我作为陕西省防治“非典”领导小组办公室的工作人员，全程参与了全省“非典”防治工作，现在回想起来仍然记忆犹新、如在眼前，仍然觉得惊心动魄、感慨感叹。正当对目前疫情的焦虑与当年的防治“非典”的回忆交织在一起，思绪纷纭杂乱之时，我接到了《美文》杂志总编穆涛先生的来电，说《美文》正编辑“共同战疫”专刊，希望我能写一篇文章。好友之约，盛情难却，匹夫之责，义不容辞，正好我也想把自己的粗浅思考捋一捋，就答应了下来。我想，既然是专刊，每篇文章就应从作者各自不同的角度去写，从而使读者对这场疫情和抗疫斗争，在整体上有一个比较全面、立体、客观的认识。我的工作性质属于宏观管理，我的兴趣爱好是传统文化，那就不妨试着从这两个角度写一写。

“好了伤疤忘了痛”与“吃一堑长一智”

这是两句人们常说的，几乎每一个中国人都耳熟能详的老话，看似平常简单，实则蕴含着深刻的哲理。它们从两个侧面总结了不同的人在经历挫折后，所采取的态度和思维、行为方式，并一再警示人们，提醒人们，检验不同的人。从普遍性或者从根本上说，人是容易遗忘的，是一种好了伤疤忘了疼的高级动物。人在小时候因为年龄、人生阅历和天性，忘得更快一些、更多一些、更彻底一些，所以许多人都被长辈或者老师不止一次地批评过，他们常说的一句话就是“你怎么好了伤疤忘了痛呢”。其实，不只是小时候，长大后，有的人好了一些，有的人依旧，有的人可能更甚，只不过随着年龄的增长，身份地位的变化，很少有人再这样被批评罢了。正因为如此，吃一堑长一智，才显得重要，而能够通过总结经验教训，减少和避免重复犯错，就更难得。孔子称赞他的得意门生颜渊“不迁怒，不贰过”，可见能够吃一堑长一智，并达到“不贰过”的境界，就接近于圣贤了。

这场疫情发生在“非典”过去的第 17 个年头，可以说时间不长，殷鉴不远，前车辙迹尚在，后车犹复蹈之，而且其来势之凶猛、扩散之迅速、染病之众多、致亡之数量，远超过“非典”。仅从这些方面看，不由使人发出悔之恨之、悲哉痛哉的感慨。出现这种状况的原因有很多，但其中重要的、关键的一条就是，社会许多方面、许多人群、许多环节，或多或少地犯了“好了伤疤忘了痛”的错误。“非典”的病毒来源，经过专家研究，认为可能是蝙蝠、果子狸、穿山甲等，“非典”疫情的发生是对人类随意捕食野生动物的残酷报复。再看这次疫情，据说也与捕食野生动物有关系。两相对比，是不是不长记性、令人无奈无语的“好了伤疤忘了痛”？

“非典”疫情的防控，经历了一个不够重视、恐惧恐慌、全民参与、严防死守的过程，那种场面，那种气氛，那种严格，想必许多人仍历历在目：设卡查验，测温询问，封村封路，全面消毒，隔离观察，强制治疗，“疫区”回来的进不了村，广大城乡户户设防、人人设防，才在较短的时间内战胜了疫情，并在之后的10多年未让疫情死灰复燃。可就在今年这一次抗击疫情的过程中，还能不时地看到不配合检查，不主动隔离，隐瞒病情和行踪，不听劝告聚集聚餐，辱骂抗疫和医务人员等方面的报道。两相对比，是不是不识时务、令人气愤叹息的“好了伤疤忘了痛”？

恨铁不成钢，让人少犯错特别是少犯同样的错，人们常常说“好了伤疤忘了痛”，并把这一句话作为一种批评、一种警诫。其实，“吃一堑长一智”也是一种普遍的现象和规律，更是一种要求、一种期望，只不过一个是从否定的问题导向的角度上说的，一个是从肯定的激励、鼓励的角度上说的。在这次新型冠状病毒疫情防控的过程中，就有不少从“非典”的教训中长出来的“智”，如果断对武汉采取封城措施，就有效防止了病毒全国性的大扩散、大暴发；再如雷神山、火神山医院的迅速建成和投入使用，就借鉴了“非典”时小汤山医院的建设、管理经验，从而能够快速、大规模、规范化地救治确诊患者；又如对医疗资源的统一调配，隔离人员的生活保障，流行病学的调查等等，或多或少都有来自“非典”的经验。特别是钟南山、李兰娟等一批曾经参与过抗击“非典”的专家和医护人员，成为这次疫情防控特别是医疗救治的关键力量和中流砥柱，不能不说是抗击“非典”给我们留下的经验和财富，不能不说是“非典”让我们吃了一堑又长了一智。

这一次疫情又使我们吃了一大“堑”，应该也能够长一大“智”。但是，“好了伤疤忘了痛”告诉我们，只是言辞严厉地要求不忘“痛”，信誓旦旦地保证记住，胸脯拍个不停，口号喊得震天，而不去进行认真彻底的反思，不从源头上、治本上想办法、下功夫、花力气，即使得到的经验教训再多，长的“智”再大，时间长了也会逐渐淡化，慢慢随风飘去，而事情“涛声依旧”，下一次来临时，我们依然是后悔、自责、内疚。羊从圈里跑了、丢了，不能光是叹息，最重要的是把羊圈围栏修好、扎紧、钉牢，防止再有羊逃出、丢失。“亡羊补牢，为时未晚”，对疫情防控来说，这个“牢”就是把吃一堑长一智的“智”转化为制度、体制、机制、体系，真正建立起规划超前，反应灵敏，防控严密，措施有效，牢不可破，坚不可摧，平时高度戒备、有事时完美抵御的铜墙铁壁。

“病从口入”与“祸从口出”

在漫长的历史进程中，人类一直受到疾病的威胁，也一直在与疾病进化着顽强的斗争。古人通过观察发现，许多病和吃有关系，病从口入并且直接威胁着人的健康和生命。为什么说火的发现和利用是人类文明进步的一大标志？因为它使人们的饮食从生吞活剥、茹毛饮血的生食时代，进入烤、煮、蒸的熟食时代，不仅使食物容易为人所消化和吸收，而且杀灭了生食中含有的许多病毒和病菌，减少了疾病的产生和传播，从而使人的生存能力大为增强。后来，人们进一步发现疾病和食物是否清洗以及个人的卫生习惯有关，认识到饭前便后洗手的重要，对防止病从口入起到了一定的作用。现代社会人们的生活条件和卫生习惯都发生了极大的改变，病从口入似乎已减少了很多。但由于口腹之欲的膨胀，人们无所禁忌地捕食野生动物，新的、后果更为严重的病从口入又形成了。这种病从口入和传统的病从口入有着很大不同，其危害也不可同日而语。过去的病从口入，主要是指吃不熟、不洁、变质食品及不良的卫生习惯造成生病，现在的病从口入则是指吃携带许多病毒的野生动物；过去的病从口入主要是给本人的健康带来不利影响，现在的病从口入不仅使本人生病，还容易成为疫病源头，传染更多的人，甚至发展成危害大众健康和生命安全的公共卫生事件；过去的病从口入，主要是附着在食物上的尘土灰末以及周围环境产生的病毒病菌被吃进人体，现在病从口入往往是带着病毒病菌的食材，带有病毒病菌的飞沫，被人吃进去，或者吸进去。因此，无论是“非典”疫情防控还是新冠肺炎疫情防控，无论是专家强调的还是大众采用的基本防护措施，都是戴口罩、勤洗手、常通风，这主要就是防止病从口入。这次疫情使人们更加认识到戴口罩对自身防护的重要性，出现了排队买口罩、全民戴口罩的景象。大家走路戴、开会戴、坐车戴、办公戴，一些在公共食堂吃饭的人，直到把食物送到嘴边的那一刻才把口罩卸下来。

其实，我们的传统文化对吃一直都是很重视的，不然怎么会有“民以食为天”的古训，又怎么会有“食色，性也”等说法？不但重视，而且还很讲究，如《黄帝内经》中就有五谷为养、五畜为益、五菜为充、五果为助的饮食和养生原则，多么简单，多么平常，多么朴实，又多么实际，多么科学，多么丰富。把这4个“五”进行排列组合，能够烹饪出多少色香味俱佳的饮食品种？况且，现在的食材又何止这4个“五”？这些难道还不能满足我们的口味吗？还需要把手伸向野生动物吗？从自然伦理的角度看，请注意，古人所说的4个“五”，都是人工栽种、饲养的植物和动物，是人们的劳动果实，是人应当享用的。而野生动物是自然界自由自在之物，人类没有饲养它们，却不仅因为自身的需要挤占和压缩了它们的生存空间，还捕食野生动物，这不符合自然界的伦理，必然要受到大自然的报复和惩罚。

祸从口出的本义和一般人的理解，主要是指人说话要十分谨慎，因为搞不好就可能给自己，甚至给社会招致祸端。《诗经》里就有“白圭之玷，尚可磨也，斯言之玷，不可为也 ”的警句，历史上更有不少因言获罪、因言误事、因言伤人，甚至因言亡国的例子。现代社会中，祸从口出的含义又有了新的变化，既指言语，又不只是言语；既有不该说而说的出口之祸，也有该说而不说的闭口之祸。这个祸不仅是对本人，更主要的是对他人、对社会而言的。民族英雄林则徐曾经说："苟利国家生死以，岂因福祸避趋之。"基于事实、道义和公共利益的说与不说，即使使自己招祸，也能让他人和大众得福得利，自己也最终会因祸得福，受到人们的尊重和敬仰。至于那些罔顾事实、不敢担当、瞻前顾后、含糊其词，甚至违背事实、信口雌黄、睁着眼睛说瞎话的人，有时就可能给他人和社会带来不小的祸，带来飞来横祸，甚至灭顶之祸，自己也终将会受到大众的严厉批评和谴责。至于那些居心叵测的造谣者，更是为大众所唾弃。

这次疫情防控也是一次全民公共卫生知识的大普及，大家都知道了病毒传播的主要途径，一是飞沫，二是接触。祸从口出的"祸"已经不是语言这个软刀子了，而是实实在在的"病毒炮弹"。病毒从感染者的口中以飞沫形式传染给其他的人，被传染者又进一步传染更多的人，就这样快速扩散、大面积传播。因此，戴口罩、不聚集既是为了防止病从口入，也是为了防止祸从口出；既是对自己负责，也是对别人负责。如果每个人都能这样做，疫情就会得到有效控制。但在这次疫情防控过程中，一些人不听劝告，引发聚集性感染，既嫁祸于人，又引祸于身。更有甚者，隐瞒病情，造成多人感染，使得祸越惹越大。

防止重蹈覆辙，需要全社会、全民、全方位的反思和行动，可以说是庞大、系统、艰巨的工程，而对广大民众来说，则需要从自身做起，从日常做起，从养成卫生、健康、文明的生活习惯做起，拒食野味，坚决不从事野生动物交易，保护野生动物，这是防止病从口入，防止疫情再起的关键。其次，饭前便后、外出回来勤洗手，在流感期间和有疫情时出门戴口罩，平时咳嗽、打喷嚏时背向人并用手或纸巾遮挡，不随地吐痰，让居住和办公场所常通风……且不要轻视这些小小的举动，只要人人能够坚持好，做到位，就能在一定程度上建起阻拦病从口入和祸从口出的防线，取得预防疾病和防控疫情的主动权，提高人们的健康水平和社会文明程度。

“防”与“治”

应对疾病，不外乎从两个方面着手，一是防，二是治。简单说，防，就是不让疾病发生；治，就是疾病发生后进行治疗。显然，防是前提，是基础，是关键，是全民参与的大众化、经常性工作，而治则是防的有效弥补、坚强后盾和最后一道防线，是以医护人员为主导的专业化、应急性工作。可以说，两者是辩证的，是相互依赖和相互促进的，也可以说，二者是一体的，只不过处于不同环节和阶段，其共同目的都是为了抵御疾病，保证社会大众的健康。

不得不说，长期以来，整个社会存在重治轻防的倾向，对防的问题重视不够、投入不足、措施不力、氛围不浓，即使一段时期或一些地方重视了，也不能长期坚持，尤其是在防的理念、办法，体制、机制创新和群防群控体系建设方面明显滞后，这与我们的传统观念和当前社会现实都是不相符合的。“治未病”是中医的重要理念之一，“防患于未然”是自古流传下来的劝世箴言，孔子也说“听讼，吾犹人也，必也使无讼乎”，这些话都在说明一个道理，那就是要预防在先，防重于治。防就是要有锐利的眼光和灵敏的触角，特别是作为瞭望者、预警者的疾控部门，要有“狼”随时会来的危机感、紧迫感，见微知隐，见微知著，觉之于未萌，防之于未发。尤其是在现代社会交通高度发达、出行方便快捷、人员流动频繁快速的情况下，防疫的地位、作用和造成的影响比任何时候都更为重要和巨大，而且今后还会越来越重要，越来越巨大，防疫工作的任何一个疏漏和错误，都可能造成疫情大范围乃至全国、全球扩散。

人吃五谷生百病，生病很正常，生了病就需要治疗。在所有疾病中，能导致人传染人，对人群危害大的莫过于传染病，而在所有传染病中，传播速度最快、人们最为恐惧、能给大范围人群带来极大威胁的，莫过于通过飞沫和接触传染的就像这次新冠肺炎这类重大传染病。如果防疫搞得好，传染的人少，治疗的压力就小，就能集中医疗资源进行围歼式的有效治疗。但如果防疫上出了问题，防线出现缺口乃至失守，病毒就会如洪水猛兽一般疯狂肆虐，感染和发病的人数就会急剧增加，治疗的压力会迅速增大，现有医疗资源就会陷入严重短缺、不堪重负的窘迫状态，造成大量病人不能得到及时救治和有效治疗。武汉封城后的一段时间内，不少染病者检测排不上队，隔离没有场所，治疗没有床位，使气氛更加紧张，传染面扩大，反过来又加大了防控的压力和难度，短期内形成了一种恶性循环。目前，我国疾病防控和医疗救治属于卫生健康部门管理的两个相对独立的系统，这样的设置，能使防和治更加专业化，更好地发挥各自专长和优势，但也容易使防与治脱节，形不成合力，贻误时机。这次新冠肺炎疫情结束后，应当对卫生健康管理特别是疫情防控体制、机制进行反思和改革。如，怎样才能在医疗诊治中及时发现疫情的苗头，及早进行判断预警？人生病了，去的是医院，而不是疾控中心，医院的医生应当成为疾控中心发现疫情最敏感的触角之一。同时，疾控中心接到疫情信息后，应尽快做出判断并共享数据。又如，疾病防控的短板怎样才能尽快补上，疾控体系和能力建设怎样加强，职能职责怎样理顺，“宁可信其有，不可信其无”“不怕一万，就怕万一”“内紧外松”等防疫的基本理念、要求和策略今后怎样落地扎根？这些都需要认真研究、大力改进和切实解决。

“最原始”与“最有效”

钟南山院士在“非典”防治中的非凡功勋，特别是在这次抗疫中对疫情判断一锤定音、力挽狂澜的卓越贡献，使他成为广大民众最为信任的专家，在防控关键时期，钟院士的话成为公众的“定心丸”。不知大家有没有注意到，钟院士说得最多的一句话就是早发现、早隔离，并一再强调这是最原始也是最有效的办法。事实上，这是人类几千年来在和疫病的斗争中总结出来的弥足珍贵的，直至今天仍然十分有效的办法。

现在的传染病特别是烈性传染病，古人称为瘟疫。如何战胜瘟疫，减少死亡，挽救生命？古人发现，把最早发病的这些人隔离，就能防止传染，控制疫情，并最终战胜瘟疫。今天，现代科技的巨大发展，使我们对疫病有了更多更清晰的认识，能够采取的办法、措施和手段也更多更有效，即便如此，我们也不能忽视“早发现、早隔离”这一最原始也是最有效的办法。原始并不意味着落后和过时，那是我们的祖先最早认识世界、求得生存发展的智慧结晶。而古为今用，返本开新，一直是中华民族承前启后、生生不息的秘籍之一。为什么最原始的往往最有效？我觉得不外乎以下几点：一是最原始的往往最简单。大道至简，中华民族和中华文化都崇尚天地大道，崇尚至高无上的真理，同时又能够把深奥的玄之又玄的自然和人类社会发展规律，用最简单、最朴素、最通俗的语言表达和展现出来，易懂、易记、易行。二是最原始的往往最管用。古人为了解决实际问题，采取了许多措施和办法，并通过检验、比较，好中选优，总结出许多一招制胜、屡试不爽的灵丹妙方。三是最简单的往往最真实。古人把他们看到的、经历的，成功的经验和失败的教训都真实地记录下来，很少有主观因素，这些都被近现代考古印证了。大文豪苏东坡在《石钟山记》中记录了他考察《水经》中记载“彭蠡之口有石钟山焉”的经历，深为感慨地说道：“古之人不余欺也！”意思是说古人没有欺骗我啊。正因为是最真实的，所以才是最可靠的。真的要感谢我们的祖先，留给我们这么多智慧和经验。

不仅早发现、早隔离是疫情防控最原始最有效的办法，勤洗手、常通风、戴口罩也是疫情防控最原始最有效的办法。钟南山院士说的“最原始也最有效”这句话，可以带给我们不少反思和启示。的确，现代理论、知识、科学、技术、设备等，能够提供更好的指导、途径、手段和方法，使人们对事物的认识、分析、判断更加清晰和准确；但是，不应该因此就轻视甚至丢弃传统中那些原始、简单、管用的办法，更不能把二者对立起来，而应该把两者结合起来，各显其长，相互补充，相互促进，相得益彰。

这次疫情引发了全社会的反思和讨论，希望从不同角度、不同层面提出的深刻、有益、建设性的意见建议，能够成为今后的借鉴和改进工作的具体举措，使我们在疫情防控和相关工作上前进一大步，变教训为经验，化坏事为好事，如此则善莫大焉！

活下去！并且要记住！

徐　可

农历新年将至，辛劳了一年的人们，收拾行囊，踏上归途；洒扫庭除，备足年货，准备与家人、亲友一起，尽情享受一年中最欢乐的时光。

新年的钟声即将敲响，幸福的大门缓缓敞开——

2020年，几千万人将最终脱贫，十几亿人将步入小康。

这是多么令人期待的一年啊！然而——

一只无形的恶魔，悄无声息地张开它黑色的翅膀，垂天蔽日，向人类发起猖狂的进攻。

日月无光，山河失色，恶魔巨大的阴影沉沉地笼罩着亿万人，令人恐惧，令人恶心，令人窒息。恶魔的獠牙啮咬人们的身体，吮吸人们的鲜血，摧残人们的健康，威胁人们的生命。

从武汉，到湖北，到全国，恶魔的魔爪越张越大，越伸越远。受伤的人们在流血，在呻吟，在哭泣，在呼号，在死亡……

战斗打响。在短暂的惊慌失措之后，还没来得及端起酒杯的人们奋起反击，与恶魔展开殊死搏斗！

最先冲上去的，是医生，是护士。他们冒着巨大的危险，冲到受伤的人们身边，用生命挽救生命。

科学家、军人、警察、工人、农民、司机、社区工作者、售货员、新闻记者、快递小哥……他们以各自的方式，全力以赴抗击疫情，用生命护卫生命。

而更多的人，则选择乖乖地宅在家里，听专家的话，最大限度地减少外出，减少流动，减少聚集，避免交叉感染，慢慢地熬，慢慢地耗，把病毒“熬死”“耗死”。他们以自己的方式，与恶魔抗争。

这是一场异常惨烈的战争！敌人无形无影，无色无味，却无处不在，四处飘荡，伺机袭击人类，人们稍不小心，就可能中招。中“弹”的人们一批批倒下，越来越多，越来越多……在这场战争中，没有人是旁观者，没有人能够置身事外。所有人都是战斗员，用自己的力量和行为，与恶魔战斗！

战斗还在继续，谁也无法断言，战斗何日能结束。但是，无论多么艰难，无论需要付出多么惨重的牺牲，我们都终将斩断恶魔的魔爪，努力活下去！健康地活下去！这是人类的共同任务！

人们啊，活下去！并且要记住！

第一，管住自己的嘴巴吧，别什么都吃了吧。

恶魔的源头在哪里？

尽管目前仍然众说纷纭，没有定论，但可以肯定的是，与野生动物有关。

野生动物跟人类没有仇，只要我们不招它们惹它们，它们不会主动把病毒传染给人类。是极个别贪婪的人，非法捕猎、买卖、食用野生动物，以至于“引毒上身”。

人作为世间万物之一类，需要依赖万物而生存。无论是五谷杂粮，还是瓜果蔬菜，还是鸡鸭鱼肉，都为我们提供各种必需的营养。这一点，人跟其他动物并无本质区别。人之区别于其他动物，是有思想，有感情，有理智。我们需要万物，更要感谢万物，善待万物，要索取有度，切不可滥采滥捕滥杀。在这方面，古人是早有训示的。《礼记·月令》中就明确要求：孟春之月，“命祀山林川泽，牺牲毋用牝。禁止伐木。毋覆巢，毋杀孩虫、胎、夭、飞鸟。毋麛，毋卵”。就是说，孟春正月，祭祀山林川泽的牺牲祭品不得用母畜。禁止砍伐树木。不要毁坏鸟巢，不要杀死幼兽、胎兽、刚出生的动物、初飞的小鸟。不要捕杀幼鹿，不要掏取鸟蛋。同时，古人也告诉我们，不是所有的动物都可以吃的。李时珍在《本草纲目》中就明确警告说，这些野味千万不能吃：孔雀肉、鸳鸯肉、野马肉、熊肉。这是老祖宗的经验之谈。

“仁者，以天地万物为一体。”敬畏天地，善待万物，与大自然和谐相处。这不是什么新鲜道理，老祖宗的话车载斗量，可有的人就是视而不见听而不闻。教训数不胜数，可有的人就是不长记性，好了伤疤忘了痛。我们常说，野生动物是人类的朋友，可有的人就是要把自己的朋友吃进肚子里而后快。2003 年的“非典”，就是由食用野生动物引起的，给国人带来了多么巨大的伤痛，是多么惨痛的教训。然而不过 17 年，噩梦重来，悲剧重演，严重性甚至远逾“非典”。我不知道，经过这一次恶战，健忘的人们，你们能记住吗？

有人说，如果这次疫情放过了人类，也请人类放过野生动物。信哉斯言！万物皆有灵，请珍爱每一个生命！

第二，你们的陋习，让人恶心，害人性命。

国人有不少陋习，有些虽然不雅，但是无碍大局，与人无害，暂时改不了也就算了，但有的陋习，真的得改改了。

比如随地吐痰。

这是若干陋习中最令我深恶痛绝的一个。这么多年来，我经常为此多管闲事，后来管得我自己都烦了，也懒得管了。

新冠肺炎来袭，疫情异常严峻。由于飞沫传染病毒，所以戴口罩、勤洗手、讲卫生，成为预防病毒传染的重要措施。然而，就在这么严峻的时刻，有的人仍然管不住自己的嘴巴，拉下口罩，唾一口又迅速拉上，他倒知道防护自己，为什么就不怕传染他人？

还有不守规矩、不讲秩序。某些国人，长期缺乏规矩意识、秩序意识，怎么舒服怎么来。平时如此，疫情时期依然如故。让出门戴口罩，愣是不戴，大庭广众之下一个喷嚏接着一个喷嚏地打，一串鼻涕连着一串鼻涕地流，让人心惊肉跳。让有序排队，保持距离，有些地方依然人挤人、人挨人，让人提心吊胆。让不要聚集、不要聚餐，有人仍偷偷聚餐、偷偷打牌，结果一家人、几家人交叉感染。

随地吐痰、随地便溺、乱扔垃圾，不但极不文明，而且会传染疾病。这么简单的道理人们不会不明白。改起来难吗？不难，你看他们在自己家里会这么做吗？说到底，还是没有公德心。

第三，我们的敌人是病毒，而不是他人。

不是武汉人，不是湖北人，不是病人，不是外乡人。

疫情暴发，武汉人成了令人害怕的存在。

还有湖北人。

还有感染者，无论是确诊病例还是疑似病例。

还有密切接触者。

还有从武汉、从湖北或者其他地方回来的人，甚至只是因为某种原因来到此地的外乡人。

远离他们。

害怕他们。

歧视他们。

……

人们的恐惧，完全可以理解。面对传染性超强的未知病毒，没有人不恐惧、不害怕。采取适当的防护措施，完全是应该的、必须的。但是，他们是我们的兄弟姐妹，不是我们的敌人啊！他们是可怜的受害者，不是可恨的施害者啊！我们不能以邻为壑，以邻为敌。我们当然要守护好自身的安全，但也不能眼睁睁地看着自己的同胞死去啊！今天是他，明天可能就是你我。上一秒是他，下一秒可能就是你我。如果都这样隔岸观火，只求自保，那与动物有何区别？不，很多动物都不会这样。

对那些可怜的人们多一些包容吧，他们和你我一样，都是平凡百姓，都有恐惧，都想好好活着。

第四，哪里有什么白衣天使，不过是一群穿上白大褂的孩子。

疫情来袭，冲在最前面的，是医护人员。

治病救人，救死扶伤，是医生的天职，如同冲锋陷阵、保家卫国是军人的天职一样。

他们是英雄，是天使，但他们同样是普通人，与你、与我、与他并无二致。

他们不想当英雄，不想当天使，只想当凡人、当普通人，但职责所在，他们必须冲上去。

他们是人们与恶魔之间的第一道防线，我们必须感谢他们、尊重他们、爱护他们。

到我执笔写此文为止，已经有超过千名医护人员感染病毒，有的已经以身殉职，比如李文亮医生，比如湖北省中西医结合医院的梁武东医生，比如武汉同济医院的林正斌教授，他们真的是在用生命守护我们的健康和安全。

看着他们脸上被口罩、护目镜勒出的一道道伤痕，看着虚弱得几乎要倒下的医护人员，看着席地而卧的医生，真的心疼啊！

我们向他们致敬！我们永远铭记他们、感激他们。

而那些恶意伤害医生的人，他们是恶魔的朋友，是我们的敌人，必须被依法严惩！我们必须用法律维护医生的尊严和安全。

第五，面对如此灾难，的确需要深刻反思，而需要反思的很多很多。

我们每一个人都应该扪心自问：大灾当中，我的表现是否及格？

生而为人，我们是否合格？

这些都是老道理，我讲不出什么新道理。

这些都是小道理，大道理自有人会讲。

我只希望，我们有幸活着的人们，能够记住老祖宗给我们传下来的这些老理儿，每个人都从点滴做起，做好自己。

第六，这次灾难损失肯定是巨大的，伤害肯定是巨大的，牺牲也肯定是巨大的。但是，不管怎样，灾难总会过去，绝大多数人也总会活下去。

有幸活下去的人们啊，那些不幸的罹难者用生命替我们交付了昂贵的学费，我们要从这场灾难中学到一些东西，记住一些东西，不要让枉死者的生命真的枉死。

第七，灾难还没过去，战斗还在继续，现在讲这些干什么？

我是怕，灾难一过去，有的人就忘了。

我也忘了。

我们都有健忘症。

所以早点记下来，提醒别人，也提醒自己：

活下去！并且要记住！

罢读季

龚曙光

闷这半月，算是明白了一件事：真想读点书，人有时间没用，非得心有时间。读书讲心境，这话平常也说，却怎么也不像这一回，真真切切体会到了家。

春节在家憋着的人，谁喊没时间，大概都是想找打。好些人在群里呼天抢地：日子真他娘没法打发！平素一说读书，都脱口而出没时间，如今时间是有了，多了，多得没法打发了，又真有几个人在读书？

起初是立意读几本书的——估计做这打算的，宅家之人十有八九。平日里爱读书的自不必说，到哪儿去找这没工作、没应酬的成块时间？就是那些不怎么沾书的，如今购物没店、打牌没伴，思来想去也只有读书可打发时间。好些媒体和热心人，搜肠刮肚列出种种书单，想免了大家在茫茫书海盲人瞎马的尴尬和辛苦。读过书单，便觉得这世上有学问的还真是不少。书单上的书，好些我也没读过，但凡读过的，还真都是好书。若有谁信手抽出几份书单，照着用功读了，长进定然不小。

我每年有个计划，读书大体与知识框架搭建及写作安排相匹配。除非信任之极的朋友推荐，其他的书，很难插进队来。所以网上的那些书单，浏览归浏览，真正开卷读书，我还是循着自己的计划走。

年关前后预备读的书，其实已早早备好：一本《罗马元老院与人民》，一本《1453：君士坦丁堡之战》，作者都是剑桥系的史学家。另一本《莫斯科绅士》，是埃默·托尔斯的一部长篇小说。这是按节后正常复工的时间备下的。后来疫情蔓延，人人都得禁足在家，也不知复工的日期会延至哪天，于是又抽了一本《埃及四千年》摆于案头，以备需时接续。

始料未及的是，从腊月尾到上元灯节，3 本书竟没一本读完，轮来换去，每本都只读了一小半。这结果，似乎是对先前隆重备读的一种讽刺。

先是读那本《1453：君士坦丁堡之战》。这本书的作者，从剑桥大学毕业后去了土耳其，一头扎进拜占庭的史料和遗迹中，掌握了丰富的历史细节，一开篇便将你拉进了 1453 年那个恐怖的早春，扔进了那座被奥斯曼大军四面重围的危城，让你几乎不可能从那个血雨腥风的战场逃离。然而还未读完 5 章，我便扔下书从历史逃回了现实。并非作者写得不好，而是只要看到围城两个字，便会想起被封城的武汉来。君士坦丁堡建造时，城池筑得固若金汤，1100 年中，历经无数次强敌进犯——多数时候都是皇帝下令封城，并凭此度过危机，以至拜占庭成为历史上寿命最长的王朝。从拜占庭的历史看，封城不算一个凶兆，然而只要一联想到武汉，心还是会虚悬起来，怎么也找不到一个安放的地方。围城中饥民哄抢食物，会让你担心武汉的物资供给；围城中疫民遍地哀号，会让你惦记武汉风雨中排队等待救治的病人……几乎没有一个细节，不会将你强蛮地拉回当下，将你从君士坦丁堡扔回封闭了的武汉城。

于是，我从围困着的君士坦丁堡走向开放的罗马，从专制的拜占庭皇宫走向民主的罗马元老院。我以为这样多少会避开现实的纷扰，沉浸在历史的场景中。然而同样读不到百十页，思绪便从公元前飞回了 21 世纪。你会从元老院声嘶力竭的论辩，联想到网民的声讨；会从自由民对议会体制的维护，联想到市民对政府的期盼和依赖。其实，这一切并没有历史逻辑的必然关联，但是人在灾难中，对生死的隐忧总会投射到任何一件事物上，包括那些远离了自己的陈年往事。

或许只有当灾难逼到眼前，历史才会变得如此无足轻重。一支横扫欧亚的浩荡大军，远不及一小队逆行入城的医护人员令人热血澎湃；一位改天换地的皇帝驾崩，远不如一个普通市民被确诊令人扼腕悲叹……

我没有询问过其他人，是否可以聚精会神地捧着一本书打发宅居时光；原定的读书计划，是否能按部就班地推进。无论曾多少次强制自己重新拿起书本，都无法把心思聚焦在读书上。手机像一块巨大的磁石，不分白天黑夜将你往网上吸。群里的时间打乱了现实的日夜循环，群里的信息暗淡了生活的五光十色，群里的情绪主宰了生命的喜怒哀乐。有些新闻信了又疑，有些谣言疑了又信；有些揭秘传了又删，有些指责删了又传；有些悲恸爆了又忍，有些愤怒忍了又爆。这一切唯一的意义，不过是保持了自己的在场感。身不在场心在场，这应该是多数人莫名其妙而又不由自主拥有的心态。

所有人都被卷进这场特殊的战事。病毒造成的恐惧，远比病毒跑得快——恐惧是生物病毒必然衍生的一种精神病毒，其传播力和持续性，远甚于母体。感染恐惧的症状不是单一的怕死，甚至不典型地表现为怕死，没几个人会一听说病毒就确信自己会感染，感染之后会不愈至死。更普遍的病症是心理失常：更敏感，更脆弱，更多疑，更激愤，更不知所措却要表现得更有主见，更呵护自我却要表现得更捍卫公义，更提防他人却要表现得更牺牲自我。互联网、朋友圈变成了更大、更恐怖的“疫区”，其间所有人都被交叉感染。尽管每人病症各异，有一点却基本相同：对其他的事情不屑一顾，拒绝进入其他的空间。

从第一次把书扔开，我便确认自己已被这种精神病毒感染。那是对个体生命被威胁的现实恐惧，也是对民族，甚至人类遭遇不测的无奈忧虑。一方面，病毒已将每个被感染者的生命选择变得如此简单，生或者死，譬如硬币的两面。在这种时刻，任何一句对源起的叩问都多余，任何一种对苦难的怜悯都矫情。另一方面，疫情仍在蔓延，所有未感染者无力主宰生死的危机，也日趋严峻。在这种时刻，任何一项防控策略都休戚与共，任何一次医学判断都人命关天。当下的是生是死与未来的是死是生，如此必然而又如此荒谬地对撞，如此现实而又如此虚幻地纠缠。似乎任何一种立论你都无法肯定，任何一种猜测你都无法质疑，任何一种情绪你都无法对抗，任何一种态度你都无法唾弃。于是，你弄不清自己是哀痛还是激愤，是感动还是隐忍，是盲从还是清醒，是坚信还是绝望，是在场还是离场……这大抵就是灾难。只有灾难才能让所有的逻辑悖反，让所有的标准倒错，让所有的情感畸变……

我想到了埃默·托尔斯笔下的伯爵。当然，伯爵面对的不是一场自然灾难，是一场社会革命，只是他恰好被认定为革命的对象。他是有理由不被认定的，却莫名其妙地被认定了。于是既定的生活突然脱轨，未来变成了必须蹚过却又无路可寻的沼泽。伯爵的处境正好暗合了灾难中我们的处境。我一直喜欢埃默·托尔斯，喜欢他将人物命运逆转后，那种不动声色的叙事调性，那种将迷茫和惶恐从琐碎细节中隐隐透出的写作耐心，那种将人生毁灭重建为一种日常生活的艺术善意。《莫斯科绅士》这本书，应该是适合当下阅读的，至少伯爵那种承受命运突变的巨大定力，可以稀释自己惶恐、茫然、无助的情绪。

然而我仍旧无法纠缠在伯爵的命运遭际中。当不知名的染病老人去世，当志愿者何辉、医生李文亮感染身亡，当……当一个一个的噩耗接踵传来，我突然意识到，手里捧着一本书不仅是一种逃避，而且是一种罪过！当一条条鲜活的生命变作一串冷冰冰的数字，当一个个温馨的家庭变作一些空荡荡的巢穴，任何重大的历史事件，任何伟大的艺术创造，都无权抢夺我们的悲恸和眼泪，无权侵占我们无奈无助却必须与这些生死挣扎同在共守的时光……

欲读不忍，欲罢不甘，这大抵是多数宅家的人相似的心境。罢了！罢了！这有时无心，令人纠结、尴尬的读书季。当我将备读的书一一插回书架，心中竟生出些微的自救感来。当然，接下来的日子，同样没有更实在更紧要的事情可做，从早到晚，照旧在网上、在群里耗着。尽管无奈，无论如何，陪着耗也是一种情感的瞩望，也算一种灵魂的在场！

时过午夜，已是我的生日，自忖道：如果生活不再继续，读书还有何用？如果生活仍将继续，又何必急在这无心读书的日子上？或许，直面这灾难中的生生死死，体察这灾难中的人是人非，感悟这灾难中的无常有常，是更切要、更透彻的人生。

澳门战疫情

张志庆

一

2020 年 1 月 23 日，武汉封城。史无前例。

我早就预订了 1 月 24 日的飞机票，要回山东与亲人、朋友共度春节。1 月 23 日下午，我决定取消行程，留在澳门。这是我记事以来第三次不能回去与亲人共度春节。第一次是 1983 年春节，我留在学校准备当年的研究生入学考试，那年我 22 岁。第二次是 2010 年春节，我在英国剑桥大学访学，不便回来。

第一次在澳门过春节，我感受到了一个不一样的春节，一个不一样的澳门。

早就听说澳门春节期间挺热闹，有巡游，看音乐会，还可以放鞭炮，游客也挺多。然而，这个春节，这一切都没有了。新型冠状病毒肺炎的肆虐，把一切都取缔了。

我天天在家待着，庆幸没有离开，觉得可以有很多时间读书、学习、备课。可是，我从来没有像现在这样，每天用这么长时间刷手机、看电视，急切地了解疫情，了解窗外的一切。医生、护士的泪眼，一名武汉女生的呼救，众多志愿者的默默奉献，全国各地对口救援，意大利街头人们拥抱蒙眼的武汉小伙，美国社区中国姑娘遭歧视，李文亮去世，84 岁的钟南山哽咽……

坐在书桌前，打开书，眼睛却望向寂静的窗外，心绪沉重。太静了，需要声音——看手机，听俄罗斯歌曲《多想活着》，看日本人捐赠写上“山川异域，风月同天”的物资，看全国各地大批医护人员慷慨赴鄂，义无反顾……

2 月 10 日，我开车去学校，一路上丝毫不堵车，行人稀少。车过友谊大桥，天蔚蓝，几朵白云静静的；海平如镜，听不到一点声音。我想起自己曾多次登临黄鹤楼，望青天碧水，叹大桥雄壮。如今的长江大桥上，一定也没有了昔日的喧闹和拥堵。鹦鹉洲犹在？汉阳树依然清晰可见？

进入校门前，保安上前给我量体温，这是我这些日子以来第一次量体温。36.3℃，多么珍贵的礼物。我真诚地向保安微笑点头，缓缓驶入校园。

校园里很安静，教师在家办公，行政人员轮流值班。学院里多是年轻人，我是年长的。我像往常一样，开始工作，尽力表现得镇定、有条不紊。楼道上有同事说笑，问大家怎么过的春节，有没有口罩。大家相互隔得远远的，说话声音不得不提高一些，可是能够感受到比以往更多的亲近与温度。

口罩？有，有问题。

二

疫情期间，澳门政府获得一致好评。

1 月 21 日，澳门政府成立应急协调中心，24 小时运作，每天 17：00 举行新闻发布会，通报疫情相关情况；宣布延长春节假期，公务员在家办公；每年的现金分享提前于 4 月发放；政府所属物业免除租户 3 个月租金；推出保障口罩供应计划，市民可以凭身份证、劳工可以凭蓝卡到社区卫生中心、50 多家药店购买口罩，一律 8 元 10 个；取消所有大型公众活动，包括春节巡游，关闭公园和街头娱乐、康体等设备；严格隔离确诊和疑似病人；严格关口检疫和管控；通过电视台、电台、报纸、网站、街头喇叭等多种形式，呼吁市民“请留家，不聚集，共防疫”。

2月4日中午，行政长官贺一诚先生宣布了一个惊人的决定：澳门41间博彩娱乐场自2月5日0时起暂停营业15天……

关闭赌场，大家都知道意味着什么。这是自1847年澳门博彩业合法化以来第二次停业，上一次是2018年9月15日，台风“山竹”正面袭击，全澳赌场被迫宣布停业，但只有32个小时。

此前，政府一定评估了这一系列举措可能带来的巨大经济损失。但特首在2月4日的新闻发布会上坚定地说：市民生命优先，经济次之；我们有钱，以前挣的钱就是要在现在的情形下用的；澳门承受得起！我们的物资供应，比如医疗用品，是充足的。特首说：“葡萄牙口罩已经畀我哋买晒（葡萄牙的口罩已经被我们买光了）。”

我一直有种感觉，就是澳门人普遍对政府有较大的依赖感，遇到大事小事都要找政府，而政府“弱势”，怕得罪市民，遇事总要征询市民意见，定期召开市民咨询会，解决市民的问题和困难。但不知何故，政府办事常常不够迅速，节奏慢得很，因此常常被市民骂。但我其实挺喜欢澳门的慢——意大利人在20世纪90年代末提出并发起“慢城运动”，至今，世界上已经有150多个慢城。澳门未必一定要成为慢城，但我认为，不一味地追求快，保留原有的慢，澳门会更加可爱，更加宜居。

如今，疫情当前，澳门政府及时、有力的反应和一系列措施，令人称赞。有学会做问卷调查，结果显示，截至2月8日，近九成澳门市民满意政府的整体应对表现，其中，保障口罩供应措施最受肯定。

及时、有力的系列措施，逐步显现了效果。超市有时人多，但货物时时有补充；购买口罩有时要排队，但队伍不会看不到头，口罩肯定能买到；更重要的是控制住了确诊病例人数，自2月3日直至14日，一直为10人。

2月13日，情人节前夕，澳门政府又送了“大礼包”，宣布给市民多发一次医疗券，价值600元；发放两份额外援助金；发放3000元电子消费券；免一年住宅房屋税；免3—5月份电费和水费；减或免各种税费；提供免息贷款，援助中小企业。

政府给力，社会也有力。目前，澳门社会各界已经给内地捐了3亿多澳门币的物资，更值得一提的是，还捐了100多万只医用口罩。

回到家，天渐渐暗下来。新闻说，全国确诊病例超过了6万，但湖北省以外的确诊病例已持续下降11天；1000多医护人员感染，6人殉职；澳门10个确诊病人中，已有3例治愈出院……窗外飘着雨，淅淅沥沥。本来就安静、整洁的街道，现在依然整洁，但更加安静。行人很少，偶尔有几辆货车、公交车驶过，仿佛在提示人们，这个城市依然健康地活着。

我从电视上看到，原先几乎天天人头攒动的大三巴，现在行人寥寥。空旷的广场，显得大三巴似乎长大了一些，而且多了几分伟岸。它经历了澳门的过去，见证着澳门的今天，它又以今天的寂静，祈祷着病毒败走，大地复苏。

疫情还在继续。

生活从未停止。

我的工作就要全面开始了。

2月10日，返工第一天，我给学院同学们写了一封信，提醒同学们注意大学的有关安排，表达学院的关心，并以俄罗斯诗人蒲宁的一段诗作为结尾：

像狱中等待渴望已久的自由，
我等待三月的晨雾，郁葱的山岗，
等待白云带来光亮和温暖，
等待田野里先来的百灵鸟的歌唱。

那一方水土

杨俊文

穆涛兄的话让我无言以对——“ 李文亮是北镇人，你也是北镇人，那你就写写北镇，写写那一方水土吧！”

夜里我睡不着觉，想着怎么填写这张不深不浅的考卷。我知道，李文亮被称为“吹哨人”，在抗击疫情中不幸离世，也因此得到世人的关注。那么，李君为何方人士，也被人搜索、知道了。随之，北镇这个地方，一夜之间，便神州皆知了。

“地因人传，人因地传，两相帮亲，俱著声名。”李文亮与家乡的关系，若用余秋雨先生在《洞庭一角》里的话，显然不够妥帖。我以为，对李文亮不能冠以“英雄”二字，也不适合用“豪杰”去称道。他就是个普通医生，是个少有顾虑、讲真话、爱同事和朋友的平常人，所以，他的家乡此前的名声，自然与他没有关联。而他的名字，也不是因为他生长的故土才传得那么迅疾。

现在，他的家乡人还有隐隐的悲痛，没有谁因了地名的显赫，首先去感谢一个年轻的生命，也很少有人说他是家乡的骄傲，因为北镇人也不忍心用他去为他的故土换回什么荣光。这些都没有，有的只是痛心和惋惜，以及由此而生的一种怀念！

世人关注北镇，是出于本能。既然知道李文亮这个人，他的妻子、孩子和父母，乃至他的家乡，自然会在关注范围之内。有些好奇的好心人，也想透过曾养育他的土地，看看他身后的山川风物，以及那些陌生的人群，甚至要找出他身上某种特殊的基因。也许是我过于敏感了，人们想的怕是没有那么复杂，只是关切而已。

其实，对于李文亮而言，北镇就只是他的家乡。北镇就是北镇，北镇不是绍兴，没有出师爷的传承，更比不了湖北红安，一个县就出了几十个将军。总之，论文论武，北镇的水土没有专门盛产哪一类人。

连续多日，远方朋友电话或微信问我：北镇在哪儿？北镇是个什么样的地方？甚至问我认不认识李文亮。我一个年过六旬的人，早年离家漂泊，哪里会结识这位小老乡呢！

作为北镇人，我当然亲近故乡的土地，也熟悉那里的风土人情。北镇不是镇，是辽宁省锦州市管辖的一个县级市，坐落于辽西走廊，有 50 万余的人口。在降水量不多的辽西地区，北镇的雨水算是最丰沛的，几乎少有大旱年景，风灾雹灾也不多见。所以，北镇从城到乡，一连多少年，人们日子过得很是安稳。

其实，这片土地很早就名声在外了。这不是因为有哪个名人产生了效应。当然，作为任何一地的当地人，不管脚下和身边是何种的水土、何种的人群，免不了要说“人杰地灵”的。我也敢说，赋予我的家乡这种赞誉，并不为过。翻阅史料，便可知晓好多人物，如东丹王耶律倍，其八世孙耶律楚材，以及一批辽国重臣和皇族要人，都曾与这里有过交集。辽东总兵李成梁，多年镇守广宁（今北镇），频传佳话。从古至今，从这里走出去的高官、企业家、银行家和新闻界、出版界大小名人，委实不在少数。而北镇的名声，最终不是取决于其中的哪个人——历史上有好多出自北镇的人物，却也不被更多的人熟知，而当今有了地位和功业的北镇人，其名声大都在区域或行业之内，无以让北镇因人而名。

让人认为北镇非同一般，并常常慕名而来的，不是别的什么，而是一座山。

这座山叫医巫闾山，属松岭山脉，呈东北－西南走向。山无险绝之势，最高海拔800余米。但山体容貌与好多山迥异，除了一片偌大的黑松林遮盖了部分山石的面貌之外，其他山体几乎都石异松奇。山石大都裸露，阳光照在石上，光彩明亮。早晚的山崖，也总要被霞光浸染得一片火红。好多松树从石缝而生，远看像是长于石头之上。

似乎北镇所有的历史与文化，都与此山密切相关。童年时，我便常听老人们说，医巫闾山是一座圣山。然而，它究竟圣在何处？长大了，才知道虞舜继位，把全国分为十二州，各封一山为一州之镇，家乡的属地为幽州，医巫闾山便是幽州的镇山。到了隋朝，山脚下专门建了一座山神庙，初称医巫闾山神祠，为祭祀山神之所。明朝，一条从京师延伸而来的主路，从北镇境内穿过，时称驿路。清初，皇太极下令延长该路，当时谓之叠路，后人称之为大御路。也许医巫闾山是中国北方唯一的镇岳，与大清的江山社稷息息相通，清帝们便先后沿着这条路，或去巡幸，或去奉天祭祖。仅康熙至道光年间，就有4位清帝共10余次途经广宁境内，并留下近百首（篇）歌咏医巫闾山的诗文。乾隆对此地更是情有独钟，4次行至此，3次登山吟咏，且为景观题名，留下多处墨迹。

可以说，北镇人几乎没人不到此一游。我家离医巫闾山大阁景区有20多公里，那时交通不便，直到13岁那年，我才随外祖父去那里玩耍了一日。现在，到此一游是极为便利了。李文亮家住县城里，县城就在医巫闾山脚下，他去那里游玩怕是不止一次两次。

我每次细观医巫闾山的山石形貌，想到蕴藏其中的岁月遗存，就不禁会联想到这里的人。

“一方水土一方人”，这是俗话。我少时懵懂，有时会对此话心生不解：水和土与人到底有何关系？土地里长出庄稼，庄稼变成了粮食，谁吃哪儿的粮食都能充饥，都会长身体；至于水，无非水质有优劣，喝了哪儿的水也是水，怎么会因水因土而划分出不同的人呢？后来渐渐懂了，水土不是水和土，那是一方历史，一方文化，一方民风与民俗，而人呢，则是由此而生的独特的人格群体。

这么一想，医巫闾山真的像是有了对人的观照。

北镇人善诗文、喜书画、崇尚科学，古来有之，且始终如此。我的外祖父虽是农民，但他喜欢吟诵《三字经》《千字文》，只字无误。他更善舞墨挥毫，能写一手好字。故乡似外祖父的农民很多，爱绘画的人更是不在少数。30年前，北镇就被文化部命名为“书画之乡”，农民书画家足有千余人。读书兴教早在这里蔚成风气。说起办学，北镇颇有成就。李文亮曾就读的北镇一高，多年来一直是全省的重点高中，培养优秀学子无数。北大、清华校园，几乎每年都有来自北镇的学生。去年恰逢一高建校百年，好多从这所学校走出去的人，回到母校庆祝。李文亮没有回来，他也许抽不出身，也许以为自己身份平常，没有什么值得向母校汇报的。

北镇的老少众人，少有不知耶律楚材的。人们倒不是看他的官位与功绩，而是因为他少年时在医巫闾山显州书院苦读诗书，17岁便考取举人。说来也怪，一代名相，幼时怎么偏偏到医巫闾山来读书立志？看来，还是源于圣山的那片灵光。如今，他的读书堂尚在医巫闾山之上，为他立的一尊塑像也常为人所拜谒。

这方水土的人，在外人看来，免不了有些许轻慢。

但他们真的不是轻慢，骨子里透着的是坚硬和倔强。我不止一次听过阎海文的故事。他家住北镇农村，祖父和父亲都是清末武秀才。抗战之初，他奉命驾机屡屡炸毁日本海军陆战队的船。当飞机不幸被敌军击中，被迫跳伞，面对敌军包围时，他整理戎装，向蓝天立正、敬礼，把最后一颗子弹射向了自己。我也采访过家乡当过四届全国人大代表的佟玉兰，当年，她一个弱小女子，竟然只身深入名震四方的土匪老窝，侃侃说事论理，促使匪伙被顺利收编。

我常常被他们的事迹所感动，但我回答不清，在他们流淌的血液里，究竟有多少特殊的基因，只是觉得他们的性格，与医巫闾山的石头和松柏很是相像。

他们似乎更习惯于思考，思考这“幽州重镇”到底给自己留下了什么，思考怎样才不辜负厚重的文化积淀和灵山秀水，而在思考之后，他们依然老老实实地躬耕于脚下的泥土。

也许是由于清帝祭天，必经北镇境内，所以，沿途的人们格外小心，从不荒半亩土地，且收拾得田垄均匀笔直。直到今天，这里的农民依然如故，把田野伺弄得如织出的锦绣。我发现，当今的农业词典里，有“观赏农业”的词条，而似乎只有在我家乡的土地上，我才能找到这个词条的图解。

我一直觉得，家乡人的眼光不同寻常，总是能在古老文化与现代文明的气息里，发现他们认为新鲜的东西。记得 20 世纪 80 年代初，对于祖祖辈辈种植庄稼的农民来说，背叛庄稼去种植葡萄树，就是倒行逆施的举动。有个人叫李鹏学，面庞黝黑，身材高大，在我的家乡当公社书记 。他带领农民把高粱和玉米赶走，让葡萄树在此扎了根。当时，这在东北也属先例。我在市报社当记者时，多次采访过他，也知道人们背地里不再叫他李书记，而叫他“李大干”。如今，北镇成了全国葡萄鲜食鲜储基地，农民因此走上致富之路。想当年，东北人冬季只吃酸菜和窖贮白菜、土豆和萝卜。北镇就不同，硬是在寒冷的季节建起塑料棚室，种出品种繁多的蔬菜来，一举改写东北冬季没有新鲜蔬菜的历史。对于常年生活在闹市中的人，不能想象，山区的果树之下能长满嫩绿的韭菜。北镇就能，这也成了当地一大景观。

乡情总如一根根无形的线，把人心连接在一起。在一个村庄之内，人们不仅关心自己土地上的收成，而且时常把目光投向左邻右舍，投向与自己种养着同样东西的人家。有次，我回乡探望亲属，见一户人家的葡萄初发霜霉病，听人介绍，葡萄一旦患上这种病，粒子先是变黑，之后会纷纷脱落。像是有洪水即刻要来临，葡萄患病的人家四处奔走，见其他种植葡萄的人便喊：“看看哪，好好看看哪！粒儿有变黑的没有？”很快，村庄里便响起了噗噗喷洒药物的声响。

乡情使人温暖。人到老年，无论身处何方，乡愁都会自然泛起。我想，李文亮该不会有多少乡愁。他年轻，不到20岁就离开家乡，去了武汉读大学，参加工作后娶妻生子，又忙于工作，时年34岁就停止了生命前行的脚步。他活着的时候，在家乡所见到的一切，早就是现代的色调了，街道、路灯、楼房，都是现代的元素了。但是，我想他知道，他当年生活的北镇城，原本是广宁古城，而这古城的由来是缘于那座圣山。

据载，耶律倍生前最爱医巫闾山的奇秀，死后便葬于此，陵墓名为显陵。辽为奉护陵地，于医巫闾山东南麓置显州，开始奠基筑城。此后至明，又屡次修缮扩建。城内有崇兴寺双塔、鼓楼和李成梁石坊。鼓楼曾是李成梁的点将台，清代时才改为鼓楼，现为著名的旅游景点。李文亮家属于城里老户，就住在鼓楼北百余米处。从上小学直到上高中，他天天会看到鼓楼。他的父亲是一家小工厂的工人，母亲是商店的营业员，两人早已下岗，都是老实本分人。而绝大多数北镇城里的人，既不失乡下人的淳朴，更善表达意志和诉求。

有一年，我去眉山采风，知苏东坡为眉州黎侯写过《眉州远景楼记》，其中有言：“故其民皆聪明才智，务本而力作，易治而难服。”意思是说那里的民众都很有智慧，安分守己地努力劳作，容易管理却又难以制服。北镇与眉州相距甚远，不知何故，这里的人也有些眉州人的秉性。在那个年代，古城墙被强行拆毁，鼓楼和石坊也要被扒掉，激怒了城里民众，他们且上书且拦阻，终于使古建筑得以竖立至今。当时，有人故意传言，说谁敢动双塔一块青砖，谁家就会断子绝孙。于是，双塔也幸免于难。青岩寺也在医巫闾山，那里有座石像，俗称“歪脖老母”，实为一尊观音像。在那年月，石像不知被哪方小将推至山涧里，“粉身碎骨”。后来，还是山脚下的人们，在荆棘丛中把石像的碎石一块一块地拾起，然后细心拼接，最终使“歪脖老母”重获新生。

这方水土和这里的人啊，就是这样！不知穆涛兄还想让我说点什么。

疫情之下，沟帮子熏鸡的生意显得冷清，水馅包子百年老店的门前，亮出“暂时关闭”的牌子。我想，疫情终究经不住抗击，一切都会很快好起来。

待春风轻拂，医巫闾山的梨花将依然繁茂，依然是一片浩瀚的香雪海。

疫情中的牵挂

朱　军

庚子初春，新冠肺炎施虐，华夏人人心惊，无不紧张有加。这些日子里，除了查看手机、电视中的一条条疫情变化的信息，除了为一幕幕阻击疫情的画面而感动，除了在宅居中不断地适应以自保和互保之外，就是牵挂了。

老母亲83岁了，由于腿脚无力，这几年一直依赖着保姆。春节前，原来的保姆离开，就得靠我们兄弟姐妹了。兄弟姐妹也上了年纪，在腊月二十六这一天，商量着轮流值守，排了一个单子，后来，武汉疫情严重，各地方的疫情也在加重，汉中城也从正月初三起停开公交车、出租车和网约车。一个个县区，一个个集镇，一个个村落，都在设卡严加防范。我们姐弟几个，轮流照料母亲，扶母亲大小便，给母亲做饭，陪她一起看电视，一起说话，哪怕她有一点怨言也都予以包容和理解。到了正月初六，由于新的保姆没有落实，母亲心里不踏实，就有些焦急。对此，两个弟弟自告奋勇看晚上，两个姐姐看白天，我则多方联络、寻找保姆，终于在同事的帮忙下在南山找到了保姆。眼看疫情越来越复杂，我们决定于正月初八由弟弟开车前往南山法镇后河村，将保姆接过来。那些山水深处的山村虽说没有城市里那样风声鹤唳，可也是防范日紧，不同寻常。也许是上天庇佑，保姆刚刚到位，汉台区和南郑区的各个紧要路口就都实行封闭管理了，我们这些子女不能再进母亲居住的小区，而我也只能在给母亲买了必备的药品后，远远地牵挂了。

牵挂母亲，当然是牵挂她的起居。好在这个保姆有护理经验，而且性格柔顺、手脚利落，很快就适应这份工作了；再加上小弟住得较近，给母亲买了足够吃一周的菜，我们和母亲才渐渐放下了心。而对我来说，一边是单位值班，投入防疫工作，落实疫情时期的税收政策；一边是自己和妻子的防护——把自己保护好了也是对阻击新型冠状病毒的一点贡献。那么就得严格遵守小区的规定，把宅居的日子过下去。那母亲呢，母亲和保姆，彼此并不熟悉，相处得如何？好在几天内都平安无事，我们略略心安。忽一日，母亲说她浑身发痒，可能是药用多了，可能是老年人器官衰退带来的某种不适……都很难说。只有赶紧打电话，问医生，在反复咨询并弄清楚了原因和需要的药品之后，让小弟在严控的局势下把药买了送回去，才平静了下来。正月十五的元宵节，母亲和我们，我们和母亲，都不能相见，只能遥遥地祝福。到了元宵节晚上，母亲打来电话，虽有抱怨没人给她送元宵的话语，但还是笑呵呵的，说是开个玩笑，我想这里面恐怕也有非常时期的无可奈何吧。这以后，又是一连好些天没有见到母亲，有些怅然。可当我看到电视中各地阻击新冠肺炎疫情的许多人都在前线坚守，看到许许多多的人没有合家团圆，舍小家为大家，还有那些在疫情中被隔离和治疗的患者也同样难以合家团圆，也就心生感怀，没有什么可以抱怨的了。

在牵挂老母亲的同时，我还牵挂女儿、外孙，同时也被他们牵挂。两个女儿，都带着孩子，还得在单位上班，其中一个刚刚生了二胎，还在哺乳期，她们的防护，她们的平安，还有小外孙的情形，都令人萦怀。但形势是越来越严峻了，患者数量连日剧增，总量和增量，连同疑似患者和亲密接触者加在一起，更是不少。后来又不断发布线索寻找接触过患者的人，就更让人人心惶惶。我和妻子只有在视频中叮咛，只有在微信中嘱咐，让女儿们和孩子们注意些，再注意些。好在女儿们都安好，消毒、防护，足不出户、接受小区的管理，适应良好。她们改善伙食，在宅居中安妥地度过每一天，加上都有各自的丈夫与婆家老人相伴，也令人放心。外孙安好，女儿安好，我们的心也就在牵挂中落了地，有了一丝丝慰藉。只是时间久了，小孩子烦躁，渴望出去，女儿和女婿们就在家中讲故事，和孩子做游戏，把客厅当广场，让孩子翻跟头，还教孩子学认字，让孩子在视频中读来给我们听。有时候实在憋闷了，就把孩子领到楼下的拐角和菜地边去活动，然后再回到室内坚守，那真的很不容易呢！我们呢，也调整自己的生活，该买菜买菜，该宅居宅居，妻子写写书法，读读书，我也把一路的读写生活进行下去，显得波澜不惊。我还学会了蒸面皮和蒸馒头，把过去没有机会实践的厨艺一一施展，自得其乐。

那些在远方的患者，那些在疫情中抵抗和奋战的人们，虽说素不相识，但因为基于同胞的情感相连，我们也双手合十为他们祝福，为他们祈祷。这大抵也同样是一种牵挂吧？

女儿们也同样牵挂着我们。不仅送来了口罩，送来了消毒酒精，还买了蔬菜送来。虽说是在门外递进来的，但也包含了一种骨肉亲情的依依牵挂吧？什么地方不能去，什么东西不能吃，她们都反复提醒，几乎每天都要发来问候，了解我们的状况，知晓我们的位置，对于疫情防护，更是反复叮咛。

此时此刻，单位开始利用网络展开工作，发一个小单方，传一条防护知识，把每天的轮守安排停当，主管不时问候大家，同事遥祝平安，这也同样是一种牵挂啊！

这些牵挂，可能是琐碎的，并不一定显山露水，在平日里不算什么，可在这非常时期，在这举目个个戴口罩、相遇人人相避开的危难时期，在这有多少人在受难，有多少人在恐慌，有多少人在被命运追撵的时期，一缕牵挂，一份关怀，就弥足珍贵了。由小家的血缘牵挂，到举国的大爱牵挂，都令人感动。专家钟南山牵挂着全国的人，他经历过“非典”，如今年岁已高，仍在奔忙着，那样疲惫，又那样热情，这是一种大的牵挂。那一批批奔赴抗击疫情第一线的医护人员，顾不上自己的家庭，一门心思与病毒鏖战，那心中涌动的不是对患者的牵挂又是什么呢？那些长时间得不到休息的医生护士，那些日日守护在患者身边的人们，那些奔驰在路上的急救车队，那些在一个个小区里守护业主的社区人员，连同昼夜上岗的保安、一日数次打扫卫生的环卫工人，无不在用一种博大的情怀天天牵挂着每一个人。这些互相支撑、互相牵连，合成了抗击疫情的大格局，委实不易、感天动地。远的不说，小区里的工作人员，一天天的，没有懈怠，只有努力。这需要多少真爱，才能坚守下来呢？这不是一种更加深沉的牵挂吗？从这当中，我们看见了迟子建《白雪乌鸦》中的武连德，加缪《鼠疫》中的卫生官，更有“非典”和汶川大地震中的一拨拨军人与逆行奔赴者。他们，共同构成了一道道密集的防疫网络，形成了强劲的疫情防控力量。他们坚守在各自的岗位上，牵挂着众生。如此，好比春风牵挂人间。

疫情中心的藏蓝本色

陈　晨

每天睁开眼，第一件事就是看疫情地图，那上面最深的红色代表湖北，代表武汉。那颜色，红中透着紫，像一道鲜血淋漓的伤口，让全中国为之疼痛。

3 个月前，全球的目光聚焦武汉，世界军人运动会的成功举办，让这座美丽的城市赢得了赞誉。3 个月后，全球的目光再次聚焦武汉，这一次，这座城市让全世界感到不安。谁都不曾想过，武汉，会成为战“疫”的前沿阵地。

常常会想，如果我从来不曾去过武汉，那么，对这座城市的牵挂会不会少一些？如果从来不曾认识过武汉人，那么，心痛的感觉会不会不那么强烈？

2019 年 5 月，纪念五四运动 100 周年之际，我跟随全国公安文联朗诵专业委员会的伙伴们去了武汉，从此，这座城市便与我有了千丝万缕的联系。

我们参加了“最美青年汉警”的颁奖典礼，一个个优秀的青年民警在舞台上展露风采。他们是这座英雄城市的守卫者，他们的脸上洋溢着自信和自豪。

最难忘的是一名叫伍淼的女警。那一天，颁奖舞台无比宽阔，把伍淼衬得又瘦又小。她身着藏蓝色的警服，一步一步，镇定自若地走到舞台中央。她立定，微微笑着，敬了一个礼，动作干净利落，却浑身上下都透着一股静气。那一刻，似乎有满天的彩霞映照着她，她熠熠生辉，光芒四射。她身后的大屏幕告诉我们，她是女枪王，还是即将举行的世界军人运动会形象代言人。

看似柔弱甜美的她，竟是女枪王！多么不可思议啊！影视剧中的神枪手，可都是肌肉发达的铁血硬汉啊。

我后来想起武汉，便常常会想起这个女孩。我想，她一定有着无比强大的内心，外面的世界再嘈杂，她都能用心中的静气抵挡喧嚣。万物静止，只有一个靶心安静地等着她的子弹。她深吸一口气，抬枪，瞄准，射击，一颗子弹稳稳地跳出枪膛。

我们在武汉吃热干面，登黄鹤楼，还与湖北朗诵协会联谊，听朗诵家们用美妙的声音演绎深沉的情感，听滚滚长江在他们的声音里奔泻汹涌。

我们去的那个季节，武汉大学的樱花已经谢了。武汉的朋友会觉得这是待客的缺憾，不时有人说，可惜啊，来得太晚了，否则带你去武大看樱花。于是，便有一种叫"樱花谢了"的遗憾落在心底，从此对这座城市念兹在兹，盼望着与武大的樱花一期一会，也盼望着亲眼看见女枪王射出一个又一个十环。

然而，重回我视线的武汉，却是一个病了的武汉。武汉，你还好吗？我的警察同行们，你们都还好吗？你们在高危地点执勤时，防护服有没有穿好？你们的口罩够不够用？

每天，我都会在微信里关注他们，为他们揪心，为他们流泪，为他们鼓劲。

美丽的小葛是江汉公安分局的民警，她的单位与华南海鲜市场西区仅仅一墙之隔。她告诉我，刚刚得知疫情时，她和她的同事们也感到恐慌，但是，看着身边一个个深陷困境的百姓，再看看身上的警服，便觉得有一份沉甸甸的责任。他们坚守着自己的岗位，越来越沉着，越来越淡定。处在疫情中心，说不怕那是不现实的，有时只好自嘲一句"跟病毒待久了，咱身上肯定自带抗体"，为自己加加油，为同事打打气。他们也怕防护不到位，或者哪一个环节出了纰漏，让病毒长驱直入。想到江汉区是疫情重灾区，物资消耗快，小葛和家人亲友一起发动了募捐。远在浙江的小姑子用最短的时间，募集了价值10多万元的防护服、口罩和护目镜，捐助给江汉分局的一线民警。小葛说，每天受到很多负面情绪冲击，常常处在崩溃的边缘，但一想到有那么多人在支持我们，想到有那么多人需要我们，便觉得有一种力量在心底生长。

夜深人静的时候，是小葛和她的战友们最难熬的时候，她告诉我："姐姐，我已经一个多月没看到我的爸妈和孩子了，我很想他们。"说着，她哭了。家离单位并不远，但她不知道自己在工作过程中到底有没有感染上病毒，只好压制着心中的思念，望着家的方向默默流泪。她的很多同事跟她一样，不见，是给家人最好的保护。

巡逻的时候，小葛拍了几张武汉的街景：被雨打湿的街道，路上空无一人，安静得让人心痛。她写道：今夜，你依然美丽。

武汉市公安局中南警务站站长刘俊是去过非洲的维和警察，曾在利比里亚参加过抗击埃博拉疫情的战斗。此次疫情发生后，警务站接触的报警几乎全部与疫情有关。刘俊和同事们每天全副武装，维护着辖区医院的秩序，保护医护人员的人身安全，帮助群众解决困难。辖区里有人因患新冠肺炎去世了，刘俊穿上防护服，全程陪同家属办理死亡证。家属站在离居委会数米远的地方，刘俊充当二传手，在当事人和社区工作人员之间来回传递资料，每一次换手，他都仔仔细细消毒。一遍遍传递，一遍遍消毒，他想用他伟岸的身躯替群众抵挡病毒的侵袭。他见过很多死于埃博拉病毒的人，但即便如此，看见有人死去，他还是会流泪。

波波是武汉市公安局的团委书记，也是两个萌宝的妈妈，老二还不到1周岁。抗击疫情的战斗打响后，她放下怀抱中的孩子，号召所有青年民警贡献青春的力量，担负起守护江城的重任。一封封请战书印满红色的指印，一个个充满活力的年轻身影冲向前线，一面面团旗在抗疫第一线高高飘扬。洪山分局辅警徐建建在公共交通停运后，做好以所为家的准备，打包了半个月的生活物资，徒步20多公里奔赴岗位。江岸分局郑宇、王康等9名青年民警冒着大雨，连续工作5个小时，将64名确诊患者转送到指定医院。火神山医院完工后，蔡甸分局青年民警燕占飞主动申请，担任火神山医院警务室责任民警。90名来自特警支队和轨道分局的青年民警进驻火神山医院，参与治安防控、路面封控、应急处置等工作。波波说，对我们来说，武汉，是我们的家。

“最美青年汉警”女枪王伍淼收到紧急召回指令后，即刻购票从老家返回武汉。回武汉的火车空空荡荡，在夜色里疾行，离武汉越来越近，伍淼的心越来越沉重。她深恨这些看不见摸不着的病毒，如果可以，她一定会精准射击，把病毒通通消灭。

朗诵家谢东升，是一名警察家属，他朗诵了一首又一首诗，录制了很多音频，用声音为战斗中的医护人员和警察鼓劲。他要让他的声音成为战斗的号角，给城里的人们带来希望，给患病的人们带来力量。

更多藏蓝色的身影，是我不认识的同行。在华南海鲜市场，在环城高速卡点，在立交桥下，在医院，在社区，在街道，他们恪尽职守，守卫着这座城市，守卫着城市里的千万居民。他们不懂医术，但他们背着深度昏迷的病人拼命奔跑，和病魔抢时间。他们不是心理咨询师，但他们用温暖的话语抚慰着惊恐无助的群众。他们常常看着一具具遗体泣不成声，他们常常痛恨自己没有足够的力量保护身边的群众。

疫情中心藏蓝色的背影，与医护人员白色的背影一道，组合成这座城市最坚强的防线，他们是人民最值得信赖的力量。

疫情终会过去，胜利已经不远。立春那天，波波在微信里写道：今天，春风吹走了寒冬的凛冽，相信生命的繁花必将如约绽放。春暖花开，山河无恙。加油！

爱美的丽丽在微信里写道：等疫情过去，我要网购几件春装。

亲爱的丽丽，还有波波、小葛、伍淼，我们约定，等阴霾散尽，等春回大地，等樱花满枝，我们穿上美丽的春装，一起去武大看樱花。

小兰妹妹

初曰春

论长相和身材，谁都会把他当成邻家大男孩，可他偏偏是武汉市公安局硚口区分局荣华街派出所的一个民警，而且竟然被犯罪嫌疑人喊成了“小兰妹妹”。

他叫兰亭序，瞧这名字，很让人意外。他为此有过不少苦恼，上学那会儿，老师觉得名字好玩，没少点名让他回答问题。他自然跟爱好书法的父亲闹过别扭。

这不，兰亭序此时烦得要命，刚还跟父母顶撞了几句。起因很简单，疫情当前，远在家乡的二老放心不下，非让他说说正在干什么。公安是讲纪律的队伍，一旦涉及案件就必须保密，更何况他也不想让老两口担心。

事实上，兰亭序是个十足的乐天派，平常也是俏皮话不离口。比方说，他最爱吃红烧肉，就编了个顺口溜——来盘红烧肉，撑死“单身狗”。

可眼下他根本乐不起来。

在很多人的印象中，疫情发生后，公安民警都是在各处设卡，开展执勤工作，殊不知，他们在这期间的重头戏仍然是打击犯罪，确保社会安全稳定。

派出所地处老城区，熟悉公安业务的人都知道，在这样的地界，治安情况复杂，民警们在工作中会碰到很多意想不到的问题。这不，所有民警都为疫情忙得焦头烂额时，派出所接到报警，说是发生了一起恶性刑事案件。

在分局的指挥下，全所上下齐心协力，很快固定了犯罪证据，锁定了犯罪嫌疑人张某和杨某夫妇，就等着收网了。鉴于杨某腹中怀有6个月的胎儿，民警们反复调整抓捕方案——杨某犯了罪，但肚子里的孩子无罪，得确保胎儿的安全。

万万没想到，眼瞅着就要抓捕了，负责蹲守的民警发现，犯罪嫌疑人张某开了煤气，想要畏罪自杀。得亏警方出动及时，把这对嫌疑人送进医院，紧急抢救，总算保住了这两口子的性命。

叫人痛心的是，受到煤气的伤害，杨某小产了。这下麻烦可大了，杨某本来就不愿老实被捕，又赶上这么一出，苏醒过来之后就死活不肯配合治疗。

民警嘴皮子都快磨破了，杨某才安稳下来。但接下来的事情始料未及，经过一番闹腾，杨某高烧39℃，被紧急转到湖北省第三人民医院。

杨某疑似得了新冠肺炎，需要隔离观察。人命关天，不是儿戏，更何况她是在押嫌疑人，要保证其人身安全。可眼下的疫情越来越严重，一个萝卜一个坑儿，猛然间多出这么个任务，警力更加吃紧了。

谁上？所领导正在合计人选，兰亭序和几位年轻人主动请缨。

兰亭序生怕领导不同意，眨巴了几下眼，又耍起了嘴皮子：我是团员，我操练，上了前线，就为万家圆。

好家伙，合辙押韵，跟说快板似的。“操练”是他们的口头语，他们平日里管训练、执勤，以及那些鸡毛蒜皮的小事都叫“操练”，而这些，兰亭序都干得很熟练。可兰亭序太年轻了，他万万没想到，他会遭遇一场“攻心战”。

彼此年龄相仿，兰亭序寻思着总能打开杨某的心结，进而将其感化。

他板板正正地坐在病床前，依照预先设想的话题开聊了。都是同龄人感兴趣的话题，比如，热播的电视剧、追捧的小鲜肉、流行的网络游戏，甚至扯到了让人垂涎千尺的美食。

在兰亭序看来，江城人热衷于各种美味，就连遍布大街小巷的热干面，都被人们赋予了灵动的生命。他想当然地认为，只要能够吊起杨某的胃口，转移她的注意力，就能成功大半。

提到过早儿时，杨某的眼珠子转了一下。得，有门儿，兰亭序窃喜。他赶忙拿出手机，问道：喜欢什么，我帮你点外卖。

他清楚眼下的形势，满大街也找不到几个送外卖的。但兰亭序打好了谱，只要是杨某肯张嘴，再稀奇古怪的吃食儿，也得想方设法搞到。

让兰亭序尴尬的是，杨某只是翻了个白眼，有气无力地指着他说，别猫哭耗子，我不会说的。

他愣怔了好一会儿，心想真是邪门，莫非杨某把这当成了审讯？嗐，难怪她会犯罪，半点法律意识都没有，真要审讯的话，要严格按程序来，至少得两位以上民警在场，容不得半点马虎，也不能出任何纰漏。

刚想解释，对方扯下输液的针头，用极端的方式终止了谈话。兰亭序傻眼了，带着哀求说，姑奶奶哟，人是铁饭是钢，你这还生着病，身子骨重要。

杨某冷笑了一下，咬牙切齿地说，别演戏啦，我不说你们也知道，姓张的就是个送外卖的……

闹了半天，杨某先前“不会说”的是同案犯罪嫌疑人张某。兰亭序暗暗责骂自己：兰亭序啊兰亭序，脑子让驴给踢了，不该犯这种低级错误。

没错，在侦办案子的时候，他们早就对夫妻二人的信息了如指掌了，张某是外卖员，杨某无业，自己这么说，不等于往人家心窝戳刀子吗？

事已至此，兰亭序又开始琢磨如何让杨某宽心。他天生爱讲笑话，碰到合适的场合，会东一榔头西一棒子地说，看似毫无关联，细寻思却让人乐得直不起腰来。

他有个先入为主的观念，良好的心理暗示才能使人愉悦，才愿意打开心扉。那就逗杨某开心呗。

他摇身一变，成了段子手，忙活好大一阵子，脑门子上都冒出了汗，杨某还是痴痴呆呆地望着他。还真难为兰亭序，他现在是进退两难。

到后来更是令人哭笑不得，杨某掉泪了，这一哭可不得了，把护士招来了。护士把兰亭序埋怨一顿，说病人需要休息。

他闹了个大红脸，不情愿地坐在角落里，不断打量病床上的杨某。杨某蜷缩在那里，哭着哭着，睡着了。

杨某把觉睡足了，精神头也来了。用她本人的话讲，还了魂。

庆幸的是，这一天，上级配发的防护物资到位了，兰亭序全副武装守护在隔离区，几乎是目不转睛地盯着杨某。

虽然有了足够的心理准备，但他还是没想到杨某会变得如此暴躁。她病恹恹的，却死命地拽住护士，一副拼命的架势。鉴于杨某情况特殊，警方必须把实情通报给院方。

让兰亭序动容的是，那位护士不惧怕杨某的纠缠。按说碰到犯罪嫌疑人，一般人会避之不及，而那位护士只是试图稳住杨某，但杨某也不知哪来的气力，竟然把护士摁在了床头。

眼瞅着就要扯下护目镜了，兰亭序赶忙过去保护护士，他下手不能太重，怕弄伤杨某。好不容易帮护士解了围，他自然而然地成了杨某的攻击对象。

杨某撒泼，要脱掉身上的病号服，兰亭序把脑袋扭向别处，伸手抓起被子给杨某盖上了。正犹豫着如何处置，杨某扯住了他的防护服。

兰亭序一回头，杨某的口水已经吐到了他的身上。唾沫不断，兰亭序感到恶心，却也没法撤手。

直到再也吐不出来，杨某才恶狠狠地说，老娘不想活了，死也要拉个垫背的，有本事你就把我毙了。

接下来的话更难听，杨某把兰亭序的八辈祖宗都骂了个遍，还诅咒他和他的父母不得好死。医院的一位保洁阿姨实在看不下去，说这种祸害人的玩意儿，让她自生自灭吧。

兰亭序说，哪儿能啊，犯再大的罪过也是个人，是人就得为她保太平。

可惜啊，受了保洁阿姨那些话的刺激，杨某还真就一心寻死了，而且是煞费心机，根本不给兰亭序喘气歇息的工夫。

保洁阿姨是为数不多留在医院上班的工作人员，是医院的老人了，对医学知识也略知一二。她向护士建议，给杨某注射镇静剂。

护士拒绝了，上前给兰亭序打帮手。他心生感动，这看起来弱不禁风的女护士还挺勇敢。

兰亭序有些抓瞎，他满打满算才 24 岁，在他眼里，世界上的万事万物都是美好的，生命更是宝贵的。可杨某破罐子破摔，抱着必死的念想，软硬不吃。

兰亭序思前想后，觉得死看硬守不行，关键还得解开杨某心里的疙瘩。于是好不容易稳住了对方的情绪，兰亭序开始跟杨某拉家常。

哪儿有他想的那么简单？杨某的情绪反复无常，心情好的时候称呼他“小兰妹妹”，状态差的时候把他骂得狗血喷头。

兰亭序心想，咋还雌雄不分呢，不过管你喊我什么，只要你能迈过心里那道坎儿，主动接受治疗，就比什么都好。

凡事都往好处想，兰亭序安慰道。

杨某神色忧郁地说，我已经犯了罪，也没脸活在这个世上了，两眼一闭，两腿一蹬，就解脱了。

兰亭序苦口婆心地劝了好半天，杨某油盐不进，反反复复还是那么一套说辞。实在没办法，他只好身着笨重的防护服，用夸张的肢体动作，一个劲儿给对方卖萌。

杨某的态度终于有了好转，兰亭序瞅准机会，对她说，我可是吉祥宝宝，你得好好活着。

杨某眼泪汪汪地说：你比我自家亲戚还要亲，你说说，姓张的那个畜生啊……

兰亭序心知她说的是同案犯罪嫌疑人、她自己的丈夫，赶忙打断她的话说，感觉我亲吧，那就喊我弟弟。

不，我就喊你妹妹。杨某的脸上终于有了笑的模样。

兰亭序也跟着笑了。不过，护目镜和口罩遮挡了兰亭序的表情，他只能为杨某竖起大拇指。再一转身，他吓了一跳，护士也在给他点赞。

事后，战友对他说，别人是认贼作父，你是认贼当姐。兰亭序还想把气氛搞得活跃些，可他实在没气力了。看护杨某的是几组人，每组看 12 个小时。他心知肚明，帮助杨某的不是他一个人，比方说，杨某每次做噩梦之后，就是师兄李存祥、涂先成、任寰和师弟胡锦耀靠上去做工作的。

不幸中的万幸，杨某只是普通的肺炎，并且接受了后续治疗。但让兰亭序难受的是，李存祥因为劳累过度，发烧住进了医院，可自己没法去探望。

还有，他终归是转过了弯儿，不能跟父母说工作上的事儿，那就聊聊其他的吧。兰亭序打开微信视频，模仿说评书人的腔调，眉飞色舞地给两位老人讲起了笑话——

话说，有位大将军，身穿铠甲，一家伙进了医院隔离区，嘿，真是不凑巧，早晨吃了凉饭，又喝了罐冰镇饮料，这倒霉孩子，拉稀了，可他得忍着……

卖弄了半天，父母也没笑。兰亭序讲不下去了，他心想好在没说那是发生在自己身上的糗事儿。他颓然关闭视频，又忽然发现，自己还很不成熟，因为只有过于紧张时，他才会喝冰镇饮料。

兰亭序的自我调节能力很强，分分钟又转移了注意力。他忽然想起个事儿，得给一个人送去问候，就是那位给杨某治疗却未曾见到真面目的女护士。

在他心目中，抗疫大军中，白衣天使才是最美的人。他甚至寻思，待到春暖花开，就约那位女护士去武大看樱花；假若年龄相当，再托人帮忙给牵个红线。

正在这个时候，手机铃声尖锐地响起。又得出警。兰亭序戴上口罩，检查了防护措施，急匆匆地去开车。

很显然，属于兰亭序以及“青年汉警”，乃至大江南北那些身着藏蓝制服的警察们的战斗，仍在继续……

执勤一线

唐小丹

一

我在单位门口张望许久，门房值班的同事才认出我。

我戴了双层口罩，一层蓝色，一层黑色——只要出门上班，我都给自己做能做到的最好的防护。

单位的电动门缓缓打开，刚好能容一个人通过，我急忙走进去，门又缓缓关上。门房里伸出一只手，让我进去。我认真看，才认出是同事郝姐，她平时穿警服，飒爽、干练，今天被一身宽大的白大褂罩住了身材，脸上两只大眼睛在厚实的N95白口罩上露了出来。

看到郝姐的样子，我有些不适应。她手里拿着一只白色电子测温枪，正对着我，不知要在我身体的哪个部位测温——我包裹得太严，全身上下就露出两只眼睛，可眼睛上还戴着防电脑辐射眼镜。

郝姐扑哧笑了："今天你值班吗？包裹这么严，怎么测你的体温？"

这是郝姐见到我的第一句话，我心里还是感到有些不适应。往常，年后上班，同事们见面总是一句“新年好！”今年谁都没有心思再想“过年好”了，这个年，让大家有些慌张和闷闷不乐。

“测这里吧！这里……”我连忙用戴着手套的手撩开袖子一角，露出少半截胳膊。只见测温枪在我的皮肤上打出一个小红点，嘀一声，“35.9℃”。我松了一口气。刚才我走了一身汗，很怕自己的体温会因为快步走而上升。那只体温枪决定着此时此刻我是否正常，也决定着下一刻我该去哪里。

我胡思乱想着小跑上楼来到办公室，气喘吁吁打开门。我没有急着脱下大衣、口罩、手套，而是打开口袋，拿出一只装满酒精的小瓶，对准自己的脸、头发、衣服，甚至抬起脚底，全部喷了一遍，办公室里顿时充斥着浓浓的酒精味。我在沙发上坐了一分钟，头上的汗也跟着酒精挥发了，这才脱下大衣、口罩、手套。我把它们一一摆放好，拿酒精对准关键部位，又连续喷了很多下。“病毒，我就不相信杀不死你……”我心里默默嘀咕，好像拧着一把狠劲。

换好警服，我匆匆忙忙往楼下监控指挥中心走，刚下到4层，突然停住了脚步，“我的口罩……口罩没戴，我忘记戴口罩了。”

再去取口罩恐怕要迟到了，但，“不行，得回去取口罩，现在戴口罩是天大的事情，迟到是小事，不戴口罩准保会让值班的同事惊到。”

戴好口罩，狠狠用手压住口罩上方白色的金属条，让它变形，与我鼻梁吻合，这才又往值班室走。推开值班室的门，两个值班的同事正戴着口罩坐在监控屏幕前。

二

A班总值班长是狱政科冯科长，他已经在指挥中心上了一早上的班，还要陪着我和另外4位同事再上一个下午班和一个晚班。整整一天，他不能离开监控岗位，像被钉在了监控视频下磨得光滑锃亮的黑色靠背椅上。

冯科长正拿着对讲机，指挥大批罪犯去习艺楼，行进的队伍整整齐齐。让每一名罪犯练习一门手艺，最终成为自食其力的人，是监狱执法的目的之一。然而，让很多罪犯同时进入习艺楼，这又需要排好顺序。是先让一监区的进入，还是先让八监区的进入，还是先让三监区的进入，还是……这全靠监控指挥中心A班总值班长的调度。

我刚坐到值班座位上，电话就“丁零零”响起来。我赶紧接电话，统计各个单位的值班人数、罪犯固定位置、罪犯各种位置的具体情况。统计完人数，我又翻看监控镜头，一遍一遍看，盯着画面仔细看，特别是重点位置，更要仔细查看。监狱里关押的是因各种原因触犯了法律的人，我生怕发生了什么事，我没有监控到。

我旁边的另一位值班员董哥，是专门在监控室值班的工勤人员。他晚上八点半与我一起下班，但是夜里两点还会再来监控指挥中心，上一个后半夜的夜班，直到第二天早上八点半下班。

董哥是我们3个值班员中年龄最大的。他很健谈，以前我值班碰到他，和他聊起来，他总是很乐观地说：“没事，值班后在家休息一天，抱抱孙子也是休息……”可今天，他的口罩戴得严严实实，两只眼睛灵活地转着，一句话也不说。

在疫情期间值班，除非有事必须共同处理或需要交流，我们都戴着口罩、闭着自己的嘴巴。监控室里值班座椅之间也相隔一米多远，这是为了在疫情期间更好地互相保护。

我的好奇心很重，我很想看看已经在监狱里封闭了一个礼拜的同事和在监狱办公楼上隔离了一个礼拜的同事，他们都在做什么。

自全国监狱进入封闭状态那天起，各个监狱的民警就“两班隔离三班倒”进行备战：一班——第一批是身体健康、有工作经验、在领导岗位、是党员的民警，他们不由分说，没有任何理由，放弃年假、告别亲人，直接进入监狱内，关闭监狱大门，全封闭执勤 14 天。二班——与第一批相同数量的民警，他们也与家人告别，在监狱外办公楼隔离备勤 14 天，不外出，不与外界接触，直到第一批民警执勤结束，他们进入监狱执勤。三班——仍是相同数量的一批民警，在家自我隔离 14 天，不走出家门半步，每天及时汇报自身健康状况和家人的健康状况，直到办公楼备勤民警进入监狱，他们再隔离备勤。

隔离在家的民警，我看不到他们在做什么，但我好奇他们的心情。我今天值班，虽然心里为出门而焦灼不安了一阵——到底还是待在家里最安全，可是，我还是愿意到执勤一线，看看我的同事们，看看在监狱一线的民警们，是如何坚守在祖国最需要的地方的——我不停地翻动监控镜头画面。

三

在监控画面的小方格里，我清楚地看到二监区的民警在开会，三监区的民警在监号里组织罪犯学习，五监区的民警在给罪犯做心理测试……有个熟悉的同事在水房组织罪犯打开水。这个同事虽然戴着口罩，但根据他的身材，我认出了他。

“怎么是马科长？”我心里默默想。他刚从生活卫生科科长的位置退下来，还有两个月就要退休了。

“怎么他也在？”我自言自语地说。

“你说的谁呀？”冯科长眼睛盯着视频，头没有扭动，轻声向我发问。

“就是生活卫生科的马科长。他不是还有两个月就退休了吗？怎么也来了？”我也眼睛盯着视频，回答冯科长。

监控指挥中心值班有规定，同事之间不能交头接耳，眼睛盯着监控镜头看是“工作规范和规定动作”。

冯科长停顿了挺长一段时间，又吞吞吐吐地说：“马科长……半年前做了个手术你不知道吗？”

“什么手术？我不知道。”

冯科长索性把头扭过来看了我一下，又接着说：“胃癌手术，在西安做的，手术挺成功，所以他休息了几个月又上班了。这次他硬要在退休之前再值最后一班岗，向党委要求了进监狱一线执勤。”

难怪前些日子经过马科长的办公室，闻到一股烤馍馍的香味，我嘴巴馋，还向他要了一块在小电炉上烤得焦黄的馍馍尝了尝。马科长当时说：“烤馍馍对胃好。”

我不知道怎么接冯科长的话。我沉默地看着监控视频里有些佝偻的马科长，感觉他一米八的大个子依然很伟岸，而阳光把他的影子拉得很长、很长。

马科长带着100多名罪犯在水房打水。罪犯统一右手拿暖水壶，队伍排列得整整齐齐，马科长站在队伍正中间，像收住大网的一个绳结，牢固有力。

每名罪犯都排队打水，井然有序。一群人在马科长的号令下整整齐齐、规规矩矩的。这些在监狱里学会的规矩，在罪犯刑满释放回归社会后，依然能够指导他们，成为他们在社会上生存的行为规范。不仅如此，许多罪犯还学会了谦让，学会了很多处世的方法，这些都能帮他们以后更好地适应社会。而要做到这些，不知马科长这样的监狱民警付出了多少汗水和心血。

马科长身患重病，却依然在疫情最严重时到一线执勤，这让我深深地感动了。我看着马科长带着打完水的罪犯，慢慢消失在监控镜头里，心里想了很多。

监控镜头里只剩两条白色蒸汽柱，缓缓升向天空。我看着空荡荡的水房，想着监狱里的罪犯，不论哪个监区的、不论什么时候来打水，总是排着整整齐齐的队伍，没有哄抢，没有斗殴。把人生的路走进监狱里的人，他们在高墙内懂得了放慢脚步前行，而这些“明白”和“懂得”，需要无数个马科长在阳光下对他们进行教导。我不想更换监控画面，看着镜头发了一阵呆。

四

我听不到阳光下、寒风里队列行进的口号声，却能从监控视频中看到疫情突发之后，大地上少有的“队伍”。

阳光照进监号的院子里，地面蒙上一层暖暖的金色，舒暖而明媚。冯科长的对讲机又开始嗤嗤啦啦地响，一阵嘈杂声中，他接到了监区的请示。十六监区的李监区长想带领犯人在院子里跑步，十八监区的张监区长也请示说想在院子里进行队列训练。各监区都想整队带犯人在操场里跑步、做操，活动一会儿。疫情时期，监区长们想方设法让罪犯锻炼身体、增强体质，提高免疫力。

冯科长把监控画面调到监号院子，看到哪个监区先集合整齐了，便指挥哪个监区先进入操场活动 15 分钟。冯科长有条理地让各个监区的罪犯先后进入操场，不一会儿，各个监区的罪犯就一队接一队，在阳光里跑步运动起来。一条深蓝色的长龙，在操场里首尾连接，形成了一个椭圆。

我也把监控镜头调到监内操场，我想，不久的将来，组成这条长龙的人，一定会被我们的管教民警教育得懂法律、守规矩、知廉耻、会劳动，变成社会的力量。而今，新型冠状病毒疫情严重，监狱把民警和罪犯们同时封在监狱内，也是为了保证罪犯们的健康不受侵害。全国几百万监狱警察舍家离子，在最危险的时候，不能守护在家人跟前，而与罪犯们一起在大墙之内，在执勤一线，保卫祖国。

我在监控指挥中心听不见队列的口号声，但我从监控画面里，认出很多我熟悉的带队民警。

“听说孙小智的婚期推迟了。他也是主动申请进入监狱的吧？”我又询问冯科长。

孙小智带领的罪犯队列，是全监狱的标兵队列。武警们在监墙上站哨，见了孙小智都会点点头，给他竖起大拇指。冯科长眼睛盯着孙小智的身影端详了一会儿说：“这孩子是个可塑之才，做啥有啥样子。”

冯科长端起茶杯，喝了一大口茶。他喝茶的时候，一只手还握着监控器的小鼠标不放松。他看着监控镜头继续说：“孙小智推迟婚期还因为他母亲被摩托车碰倒住院了，好在伤得不重。小智是防暴队员，我们刚开始列封闭名单时不知道他家里的事，只知道他婚期推迟，就列上了，直到他进入监狱，填家庭成员情况，才知道他妈妈住院了。不过小智的未婚妻也不错，小智说他很放心。”

“现在疫情这么严重，普通人生病住院也不是一件容易的事。听说武汉建了雷神山、火神山医院，还征用了展览馆设立病床。这次疫情非同小可……”一早上没有发言的董哥终于按捺不住，也加入了我们的“不动声色”的交流中。

五

“董哥，你看带罪犯去医务所的那个民警是谁？我好像没见过他。”我们 3 人各自在自己面前的监控视频下搜索，灵活地翻动监控画面。

“是退伍转业新分配来的民警，团级干部。”董哥对监狱民警了解得很清楚。

“他老婆生二胎，就这几天，上一线时，他才在报备表上填了这个情况……”到底是狱政科科长，冯科长对民警的具体情况更是了如指掌。

“老婆生孩子也不在身边，更何况现在疫情这么严重……”作为女人，我心里有些埋怨这位新调来的“团级干部”。但又觉得这位“团级干部”也蛮有奉献精神，敬佩之心油然而生。

“当下，疫情就是最大的事，监狱关押着这么多罪犯，人员高度密集，疫情防线一旦失守，后果不堪设想。疫情就是命令！封闭防控就是责任，在监狱里打响的是一场没有硝烟的防疫战。”看着这位“团级干部”，我突然想起大学同学孔小志，他在微信群聊天时发了这段话。我想，下班回家后，我要赶紧给孔小志点个大大的赞。

每次带领罪犯出入，民警都要在对讲机里向冯科长汇报，等待指示。这时全监民警的对讲机都同时响起，能清楚地听到汇报的内容。监狱里所有的民警都会知道说话的是哪个民警，带着哪几个罪犯，在监狱的哪个位置活动。这个安全信息汇报，让监狱里的民警们互相帮助、互相协作，使监狱环境安定而安全。而冯科长和当天值班的监控员则会马上调出民警、罪犯活动的监控画面，清晰地看到监狱民警和罪犯的情况。

我看着视频，注意力越来越集中，突然，值班电话的铃声响起。

电话里的声音很暖心：“过节你父母好吗？要多保重自己。你会调试监控视频设备吗？把一楼医务室 103 室，在监控视频中调成固定画面……”是闫副监狱长打来的电话。

闫副监狱长很尊重民警们，无论是当面安排工作，还是在电话里安排，总是先嘘寒问暖关心人，让民警们心里很温暖。他安排工作也很有技巧和方法，总会设身处地地为民警们着想。他安排的工作我们不但愿意干，还想干好。

我赶忙回答闫副监狱长的问话：“闫副监狱长，我能调试出一楼医务室 103 室的画面，可是如何固定画面，我需要打电话请教一下信息员，保证完成任务，您也多保重……”

“103 室现在是全监发热门诊留观室，请你给下一班值班员说明情况，固定画面，加强监控。”闫副监狱长又强调了一下留观室的重要性，便匆匆挂断了电话。

监狱在封闭期间，罪犯们吃、喝、拉、撒、生病，闫副监狱长都要过问，他就是“现场”总指挥。这次进入监狱封闭的处级领导就闫副监狱长一人，其他监狱长正分批隔离备勤。监狱很多领导每天都上班，过年也没有时间休息。因为越是节假日，越需要加强监狱的管理，安抚罪犯情绪，让罪犯安心改造。监狱警察做的是保障祖国“后院”安全、稳定的大事，如果让一名罪犯逃脱，给社会引起恐慌，后果会非常严重。

六

很快，指挥中心三名监控员眼前的监控镜头搜索到了医务室，又调出 103 室的画面并放大到了全屏。

我们清楚地看到医务室穿着白大褂的民警郝大夫，正戴着口罩给几名罪犯测体温、测血压。郝大夫是新分配来有医科大学双学位的新民警。研究生毕业后，他被分配到监狱工作，还在核心期刊发表了几篇医学论文，是监狱民警中屈指可数的“秀才”。我有时很纳闷，监狱工作为何会吸引这个小伙子，让他甘愿付出。有一次在食堂遇到他，也正好一桌吃饭，我模仿记者的口吻，直截了当地“采访”了郝大夫：“小郝，你这样的学历，去大医院也是抢手的人才，怎么选择了监狱警察这个职业？”

“姐，我从小就想穿一身警服，觉得穿上警服很威风，可是考学的时候没有考上警官大学，考到了医学院。大学毕业，我发现自己的警察梦在这里最有可能实现，我就来了，就这么简单。”郝大夫喝了一口汤又接着说：“但是现在，我真的很热爱我的这份工作，监狱里缺医生，我在这里能够把自己学到的全部发挥出来，最大地实现我的个人价值……”郝大夫一打开话匣子就滔滔不绝……

我想起郝大夫脱下白大褂，穿着警服在餐厅吃饭的样子，很精神，很帅气。

监控画面里郝大夫给 3 名罪犯检查完，让罪犯躺在高低床上休息，他则在留观室办公桌旁一边执勤看守，一边写病历，手旁边还放着一本厚厚的书，估计是医学方面的——郝大夫走到哪里，都带着一本书。

“小郝是监狱最紧缺的人才之一。这次封闭执勤，没有他可真不行。”冯科长自言自语地说。

这时，董哥肚子咕噜噜响了一声，我想笑，又忍住了，抿着嘴继续看视频，可是我的肚子也跟着咕噜噜响起来。

“晚上食堂没饭，你们两个自己早点解决吃饭问题。”冯科长似乎也饿了，催我们去吃饭。

“食堂怎么不给我们监控一线的人提供晚餐呢？”我有些纳闷地问冯科长。

“现在只能保证隔离民警的一日三餐，大家都去餐厅，传染他们了怎么办？这也是为了保证隔离有效，大家还要多理解。”冯科长认真地说。

不去食堂吃饭，我心里暗自高兴。自从有疫情以来，我从不在外面买饭吃，甚至馒头、面条我都自己做，我怕“病从口入”。下午来单位之前，我就准备一个大苹果、一盒饼干、两个瑞士卷——我平时晚上吃得少。

“我带着吃的呢。冯科长、董哥你们赶紧去吃饭，我在这里坚守阵地。可是你们怎么吃呢？”我开着玩笑关切地问他们。

“我去买个方便面。”董哥说着，匆忙离开监控室下楼去了。

“冯科长，你怎么吃呢？”我看时间已经 18：33 了，冯科长的屁股还像被钉在监控总指挥的黑色靠背椅上。

“我……我看看街上有没有牛肉面。”冯科长刚在对讲机上指挥完罪犯打饭，似乎也有些疲乏。

“疫情这么严重，外面还有牛肉面吗？不然你也去买个方便面？”我关切地问冯科长。

“我实在吃不下方便面。”冯科长叹息一声，他的叹息让我想起得胃癌的马科长，马科长工作忙的时候就经常不能按时吃饭，总是一包方便面打发自己。

“那你去找点吃的吧。”我对冯科长说。

“好吧，你坚守岗位，有事情及时给我打电话。”

七

偌大个监控室，墙上的监控画面有四五十个，我眼前监控器上的画面也有 20 多个，我感到责任重大。幸好此时罪犯大多在监舍内休息，执勤一线的民警也在监舍办公室里值班，查看每个监区的监控设备，我需要做的就是看看各个监区值班室的同事有没有到岗尽责，这时候的我就像一个“纪委书记”。

我认真翻看画面，尤其想念被封闭在监狱里的战友们。有的战友报班时听到我的声音，也会和我聊一会儿，说说自己的心情，问一下外面疫情的情况，他们都在担心家人的安危。他们进监狱内工作，不能带手机，没有微信，不能跟家人视频，打电话也很不方便——每个监区就一部内线电话，电话打不出去，只能等家人打进来。

有时候家人打来电话，他们正赶着要去罪犯监舍处理罪犯之间的矛盾，或者正好罪犯有个头痛脑热的，要他们带去医务所，于是电话也接不上了。有时候他们休息的时候，等在电话机旁，却一上午也不见家人打来一个电话。

我正想着电话的事情，突然，电话铃声响起来。

“冯科长在吗？”这声音一听就是政治处的李主任。

“李主任，冯科长吃饭去了。”李主任似乎有什么急事，声音里带着焦急。

“监控指挥中心上正常班的是谁？”李主任又问。

“董伍，也吃饭去了。”我回答李主任。

“你去 8 楼备勤室把值班的叶阳给我叫一下。”李主任焦急地说。

“可是，监控室一个人也没有……”我停顿了一下，又马上说，“那我跑步去，一分钟之内回来。”我不想让李主任感到为难，他肯定是遇到了非常要紧的事情。

我三步并两步跑到8楼，小叶正好在备勤室休息。

“小叶，李主任在政治处等你，你现在马上去一趟，十万火急呢！”说完，我脚上也没有停留，快步跑回了监控指挥中心自己的工作岗位。我计算了一下来去的时间，还没有50秒。我一屁股坐到监控电脑跟前的执勤椅上，心扑通扑通跳个不停，坐了许久还没能平静下来。我一边急促地呼吸，一边赶紧拽过鼠标，迅速翻看监控画面。在滚动监控画面上，我找到了封闭执勤一线正在发生的“紧急情况”。

八

“紧急情况”并不是发生在发热门诊留观室，而是在一楼罪犯住院部观察室——三监区一名罪犯急性肠炎发作。监控画面里，闫副监狱长与众多民警一起守在一旁，郝大夫和医务所的几名民警大夫正给犯人做心电图监测。郝大夫给罪犯打了一针，大概是止痛的。危急时刻，冯科长赶回来了，他可以马上指挥监狱打开大门，将危重病人送出监狱，去市里能做手术的医院治疗。

我在监控视频里看到罪犯的嘴巴一张一合，也心急如焚。冯科长没有落座，给省监狱局领导打了几个电话，便又离开了监控室，大概是去协调住院的事情了。

我调整一个个监控视频，将它们组成一个完整的画面。我看到闫副监狱长正带着郝大夫和几名民警，推着救护床，奔向监狱大门口。

可是，这是非常时期，监狱大门自从封闭后就再也没有开启过，里面的民警按照规定是不能出去的，而这些民警谁在哪个岗位工作，多少人在执勤一线，都是板上钉钉的事情。罪犯的人数与配备的执勤民警人数也是有一定比例的，是按照实际情况严格规定的。那这个生病的罪犯，谁带他去医院看病呢？

我想到了隔离备勤的民警，他们在监外办公楼隔离。我调出监控画面，看到民警们吃过晚饭，正在楼下停车场一圈一圈快步走，这美其名曰：散步。单位没有条件让隔离 14 天的民警有个能散步的操场，他们只能在一辆车与一辆车之间的缝隙中穿行。这样待 14 天应该也是一种坚持和磨砺吧，不能回家，不能出大门。而 14 天之后，迎接隔离备勤民警的是进入监狱，完全封闭，承担管理和教育罪犯的重任，到执勤一线再坚守 14 天。这样算来，第二批备勤民警实际在监狱执勤的时间便是 28 天。

“难道会让他们其中几个人去送？”我看着监控画面，一道大铁门紧紧关闭着，门里边是闫副监狱长他们带着病人，门外面站着几个隔离备勤的民警。但是民警们只是离门远远地站着，像是怕把自己身上的“病菌”传染给门里面的人。毕竟隔离是还在观察，隔离 14 天，没有任何病情，才能进入监狱封闭区。

而此时的医院，也不是能随便去的地方。武汉已经封城，我所在的这个小城市，也出现了几例新型冠状病毒肺炎患者。被确诊的几个病人，他们确诊前的行踪被公示得清清楚楚：去过哪里，和哪些人接触过……听说医院已经有新型冠状病毒肺炎病人正在隔离治疗。这就是说，不论谁去医院，都存在一些风险。那么，谁去送病人更合适呢？

封闭区的民警绝对不能出去，隔离备勤的民警也绝对不能去医院，他们还有后续任务，那么谁去送呢？我脑子里翻滚着这些问题，眼睛紧紧盯着监控视频，一个镜头也不错过。

这时候，民警叶阳把几个在家里备勤的民警叫了过来，他们已经赶到了监狱大门口，人数正好是可以押解罪犯外出就诊的执勤常规人数。他们手里拿着警戒具，随时可以给罪犯戴上，这样能够防止其脱逃，保证更多人的人身安全。

我紧紧盯着监控视频，等待封闭的大门打开，好赶快把那个患急性肠炎的罪犯送去治疗。

突然，电话响了，我赶紧接起来，便听到电话里说："报告指挥员，现在要开启监狱大门送病人就诊，是否放行？"这是负责开启监狱大门的武警哨兵的请示。

冯科长这会儿不在监控指挥中心，监控指挥中心就我一个人。我没再多想，也没再犹豫，在人命关天的时刻，我斩钉截铁地对武警哨兵发出命令："马上放行。"

我眼前的监控视频画面上，一道白色的金属大门缓缓开启，救护床被送出，门外的民警立刻接过救护床，拉着病人，小跑着消失在长长的大街上。这时，我似乎听到了监狱大门咣一声关闭了，监狱再次进入全封闭状态。

一个基层医务工作者的日记

李　琼

2020年1月23日

全国新型冠状病毒肺炎确诊人数571例，均来自湖北省。

凌晨2时许，武汉封城。

在医院工作多年、经历了2003年“非典”的我，上午出门去扫墓时到门口药店采购了几十个口罩，并通知亲朋好友们备货。响应的人不多，还有的人在群里和我开玩笑，家里人也认为我反应过大。免洗洗手液、酒精等我想了想，没有备（后来的事证明自己敏锐度还不够）。办完事回家，我把口罩分给家人后就所剩不多了，应该再去备点。药店的工作人员说我是小区第一个去买口罩的人，我走后不一会儿，口罩就被一扫而空了。以后的几天，药店又陆续来了一些口罩，但限购了，工作人员劝我，让给没有买的人留着。

1月24日（大年三十）

全国确诊人数830例，覆盖29个省。

我们医院作为传染病定点医院，使命在肩，义不容辞。早在1月21日听说要送一名确诊病人过来救治时，300多名同事纷纷主动请缨——他们就是这场疫情防控战的逆行者。隔离区护士P在日志里写道：接到护理部通知，心里有点紧张还有点恐惧。新闻报道上介绍说这个病毒感染性很强，而我对感染科的工作环境比较陌生，好在家人都很支持，同事之间互相关照，院党委和后勤部门也一直在外面提供强有力的保障，我时时给自己打气，记住，你不是一个人在战斗。工作环境很艰苦，长时间在防护隔离的环境中，汗水会蒸发成水珠留在防护面罩上，让人窒息。我们平时也戴着护目镜、手套，穿着防护衣，扎针的时候无从下手，找不到手感，倒是患者鼓励我慢慢来。除夕之夜与家人视频，我想家想娃了。

医生X，2019年11月刚从乍得医疗援外归来，听说医院要派人入隔离病房，便主动申请，还开玩笑说另一位医生太胖，万一感染，有重症风险，还是让自己上吧。其实，他已经两年没与家人在一起过春节了。这世上哪有什么超级英雄，不过是无数人都发一分光，萤火汇成星河。我们财务科也派了人，白天上班，晚上轮流上发热门诊值班。没有床，只有两张塑料凳，只能偶尔坐在凳子上打个盹。那个时候，发热门诊的药房和收费处的同事还有防护服穿。

中午的饭是在外面吃的，年前一个多月就下单订好了的，也是在那时我就抓好了防疫的中药给家人喝，家里每天艾熏。武汉的疫情对这个小城来说还比较遥远，三十中午的餐馆里基本满座，我们全家戴口罩出行。一桌子菜根本吃不完，我们把能带走的都打包了，晚上加点菜凑合着吃。春晚如期举行，但武汉的百姓估计是没心情欣赏了。

1月25日（大年初一）

全国确诊人数1384例，覆盖29个省。

武汉市火神山医院的建设刚刚展开，国家又决定在武汉再建一所雷神山医院。

受疫情影响，朋友圈里除了和疫情有关的消息，各类问候都免了。朋友在微信里说没有口罩，我牙缝里省出 10 个送过去了，他拿了口罩就赶紧上车回去了。

1 月 26 日（大年初二）

全国确诊人数 2744 例，覆盖 30 个省。

今天，在深圳的小姑带着一家人开车回娘家了。外面的餐馆陆续接到通知不让营业了，我们好不容易找到一家仍在营业的餐馆，请他们一家尝尝本地特色菜。受疫情影响，平时爆满的店里冷冷清清的，只有我们一桌人在吃饭。老板说明天就关门了，今天是要处理一下没用完的食材才没停业。医院面向社会发布接收捐赠公告了，刚发出来，家里读七年级的小朋友就在微信里看到了，他说医生护士那么辛苦，他要捐零花钱，我马上帮他把钱转医院同事微信上了。

1 月 27 日（大年初三）

全国确诊 4515 例，覆盖 30 个省。

一早，所有的餐馆都接到通知停止营业了，饭店打电话来取消了我预订的中饭。好在家里买好的菜还可以应付。老公到单位值班去了，我提醒他下班后开车去超市买方便面、面包、面条等应急的物资。小区门口的药店一天都没有休息过，两个小姑娘坚守在岗位上。每天来咨询有没有口罩的人络绎不绝，她们说得口干舌燥，干脆贴了张告示在门口。虽然知道口罩没货，我还是会进去扫货，看到病毒口服液来了，赶紧买了几盒，看到微信上说可以备点连花清瘟，我又跑去买了几盒。没几天，去所有的药店买咳嗽、感冒的药都要登记了。

疑似病人在慢慢增多，医院把传染病房全腾出来接收疑似病人，护士长Y第一个报名进了隔离病房。她春节和家人在广州，出于职业的敏感性，把女儿托付给父母，自己一个人跑回来了，一回来就马上和护理部沟通，第二天就被派进去了。

1月28日（大年初四）

全国确诊5974例，覆盖31个省。西藏新增1例疑似患者。

我给返程的小姑一家备下了路上用的酒精棉球（药店到了一点货，我及时补充了）、方便面、面包、抗病毒口服液。他们返得早，顺利回了家。没过几天，到处都开始封路了，回老家过春节的外甥女就回不来了，她带的治哮喘的药快吃完了，也不知买到没有。

路上的人流、车流开始少起来，但不戴口罩的人还不少。小区人少，但我还是会戴着口罩在小区散步。老人不听劝阻出去，幸好口罩还是戴的。

我和做餐饮的朋友微信聊天，我提醒他早做准备，疫情会对他们造成很大的影响，但我没想到会是这么大的打击，而且影响的是各行各业。

Y第一天进隔离病区时正好赶上来例假，平时一来例假就会痛经的她那几天根本就忘了疼痛，但忙碌的工作把她平时的生活节奏全部打乱了，从不便秘的她接连4天便秘。隔离区的工作人员都是女的当男的用，她来着例假，和护士们一起铺床，床架是铁的，她整个胳膊都是酸胀酸胀的。她说医务人员太辛苦了，尤其是护士，有好几个都累哭了，哭完再接着干。他们4个小时才可以上一次厕所，不敢喝水，不敢喝稀饭，有时忙完出来饭也是凉的，扒两口就吃不下去了。Y工作之余取得了心理咨询师资质，出于职业的敏感，她要求护士们更要关注病人的心理状况。有一位县城来的病人告诉她，自己出门前还在和家里人怄气呢，当时家里被封，他被带到医院，铁门一关，咣，心顿时就凉了，觉得自己可能就再也回不去了。进来了他才懂得一个道理，除了生死，其他的都是小事。还有一位疑似病人，刚来时一直蒙着头睡觉，Y去送牛奶、水果，病人也根本不搭理她，她在左边说话，病人就转向右边，她到右边，病人就转向左边。Y慢慢地引导他，无微不至地关怀这位病人，病人终于哇的一声哭出来了：我的病很严重，治不好了……哭出来了，心结打开了，病人就开始配合治疗了。后来被排除新冠肺炎，出院后还经常给Y打电话。

医院确诊的人数越来越多，都是从武汉回来的。

1月29日（大年初五）

全国确诊7711例，覆盖31个省。西藏出现首例确诊病人，至此，再无“净土”，全国山河一片红。

全家都开始宅着不再出门了。精力过盛的老人每天在家散步两次。巴掌大的地方，我看电视时她在电视前走过来走过去，我抹地时她在刚抹完的湿地上走来走去，晃得人发晕。马路对面小区确诊了一个，整个单元被围起来了，防疫站的人搭了帐篷守在下面，小区的业主紧张得很：这边的窗户可不可以开呀？病毒会通过空气传染吗？不久，确诊病人的信息在各个微信群里都传开了。有人留言质疑：这样曝光别人的隐私合适吗？后来当事人也发话了，他爸爸已经被确诊隔离，家人也在居家隔离并积极配合相关部门做相关工作。都是本次疫情的受害者，希望大家能设身处地换位思考。

小区停车位上有辆“鄂”字开头的车，业主揪着物业排查，车主赶紧在群里解释，这是他岳父的车，岳父来这里有一年了。

河南有位爱心人士，在看到医院的公告后，于28号凌晨3点出发，开车1000多里，于今天到达医院，送来2000只口罩和50床棉被。

2月7日

全国确诊31161例。

武汉已封城15天，朋友圈里铺天盖地都是疫情“吹哨人”李文亮医生的消息。世界卫生组织官方账号也发布推文，向李文亮医生的去世表示哀悼：谢谢你曾尝试拯救地球！

忙碌的物业每天给小区消毒，社区人员给小区送来蔬菜，业主之间互相交换急需物资。

小区的微信里有人留言说定点医院千万别去，邻居看我也是戒备的眼神。

在武汉市机场，山东大学齐鲁医院医疗队偶遇四川华西医院医疗队，他们将共同接管武大人民医院东院区，两队医生护士隔空互道“加油”，让人莫名感动。北协和、南湘雅、东齐鲁、西华西，都去了，网友说这是“王炸”来了！

2月8日

全国确诊34662例。新增人数开始呈下降趋势，希望是疫情拐点到了，但新闻里说拐点还没有到来。

一早就看到微信工作群里的对话，晚班的同事说：来接班的人在发热门诊没口罩换，只能戴用过了的。护士长说：我昨天下班之前准备了10个外科口罩放在更衣室呀，外科口罩只有药房和收费处的人戴。晚班同事说：我昨晚接班时还有几个，我只拿了一个。护士长说：药房的人和收费员相互问一下，只有你们才会用这种口罩，连包装都没有了，肯定是有人整个拿走了。晚班同事说：我拿的时候有护士盯着呢，说只能拿一个，口罩都是有数的。护士长说：我不是小气，是领不到，唉，明天我把口罩发到个人手里吧，等下我叫人马上送两个来。晚班的同事说：防护衣不让穿，让给医生、护士，我们理解，只要求口罩有保障，还不是N95，不过分吧。

护士长说：我也想让你们的防护级别到最高级，但目前真的做不到，现在物资紧张，请大家理解，理解一下。你看我今年第一次休息，前几天家里孩子病了都把她一个人扔家里，今天好不容易休一天，回了半天微信。这些信息，看得人心里发紧。

疫情发生后，我从朋友圈看到，定居瑞士的Z一直在做志愿对接，对接海外的捐助。听到我的求助后，Z把我拉进了SHGIDI海外渠道资源抗疫群，为了方便联系，我把更专业的护士长J 一并拉进来了，后面就一直是她在对接。可能是要求捐赠的人太多，我们没有收到确切的捐赠信息，但有人和J对接了，要求J发自己的工作牌，发医院盖章所需物资明细的电子版。后来群里有人给我们捐了100个口罩，大包裹进不来，用小包裹发的货。我们这样的基层医院受关注度有限，有100个应急，很知足了。再后来，群里又有人答应捐些防护服过来。

晚上7点50分，武汉火神山医院官方微博正式上线，网友留言：祝早日关门！

2月9日

全国已确诊37251例。

截至目前，本地确诊24例，连续两天无新增病例了。

天气转晴了。

第二批医护人员进驻隔离病房。全国都在支援武汉，江西省也已派出两批医护人员援助武汉。不仅是因为责任，还因为我们同根。

护士长Y已轮换至观察病房了。Y说，隔离病房走一遭，看淡了很多事情，唯愿家人闲坐，灯火可亲！我把头条上看到的一句话转给她：以后再也不抱怨堵车了，因为那才是繁华大道；以后再也不抱怨人山人海了，因为那才是国泰民安。

悬而未决的人间

赵树义

一

封城了。

离春节还有两天，看到这条消息，不由心悸，说实话，我没有想到有生之年会遇到封城这样的事，即便是当年“非典”时，封闭的也仅是几座村庄或几座小城而已，而且那时所谓的封闭，也仅是自己隔离一下而已。武汉毕竟是座有千万人的大都市，一纸公告，城市公交、地铁、轮渡、长途客车全部停运，机场、火车站离汉通道统统关闭，它便骤然变成一座孤城，令人猝不及防、难以置信。

武汉是交通枢纽，我去过两次，路经三次，都是因为公务。第一次去是在20世纪90年代末，我住在东湖宾馆，安静而潮湿。第二次是在2003年10月，“非典”之后，酒店名字记不得了，唯一的印象是黄鹤楼是有电梯的，唯一遗憾的是有机会去而未去神农架。第一次路经武汉是在大江截流之前，我赶着去看三峡最后一眼。早起由重庆朝天门码头登上游轮，3天后的傍晚抵达汉口，住在火车站附近的宾馆，嘈杂而潮湿。此后两次都是在空中鸟瞰武汉，飞机在天河国际机场降落后，我被人直接接到襄阳和咸宁去了。去襄阳那一年，襄阳还叫襄樊，路上经过随州，我拜谒了炎帝陵。我生长在“精卫填海”的地方，那里有太多炎帝的传说和古迹，拜谒过随州荒草萋萋的炎帝陵，我愈发相信此地应是炎帝后人的避难之所，而非炎帝早期活动之地。当然，这仅是我的看法，并无冒犯之意，湖北的朋友不必较真——眼下的日子还颠倒在半空中，弄不明白呢，何况上古时期的？最后一次路经武汉是在前年夏天。后来在咸宁讲完课，我直奔向阳湖五七干校和羊楼洞茶马古道。接待方如此安排，或者是因为我算个文人吧，而我也的确对这两个地方有些兴趣：五七干校是当代文化人的特殊记忆；羊楼洞茶马古道是晋商的重要地理符号。

咸宁之行，我还弄明白了为何不种茶的山西成了全国最大的茶商聚集地，也确定了山西与湖北之间说远不远说近不近，否则，也不会有“虽楚有才，晋实用之”之说。武汉封城，太原必定受到影响。事实上，把任何一样东西放在一个长的时间段里梳理，都不难发现，城与城之间的距离不管有多远，都存在类似量子纠缠一样的关系。只是许多年来，我们习惯了看物理距离，却对物理之外千丝万缕的联系视而不见，就像我们在谈论病毒时，其实是在谈论知识，在谈论死亡时，其实是在谈论艺术——我们活得太安逸了，从未认真想过病毒到底是什么样子的，也未认真想过死亡到底是什么样子的！甚至，很多时候我们是不愿意谈论死亡的，或者说，是不愿意谈论身边的死亡的。为死者讳，这是人之常情，无须指责。生活即经验，即常识，而常识又不过是经验的累积或积淀。对，是累积或积淀，不是变异，就像河里的沙石，就像沙里的金子，脉络清晰，前生后世一目了然。但这一次，经验和常识突然间失效了，死亡越过夕阳下的篱笆，离我们竟如此之近！

武汉被封城，我们被封闭。

闭门家中，难得可以省却诸多繁文缛节，难得有大把时间坐下来读读书，写写字，最后却发现，喜欢宅在家里的我居然坐不下来：抱着手机，躺在沙发上，一遍一遍地刷微信，不知道自己在等什么，不知道自己在想什么，不知道自己该说什么，偶尔抬头看一眼屋顶的灯，都弄不清楚是它挂在天花板上，还是我躺在天花板上。仅是暂时禁足而已，仅是临时宅家而已，都一直安定不下来，如果真的与世隔绝呢？所谓“躲进小楼成一统”，如果把这座“小楼”变成一座孤岛，你还会念念不忘“成一统”吗？自己把自己从世界中隔离出来，或许是一种幸福，而世界如果把你彻底抛弃，于你绝对是一种灾难。

越是无聊，越想找事做，而禁足家中显然又无多少事可做。我有轻度恐高症，站在悬于半空的窗前，便觉下半身是空的，便只敢向远处看，便只能去回忆往事，回忆乡下日出而作、日落而息的安逸。这一刻，我觉得我与往事的距离仅是一扇窗的距离，而安静与美好与我们之间却不止一层窗户玻璃。透过玻璃——据说，CT 影像中的新冠肺炎病毒就是磨玻璃样的——往事还是往事吗？我不知道，但我相信，每打开窗户一次，便意味着往事可能改变一次。改变是常态，并不意味着记忆存在问题或不够真实，我确信，即便记忆发生偏差，我也是诚实的。我不虚伪，厌恶虚伪，假如我愿意逢场作戏，我的生活便不会有那么多不如意。事实上，我并不觉得自己不如意，可按照大众的标准，我应该是不如意的。大众的标准，这是个很重要的参照系，我几乎可以断言，大众几乎都活在这个参照系里，所谓的小众也大多活在这个参照系里。

奇怪吗？一点也不。

二

夏日黄昏，我坐在院落里，偎在祖父身旁，望着太阳从西边落下山去，看着蝙蝠从屋檐下飞起。这是我记忆中最温情的时刻，远处有蛙鸣，夜空中有打着灯笼的萤火虫。凉风习习，天穹也是蔚蓝的。

所谓岁月静好，大抵如此吧。然而——

乡下的蝙蝠很丑，老鼠的眼睛
狐狸的嘴唇。更要命的
它的骨头是肉做的
它的身板是散架的
一座没有墙的房子
一架丢失轱辘的马车
或者，一只不管方向的滑翔伞
总之吧，它丑得摇摇晃晃
丑得风一吹
就什么都不是

写这首诗时，我的眼前出现了一只幼小的蝙蝠。它受伤了，它不会爬，不会走，也不怎么会飞。它掉到院子里的瞬间，我看见一团软乎乎的肉。它的样子很可怜，也不像会伤人，可我不敢碰它。它就像一道流血的伤口，就像一条黏糊糊的舌头。总之吧，那只可怜的蝙蝠就摔在我的脚下，可我没有碰它。后来，还是祖父把它捧在手里，踮着脚尖放到厨房的瓦楞上去了。

那是我第一次近距离观察蝙蝠，也是唯一一次。那时候，我看到的蝙蝠都是从屋檐下飞出来的。在夜色里，它们飞翔的样子很像会飞的老鼠。它们的叫声几乎就是老鼠的声音，吱吱，吱吱，老鼠磨牙的声音。乡亲们说，蝙蝠是老鼠偷吃了盐变的，我相信。我很想看看老鼠偷吃了盐怎么变蝙蝠，就故意把盐撒在老鼠出没的地方，但没有看到想看的。祖母看到我的样子，笑呵呵地说我是傻孩子。祖父看到我的样子，微笑着摸了摸我的头。我没有看到老鼠变蝙蝠，但不等于我不会相信，看到那只受伤的幼蝙蝠，我更觉得乡亲们的话是对的——不只因为他们有经验，还因为他们足够老，看够了这人间。

上大学之后，我再也没有见过蝙蝠，但童年所见的蝙蝠还飞在我的童年里，薄薄的，像一张绢纸，像一块碎布，像一张挂在墙上的老羊皮；黑黑的，像被煤油灯照在墙上的影子。那时，我很少在白天看到蝙蝠，那些昼伏夜出的家伙让人感到一丝恐惧。或许，所谓童年，便是美好里藏着些许恐惧吧。

蝙蝠曾作为乡村意象，多次出现在我早年的诗歌里，尖嘴、细牙、小眼、一对会竖立的耳朵——对了，雷达就是从蝙蝠的耳朵可以发出超声波探物得到启示而发明的。除此之外，我发现自己对蝙蝠知之甚少。“千年鼠化白蝙蝠，黑洞深藏避网罗。远害全身诚得计，一生幽暗又如何。”我有些茫然，返回书房去网上搜索“蝙蝠”词条，竟意外搜到一首歌，是一个叫庆庆的女孩唱的，歌名就叫《蝙蝠》：

感情是两个人跳舞　别沦为搀扶

思念是群舞的蝙蝠　昼伏夜出

你留下退路　训练我独处

想让我臣服

猜你的企图　爱你这任务

满足到想吐

只是倾慕

何必在乎　情为何物

只是漫步

何必追逐　牵手到陌路

只要铭心　何必刻骨　爱到嫌恶

只是孤独　何必孤苦　被寂寞俘虏

很显然，这是一首关于爱情的歌。暗恋、苦恋、痴恋、失恋，诸如此类，很复杂的情绪。听到最后，我都不知道她到底是在说爱，还是在说恨，感情的事总归是颠来倒去的。可我不知道词作者为何要把它命名为《蝙蝠》，难道仅仅因为思念是昼伏夜出的吗？抑或，爱情是只偷吃了盐的老鼠？

吱吱，吱吱，坏掉的收音机的声音。

我想起蝙蝠侠，想起蝙蝠车，想起蝙蝠衫。在我的长篇小说《虫人》中，女主角柳之之出场时，穿的就是一件白色的蝙蝠衫，男主角丁客调侃她的名字像老鼠叫，吱吱，吱吱。或许，在此之前，蝙蝠在我的心中的确是美的，就像乡下的黄昏。

我感情丰富　你表情丰富

我自愧不如

若你是蝙蝠　我不是鹦鹉

念你的情书

只是倾慕

何必在乎　情为何物

…………

音乐短片中的庆庆也穿着一件蝙蝠衫，黑色的，像柳之之出现在昏黄的电梯里时一样美，比柳之之出现在昏黄的电梯里时更神秘。

美这种东西真的难以琢磨。你相信距离产生美吧，特写镜头最抓魂魄，微小事物只有在微距镜头下才能呈现出深藏不露的、鬼斧神工的瑰丽。你相信眼前的就是美吧，可有时候，眼睛看见的并不一定就是真实的。就像记忆中那只幼小的蝙蝠，多么无害，多么柔弱，可近距离看它时，我的确有些恐惧。

近而熟悉恐惧，远而陌生也恐惧，陌生的恐惧最让人无可奈何。譬如病毒。你是谁？你长什么模样？你的家在哪里？你是怎么变的？你要做什么？一切都是陌生的、未知的、悬而未决的。陌生和未知让人恐慌，悬而未决让人无措，但在这人间，这还不是最恐怖的。

世上还有一种陌生，叫熟悉的陌生。此刻，我们便陷落在这样的陌生里，无心、无力，又真实，又不真实，就像从空中突然掉到地上的幼小蝙蝠。而在此前，我们都是温水里的青蛙，活在不真实当中。在不真实中活得久了，便信以为真了，便麻木了。麻木了便不再恐惧，不再恐惧便无所敬畏，这才是最恐怖的事。

三

我不算宅男，也不算驴友。3 年前的正月初六，我与朋友喝酒，出门不小心踩空，崴了左脚，此后几乎每年都要崴一次。我不知道这算什么规律，却给了我一个不爬山的借口，节假日宅在家里也有了充足的理由。

其实，我只是不喜欢节假日的热闹而已。满眼后脑勺，想想都晕。

可这个春节，想去凑那份热闹也无可能。在家宅得久了，头发闷，颈椎难受，多想出门看一眼春光，透一口气。

宅得无聊，便琢磨起“宅”字来。

宅从宀（mián），从乇（zhé）。单从“长相”看，“宀”是屋顶，“乇”是草叶，“宀”与“乇”叠起来，即草叶顶着房子往高长。宅为名词，有宅地、宅第、宅邸、宅兆等组合，即活人和死人住的地方。宅为动词，有宅心、宅忧、宅生之类的词，都是很温暖的词语。《说文》《尔雅・释言》《疏》等释宅，多释为居所之意，干巴巴的像堵泥坯墙，唯有《释名》释宅有烟火味：择吉处而营之也。这才是重点，不管阳宅阴宅，总之要图个吉利。其实，宅说到底就是一枚草叶待在屋子里，时间久了，不见阳光，枯干了。人也一样，每天坐困愁城，总得找个出口。

我在网上搜看了两部电影，一部叫《蝙蝠》，另一部也叫《蝙蝠》。

美国好莱坞电影《蝙蝠》讲了一个老套的故事。

开始的桥段是关于谎言和信任的。实验室逃出（实际上，是被人故意放出）两只被改变了习性的蝙蝠。这两只蝙蝠不仅什么东西都吃，还吃人。更可怕的是，这两只蝙蝠把这种习性传给了所有蝙蝠。随后，得克萨斯的一座小镇接连发生了几起杀人案件，遇袭者死去的方式十分诡异。一周之后，毫无防备的居民遭到蝙蝠攻击，小镇被笼罩在黑压压的翅翼之下。这个场景如此熟悉，镜头瞬间从 1999 年的美国摇到 2019 年的澳大利亚。去年 9 月，零星山火燎原为一场无边噩梦，5 亿只动物葬身火海，60 万只蝙蝠无处可栖，只能逗留在天空。医疗直升机被蝙蝠围困，无法飞行，无法降落，地上等待救援的人只能继续等待。干热的风带来干热的沙尘暴，维多利亚州瞬间蒙上一层橙色"滤镜"。

《悉尼先驱晨报》如是说："这一天，沙尘暴把城市吹成了乡镇。"

与此同时，在非洲，蝗虫数量暴增数千亿，每天可吞掉 3400 万人的口粮。目前，蝗虫正向印度和巴基斯坦集结。在尼日利亚，神秘疾病席卷 19 个州，造成 47 人死亡、365 人感染。流感在美国夺走 1.2 万条性命后，开始肆虐欧洲。在南极，气温历史性地突破 20℃，企鹅在迁徙途中大批死亡……

干旱、高温、全球气候变暖。从电影里到电影外，从电影外到电影里，居然也能产生蝴蝶效应。但现实中，枪响之后，可有赢家？

还是回到电影里吧，因为只有电影里的灾难是可以用来欣赏的。

蝙蝠突然变得十分凶残，不只因为利益，还因为被破坏的自然法则。野生动物学家希拉·卡斯珀前去调查，治安长官埃米特·金赛是她的搭档。

蝙蝠传染蝙蝠，让蝙蝠像人一样有群体工作的能力，这并不是坏事。这是病毒制造者的逻辑，很显然，他想让蝙蝠像人一样生活。

蝙蝠是不杀人的，如果我们没有对它们做过什么，它们也不会对我们做什么。这是希拉的逻辑，但她绝不允许像人一样的蝙蝠继续存活下去：蝙蝠在夜间活动，那么，我在白天杀死它们！

这群只吃水果和花露的家伙开始食肉了，于是，一切都乱了套。军方——病毒制造者的幕后黑手，在想着如何毁灭证据；希拉在思考如何在病毒扩散之前，把所有染病的蝙蝠杀死。

军方留给希拉的时间只有半个小时，但在编导的预设里，这已经足够。果然，在最后一秒，蝙蝠的老窝——一座废弃的矿井——如愿变成一座埋在地下的冷库，所有的蝙蝠都将在这里冬眠，不，长眠！爆炸的余波把希拉和金赛掀起来，绚丽的画面如宇宙大爆炸的余晖般美丽。

毋庸置疑，在电影里，人类总能克服各种困难，阻止灾难发生。人类一直是赢家，也必须是赢家，这是好莱坞电影的逻辑，可人类真的会一直如此好运吗？

电影并不精彩，我只喜欢其中的一句台词：它是我见过的最温和的东西。这个它，就是蝙蝠。希拉说这句话时，天上升起白色的月亮。

韩国电影《蝙蝠》也在讲谎言和信任，但这并非它的重点。

相铉是个孤儿，被双目失明的牧师抚养，长大后成了神父。泰珠是相铉的朋友康友的妻子，也是个孤儿，被康友的母亲养大。

相铉报名参加了一项病毒抗体实验，在500名实验者中，唯有他活下来了。从此，相铉变成了一个奇迹，包治百病，被众生膜拜，同时，又成了夜行生物——吸血鬼。相铉对血极其敏感，看到血，浑身的每个细胞都在躁动。血的味道就是暗黑情欲的味道，相铉饥渴难耐，把患者的输液管偷偷塞进自己嘴里，血汩汩流出，相铉贪婪之状诡异至极。相铉的身体发生了变异，牧师把手插进他的心脏，伤口当即愈合了。相铉神魔同体，遇到泰珠后，沉睡的情欲也蠢蠢欲动起来。欲望，绝望。性，血腥。自虐，谋杀。相铉发现自己被泰珠欺骗后，杀死了泰珠，然后又用自己的血把泰珠救活，泰珠也成了吸血鬼。相铉从不为吸血而杀人，但他的血却在制造杀人狂魔。泰珠因欲望而堕落，因嗜血而快乐，她杀了人，不但不内疚，反而问相铉：狐狸吃鸡是不是也有罪啊？

神与魔，人与鬼，神圣与本能，相爱相杀。

朴赞郁不愧是“阴暗大师”。不过，如果我是导演，我会让吸血鬼在吸血的瞬间变成蝙蝠，让蝙蝠的翅翼裹紧猎物，让猎物哧溜一声血尽而亡，就像一截被雷击的树枝，或一片饥饿的影子。咬颈吸血的画面太过血腥，影子附体的画面或许会很美？

泰珠说：杀了我或是救了我，你都会后悔。

相铉说：我想永世和你在一起，即便是在地狱。

太阳从海上升起，光若火焰。相铉和泰珠坐在海边的岩石上，耗干最后一点力气。一只鞋子啪嗒掉落，腿变成焦炭，变成灰烬。又一只鞋子啪嗒掉落，腿变成焦炭，变成灰烬。

光线刺眼，我没有看到蝙蝠，又分明看到了蝙蝠。而在太阳升起的刹那，我蓦然发现，这广大的世界本是黑暗的，所谓光明，只不过是被光照亮的那一部分。

四

我做了一个梦。

用10种善熬制一服药，可治新冠肺炎。梦中我反复问那10种善是什么，努力记那10种善的名字，醒来却一脸，不，一脑袋茫然。

善到底是什么？善有10种吗？

与美相比，善突然变得更抽象、更模棱两可，仿佛一张飘在空中的薄薄的纸，存在，却难以把握。赤橙黄绿青蓝紫，7种颜色的光混合而成的，是白光或无色的光。那么，10种善搅拌出来的，是济世良药吗？或者，是恶？是毒？

不惮于往最坏处想人性，却发现自己还是过于善良。

我不怀疑善可以看上去很美，即便它有时虚伪，经不起推敲。假如人间真的病了，能够疗愈它的并非善，并非真，并非美，而是爱。这人世间之所以不够好，是因为我们还不够爱自己，还不够爱家人、朋友和认识或不认识的人。爱是一种大自私，只有爱自己，才可能爱人类，爱万物，爱丑陋或不丑陋、温驯或不温驯的禽类和野兽，包括“形殊性诡，每变常式，行不由足，飞不假翼”的蝙蝠。

国人喜欢谐音，譬如6代表顺，8代表发，520代表我爱你，既非来源于常识，也非来源于经验，充其量算约定俗成而已，并无多少文化底蕴。蝙蝠的寓意也来自谐音，却大有讲究，至少算得上民俗文化。钱锺书在《管锥编》中引用孟浩然的话说：“虫之属最可厌莫如蝙蝠，而今织绣、图画皆用之，以福同音也。”鲁迅《谈蝙蝠》也说：“以这么一副尊容而能写入画图，实在就靠着名字起得好。”蝙蝠的寓意体现出一种民间智慧，譬如倒挂而睡谓之“福到”，红色谓之“洪福”，五只谓之“五福”，与鹿在一起谓之“福禄”，如此等等。明清时期，蝙蝠形象频繁出现在年画、剪纸、陶瓷、刺绣、雕塑、建筑装饰上，最典型也最夸张的，莫过于和珅住过的恭王府，9999只蝙蝠盘踞其间，称为“万福之地”，就连水池、假山、建筑平面轮廓都做成蝙蝠形状，意为“福池”“福山”“福厅”。国人待蝙蝠友好，仅为讨个口彩。在实际中，人类对蝙蝠并不是那么善良，不是也有人把蝙蝠做成“福寿汤”吗？如此看来，常识、经验或约定俗成靠不住，文化也不一定靠谱，所以，《老子》第58章才告诫说："祸兮福之所倚，福兮祸之所伏。"

冯梦龙在《笑府》中讲过这样一个故事。凤凰寿，百鸟朝贺。唯蝙蝠不至。凤责之曰："汝居吾下，何如此倨傲？"蝙蝠曰："吾有足，属兽，贺汝何用？"一日麒麟生诞，蝙蝠亦不至。麒亦责之。蝙蝠曰："吾有翼，能飞，属禽，何为贺欤？"继而，凤凰与麒麟相会，语及蝙蝠之事，相与慨叹曰："今世风恶薄，偏生此等不禽不兽之徒，实无奈他何！"

《蝙蝠和黄鼠狼》是《伊索寓言》中一则家喻户晓的故事。一只蝙蝠跌落于地，被黄鼠狼捉住，蝙蝠请饶命。黄鼠狼说自己平生最恨鸟类，蝙蝠便辩称自己是老鼠，不是鸟，于是被放了。后来，这只蝙蝠又跌落于地，被另一只黄鼠狼捉住，蝙蝠请饶命。这只黄鼠狼说自己平生最恨老鼠，蝙蝠便说自己是鸟，不是老鼠，再次逃过一劫。

在《笑府》中，蝙蝠以自我确认的方式而存在，在《蝙蝠和黄鼠狼》中，蝙蝠以自我否认的方式而避祸，二者看似有别，实质上异曲同工：你跟我谈禽，我跟你说兽，你跟我说兽，我跟你谈禽。就像某些人，你跟他谈道德，他跟你说法律，你跟他说法律，他跟你谈情怀，你跟他谈情怀，他跟你谈天气，比蝙蝠有过之而无不及。所谓阴差阳错，并非阴阳的问题，而是如何认定阴阳的问题，世间事有时就是靠阴差阳错达成平衡的——蝙蝠眼神不太好，听力却世界第一；脚力不太好，却是哺乳动物中唯一会飞的；百毒不侵，却是众多病毒的中间宿主，埃博拉病毒、中东呼吸综合征病毒、"非典"病毒等，皆寄生在它的肉身之中。蝙蝠与恐龙差不多出现于同一时代，却能够在地球上存活8800万年，是有原因的。蝙蝠有961种，几乎占所有哺乳动物种类的五分之一，也不是无缘无故的。从亚寒带到热带，从大陆到海岛，除了极寒冷的南北极、极偏僻的海岛，地球上处处可见蝙蝠的身影，这恰恰证明了蝙蝠在生物演进过程中的非同寻常。西方典籍《利未记》说，蝙蝠“可憎，不可吃”，撒旦便长着蝙蝠一样的翅膀。东方闲书《古今注》记载：“蝙蝠，一名仙鼠，又曰飞鼠。500岁则色白脑重，集物则头垂，故谓倒挂鼠。食之得仙。”蝙蝠便由此浪得鼠中仙的虚名。其实，不可食或食之得仙，都不过是一家之言，当不得真。李时珍说吃蝙蝠可治疟疾，可治耳聋，可治眼疾，蝙蝠的粪便夜明砂也有此功效，此或可为真，但你会信吗？

总之，蝙蝠非禽非兽，谈论它一定要慎之又慎：一者它蟑螂一样不容易灭绝，我们熬不过它；一者它携带着170多种病毒，我们惹不起它。

其实，我最好奇的，还是蝙蝠的生活状态——倒挂。身体牵拉肌腱，肌腱牵拉爪子，爪子收拢抓住物体，轻松，自在，就像一群枯干的叶子，黑压压地倒挂在树枝上。更令人惊讶的是，就算它此时死了，也不会掉下来，生或死，都是世上最轻之物。

小时候，一到小年，村里就会杀一头或两头猪。猪被一劈两半，倒挂在房梁上，滴着血，透着鲜红，渗着让人馋了一年的荤味。可惜那时村里太穷，做什么都不敢铺张，不能够把几扇猪排成一排，面袋一样挂在房梁上。煤油灯昏黄，人影背着手，绕着半扇猪走来走去，让人觉得，世间的一切显得多么可疑。后来，我在电影里看过几十扇猪一排排挂在房梁上的情形，酒池肉林，气势大是大了些，却似乎少了些味道，少了些鲜活。对，电影里挂着的就是排骨，就是一堆挂起来的骨头和一个操刀绕行的屠夫。我想这是摄影师的问题，带血的东西怎么能没有味道呢？怎么能不鲜活呢？事实上，我在房梁上看到的倒挂的事物不只有猪，还有羊，还有獾，还有野兔，还有玉米、谷穗或高粱，都是被擒、被杀或被砍倒的东西，被人一绑，就挂在那里，自然而然，理所当然。事实上，除了植物的果实，不论禽类，还是兽类，但凡活着，没有一样东西喜欢倒挂着，也没有一样东西喜欢被倒挂着。事实上，大多活物都喜欢站着、躺着或趴着，只有蝙蝠把自己倒挂起来——习惯了。那么，在蝙蝠眼中，它习惯了的人间与我们习惯了的人间是否一样呢？如果人也习惯了倒挂，我们眼中的人间又会是什么样子的？

七八天没出门，我想下楼走走。人有时就这么奇怪，本以为孤独就是自己把自己关起来，谁知推开楼门，院子竟空无一人，才真正觉得孤独。

小区有4道门，施工关了一道，防疫关了两道，只有东门开着，暂无封闭迹象。虽不到立春日，气温已回升，院子里的柳树上有了一些春意。其实，柳树与前几日并无差别，只是我觉得春天该来了，它的枝条便翠绿了几分，仔细端详，那翠绿又杳无踪影。于北方而言，立春更像个符号，待春色真正到来，疫情恐怕也该走远了吧？

我站在路边抽了一支烟。道路很宽，车辆很少，公交车上空空荡荡。天将黑未黑，我望一眼夕阳，竟惦记起电视剧《新世界》来。

《新世界》讲的是北平解放前夕的故事——围而不打，静待和谈。旧北平的最后22天，紧张而拖拉地讲了70集，节奏缓慢，细节饱满，是我喜欢的那种，与当下的慢生活——虽然这种慢并非心向往之的那种慢，并非淡淡乡愁里的那种慢——也很搭调。我曾经一口气看完电影《撒旦的探戈》，七个半小时，一个长镜头十几分钟，我眼睛都不想眨一下。《新世界》从年前看到现在，于我并不存在困扰；更何况，我现在最不缺的就是时间，每天都在绞尽脑汁打发时间。电视剧虽没有明说，但实际上，那时的北平早被解放军围成铁桶，随便扔个炮仗，都会叮叮咚咚响出很大动静。故事枝蔓一些，牵扯事物多一些，也是合乎逻辑的，万物互联嘛。稍感意外的是，电视里在围城，电视外在封城，冥冥之中这似乎是个巧合，又似乎不是个巧合，让我心底陡然生出几分悲凉。这悲凉蔓延出去，又多了几分荒凉。宅，一枚草叶顶着一座屋子，谁的心里不长几株草啊！钱锺书说，城里的人想出来，城外的人想进去，可他说的是围城，封城却是另一番景象：城里的人出不来，城外的人进不去。围城与封城一字之别，差异还是挺大的，就像旧时的城是有城墙的，现在的城是没有城墙的，现在的城难道就比旧时的城通风好吗？但在《新世界》里，最烧脑的问题不是怎么进城或出城，而是谁是小红袄。我看影视剧向来不猜测结局，因为结局本可以有无数个，导演选择哪个便是哪个，猜也无用。我对结局不上心，却对细节很上心，对对话也上心，我觉得《新世界》里最有味道的一个词就是豪横，这个词在北平胡同里钻来钻去，局气——第一次听到这个词，我愣了一下神，旋即喜欢得不得了。人活一口气，我觉得做人就该豪横些，就该看上去不讲理。但豪横不是胡来，要有资本，这个资本就是道理。这也是一个悖论吧。

五

正月十一。立春。

我已年过半百，眼睛风一吹就落泪，最是见不得灾难，哪怕是影视里虚构的灾难。我戴着口罩，一个人走出小区，心中竟有几分恓惶。我一个人穿过迎泽公园，一个人走过迎泽大街，一个人站在新建路十字路口——路口无人也无车，但我必须等待绿灯亮起，这是习惯。约有 10 年吧，我一直坚持步行上下班，坚持在行走中让思绪信马由缰，这是我放弃学车的原因。我喜欢观察路边草木每日的变化，可我今天行色匆忙，有些对不住它们——纵然是草木，毕竟半月不见，我怎能轻慢它们呢！

迎泽公园几乎无人。从南门走到北门，用时 17 分钟，一路上我没有遇到人，隐约听到别处有说话声，但我看不见他，他也看不见我，不会有擦肩而过，不会有迎面相撞。树木疏朗，鸟鸣清脆。麻雀从身前斜斜掠过，钻进路边的灌木中。喜鹊在草地里觅食，自由自在，目中无人。很久没有见过这么多鸟了，鸟的胆子也比从前大了许多。鸟的胆子大了，人的胆子却小了，空气寂寞得仿佛湖面上的薄冰，世界空旷得如此不真实，甚至让人怀疑从前的熙熙攘攘都是虚妄的。

迎泽湖的冰未消，但阳光很好。

喜欢这样的时光——

阳光无遮无拦地照下来

风无遮无拦地吹过来

河水无遮无拦地流下去

花无遮无拦地盛开

多么喜欢无遮无拦地活着

可活在雾霾中会死人的

活在真空中会死人的

活在真实或谎言里

同样会死人的

我把它制作成了美篇，转发到朋友圈里，但居然被删除了。我莫名其妙，朋友说，可能你说了太多次“死人”吧。老百姓说到“死”尚且说“走了”，大正月的，我在诗里反反复复说“死人”终归犯了忌讳，删就删了吧。

单从空气清新度和人均占有空间来看，公园显然是最理想的避疫之所，人们却不敢到公园里来。为什么？陌生。什么陌生？肯定不是公园里的亭阁，肯定不是公园里的树木，肯定不是公园里的花草，肯定不是公园里的虫鱼，也肯定不是迎泽湖里的冰、水以及湖岸上的石头和泥土，而是公园里的人——极少的人，几乎看不到。空气再新鲜，空间再开阔，公园都很少有人来，只因一旦有人戴着口罩出现在你的面前，那个人便是陌生的，陌生便可能携带病毒。陌生的病毒早已把人折腾得够呛，对面再走来一个可疑的陌生人，心底暗藏的恐惧无疑会呈几何级数放大。极小的概率，极大的不确定性，世界因陌生而可疑，因可疑而恐惧，又因恐惧而更加陌生。一向豪横的人类终于学会退让，宁肯一家人挤在逼仄的“孤岛”里，都不肯走出楼门半步。病毒神出鬼没，远离陌生人无可厚非，我也真心希望每个人都把自己隔离起来，都把自己和自己熟悉的人囚禁在同一熟悉的环境中，同甘共苦，和乐融融。但我也不能否认，外面的世界其实是最安全的。当然，在疫情面前，我只能说我谈的是哲学问题，而非医学问题，哲学可以争辩，医学容不得试错，尤其是在当下，尤其是在治病救人的时候。那么，度过当下以后呢？会一切照常吗？我不知道，但我清楚，人类越高高在上，越容易遗忘。

节后第一次上班，没有拜年，没有寒暄，楼道出奇地安静，我出奇地平静。开窗、消毒、清扫。门把手、开关、键盘、鼠标、电话机、打印机、手机、钥匙链、烟灰缸……凡手经常触碰的东西，都被84消毒液喷过一遍，又被我擦过一遍。最后，我又去水房烫水杯，洗手。我没有洁癖，但有好的卫生习惯，毕竟在化学系的实验室洗过4年试管、烧杯和蒸馏瓶。少量多次，这是老师强调过100遍的原则，早已深入指关节，再由指关节转存到大脑里，又由大脑传导到心里，少一次便觉不舒服。实验室里所谓的多次，指不少于3次，与中国古文化中的多次意思相同。我想，中国古文化或许是最科学的文化吧。当然，我所说的中国古文化是智慧的、以“百家争鸣”为代表的春秋文化。

一个人在一间办公室待了10多年，从未觉得它如此干净过，也从未觉得它如此安静过。终于可以坐下来读读书，终于可以坐下来写写东西，当大家都不上班的时候，上班何尝不是一种享受呢？

武汉封城以来，我的心一直空落落的，什么也做不成。现在坐在办公室，居然可以读书，居然可以写东西，不可思议。书房也很安静，可这些天待在书房里总有些恍惚，难道书房不再是方外之地？或许，答案只有一个：此书房已非彼书房，“孤岛”里的书房严重缺氧，无法与外面的世界对话；此办公室还是彼办公室，即使待在这里一天见不到一个人，但在上班的路上，我已与世界建立联系。是啊，世外桃源固然好，也应是与世界有联系的桃源，如果让人彻底与世隔绝，人还会思考吗？

很久以来，我一直对经验和常识抱持怀疑的态度。老庄一直在天地间走来走去，佛祖一直在今生来世间走来走去，霍金一直在平行宇宙间走来走去，我们却还在依靠经验和常识与世界打交道，能不让人忧心忡忡吗？不过，在怀疑之前，我会确认一些事，因为只有某些事被确认，所谓的无边之大、无内之小，所谓的过去、现在、未来和十维宇宙才有意义。譬如传染这件事，它首先与人有关，其次与事有关。人包括传染人的人、被传染的人、疑似被传染的人，还有与这3种人接触过的人。相较于人，事要简单一些：让这些人活下去和找到让他们活下去的药。如果把这些人和事向外延展，还有中医和西医，还有神医和庸医，还有生长草药的山坡、制造西药的工厂、研制中西药的实验室，以及患者的年龄、性别、性格和体质，等等。当然，还可以把这链条继续延展下去，变成一张网，但无论这张网多么大，都大不过自然。可如今，还有多少人会在意自然呢？更悲哀的是，在一个数字化、智能化的时代，居然有人连经验和常识都搞不明白，更遑论老庄和霍金、天人合一和依赖模型的实在论。

傍晚下班，我再次走进公园。在这样的时刻，公园比早晨还安静，鸟叫声也消失了，抬头看去，路灯昏黄，天上的月亮比路灯略大，比路灯略白。路灯是宫灯样式，我平时并未在意，此刻才发现，所有路灯的底部都尿渍一般，黄黑一片。再仔细端详，又觉像极了蝙蝠的翅翼，不，是新冠肺炎病人的CT影像。有人说，蝙蝠像一只会飞翔的龟，可蝙蝠会像龟一样，被人在背上写下文字吗？抑或那些病毒便是蝙蝠的文字，便是蝙蝠古老的诅咒？我的心不由一紧。有风从湖上吹来，天有些冷。我快步走出公园，沿着南沙河南岸来到青年路上。一辆公交车由北而南，从眼前驶过，车上坐着一个戴口罩的人。又一辆公交车由南而北，从对面驶过，车上也坐着一个戴口罩的人。

我又想起了蝙蝠。

从骨头开始，你是无
从眼睛开始，你是不明
从耳朵开始，你是空
从喉咙开始，你是无声之声
爪即翅，翅即爪，似蝴蝶
却不越太平洋，不入梦
昼伏夜出，似肉非肉
汝不食我，善也
汝食我，毒也

生活就是这样的。无关乎日常
却是日常。无关乎风月
却是风月。无关乎名利
却是名利。无关乎黑白
却是黑白。无关乎生死
却是生死

六

看罢两集《新世界》，我打开手机，一个名字刷了屏——李文亮。

我的朋友圈文朋诗友不少，前几日，大家还在争论疫情期间是否可以写诗，有人甚至认为这个时候写诗是可耻的。但从这天晚上 9 点半开始，悼念李文亮的诗歌铺天盖地而来，似乎隔着手机屏都能听到他们敲字的声音和抽噎的声音。

最触动我的，是湖北籍诗人衣米一的两句诗：

许多人在这里
爱不能相抱，死不能相送

众生之幸运，是降临在这人间；众生之不幸，也是降临在这人间。被生选中，被死遗弃，游弋其间。能够在夹缝中活出自己的人，都是出离苦难的人。在这个夜晚，普普通通的李文亮便是被苦难选中的那个人，即便如此，他依然乐观，核酸检测结果呈阳性后，他还不忘在朋友圈里自嘲，“尘埃落定，确诊了”，同时配发了一个狗狗的表情。

然而，这粒“尘埃”生得好轻，这声“落定”落得好痛……

毋庸置疑，这个夜晚，李文亮不再是李文亮，而是你、我、他或她，是每一个普普通通的人。这个夜晚，我们都在为自己哭泣，李文亮只不过是代替我们走完了人间最艰难的一程。李文亮就是个特别的生命样本，他站在零点，提着灯，前面是夜，后面是夜，左边是夜，右边是夜，而所有的守夜人都陪伴在此刻他乡。

雪崩之下，没有一片雪花是无辜的，我们便是那雪花。

为众人抱薪者，不可使其冻毙于风雪，我们更像那风雪。

而我们是谁？

寂寂长夜，我们只听到时钟的嘀嗒嘀嗒声，却不知道现在是几点钟。

李文亮出生于1985年秋天，那时候，我刚好大学毕业。我走出大学校门，他来到这个世界，他该多么年轻啊！一个80后大男孩，一直有着自己率性的生活，即便一顿寻常小吃，他也能吃出“不经审视的人生是不值得过的”这种生命况味，这该是一个多么阳光的邻家哥哥啊。

李文亮喜欢吃，常常调侃自己“食欲猛于虎”，夜班餐吃一张鸡蛋灌饼，居然也能吃出碳水满足感，感受到多巴胺的疯狂分泌，甚至感觉胃肠兴奋得颤抖。突然想吃橘子，他便穿着拖鞋在大雨中奔跑1000米，花30块买几个回来，然后自嘲是“屌丝”。看到店里花样繁多的冰激凌，他由衷地感叹“诱惑太多”。车厘子158元一斤，他感慨吃不起。居酒屋和海底捞是他的最爱，他爱死芥末和生鱼片了。每次去火车站，他都要点德克士的手枪鸡腿，且夸张地描述一番：“大大的鸡腿连着胯部，看着就好有满足感，外皮酥脆，肉质软嫩，配上独家的丁碟，绝对是腿届极品！”他追剧，喜欢看《庆余年》，也追星，觉得肖战长得帅，他唱《绿光》特别好听——“翻越过前面山顶和层层白云，绿光在哪里？”做医生很辛苦，他不时抱怨“累死小爷了”。连值3天班，他说“讨厌门诊”，盼着下班去吃锅包肉。可真让他脱下白大褂，他又开始碎碎念：“病人虐我千百遍，我待病人如初恋。”空闲时候，他喜欢出去走走，看油菜花，打羽毛球，如果路上有人叫他“叔叔”，他会觉得自己“受伤了”。看到农家养的鸡，他会思考“鸡生蛋的时候会不会很痛苦”。他在秋天出生，最喜欢秋天，2019年10月12日是他的34岁生日，他在微信里写道：“武汉的秋天自有一股不热不冷的温柔，在这个季节里你能体会到最淅沥的细雨和最轻柔的风，当然你更能感受到落叶飘洒一地，踩上去咯吱咯吱响的美与心动……新的一岁希望能做一个简单的人，看得清世间繁杂却不在心中留下痕迹……”

他的微信签名是：“理论是灰色的，生命之树常青。”

人大体有3种：好人，坏人，介于好人和坏人之间的人。做一个简单的人，其实就是做一个好人。好人和坏人都是极少数的，介于二者之间的才是大多数，人间的许多事之所以悬而未决，便因这大多数。换句话讲，好人不会因为人间罪恶深重而变得太坏，坏人不会因为人间乾坤朗朗而好得太多，人间上演的究竟是悲剧、喜剧，还是亦悲亦喜、不悲不喜之剧，决定权其实在那个大多数——当他们好的时候，人间坏不到哪里去；当他们坏的时候，人间好不到哪里去；当他们犹疑不决的时候，人间便是灰色的。

我承认，60 后赶上一个好时代，仅以一个甲子之年，便亲历了农耕文明、工业文明和信息文明，似乎 2000 年时光浓缩在了这一代人身上。我也很困惑，生死之期于人到底有何意义？ 60 后大多知道自己出生在何年何月何日，却鲜有人知道自己出生在几时几分。迷迷糊糊来到这人间，匆匆忙忙走过这世道，告别的时候，我们或将发现，死亡通知书上居然清清楚楚写着最后的时刻，时间之精确，不得不让人相信。然而，我们真的是在那个时刻与这人间说再见的吗？如果不是，我们真正告别这人间的是什么时刻？许多事经不起追问，一追问，真相便支离破碎。但在档案里，我们总归会有个时间，这个所谓的时间，便是被记录的那个时间，而那个时间一旦被记录，又立即会遭到质疑。生和死，时间和真相，虚无和实在。追问下去，似乎都是怪圈，而生活无疑是无数怪圈的叠加，置身这众多怪圈当中，就像置身在赤橙黄绿青蓝紫的光混合而成的阳光下，我们以为我们的每个日常都明明白白，其实，阳光下的事物没有一件不可以颠倒过去，也没有一件不可以颠倒过来，行走在这悬而未决的人间，人活着是需要勇气的，而这勇气也是一种难得的糊涂。

七

口罩紧缺，病床更紧缺。我们总以为一间房、一张床就是极简的生活，就是岁月静好，可谁能想到有一天，一张病床就是一条命呢？

坐在阳台上，朝东南方向看过去，就是太行山，就是家乡。我很早就知道，那个叫寺头的村庄已经没有了寺庙，可我不知道，如今家乡的屋檐下还有没有蝙蝠。

山石荦确行径微，黄昏到寺蝙蝠飞。

升堂坐阶新雨足，芭蕉叶大栀子肥。

…………

我很喜欢韩愈这首《山石》，虽然他写的不像北方，像南方。我想，城市的阳台就是老家阁楼上、屋檐下的窗户，就是蝙蝠飞起落下的地方吧？当然，城市的阳台比老家的窗户宽敞许多。如果把城市的阳台都改造成寺庙或佛龛，此刻，该有多少人皈依呢？

我越来越相信，春秋以降，人类的智慧在“坍缩”，智能在“膨胀”，人工智能的兴起或许便是人对人的一次颠覆。人性离自然越来越远，本能在新陈代谢中退化，当人造出比人还聪明的机器人，当比人还聪明的机器人取代了人，人还是万物的主宰吗？人还是从前的人吗？毫无疑问，这是个悖论，纠结其中，我不得不相信，文明，尤其科技文明登峰造极之时，便是人类毁灭之日，人类的自我拯救不是一路狂奔，而是停下来，看看我们到底丢掉了什么，抑或退后几步，回到田园里，回到乡愁中。你渴望岁月静好，我渴望岁月静好，他或她也渴望岁月静好，可静好之岁月得是“人法地，地法天，天法道”之岁月，如果时光影影绰绰，天地颠来倒去，又何来静好？

命运多舛，世事难料，这就是我们的生活。从前我们以为的实在，有时可能是虚幻的，从前我们以为的抽象，却可能是结结实实的存在。阿兰·图灵说，数学支配万物，复杂与混乱源于简单规则。阿兰·图灵的话让人想起老庄。在我们的经验里，老庄哲学是玄学，实际上，老庄的每句话都是对现世的警告。在我们的常识里，数学是计数的符号，实际上，0 和 1 已为我们建构了一个完整且真实的虚拟世界。不经意间，我们已行走在虚虚实实的平行世界里，思维却还停留在从前的经验和常识上，这人间怎么会不倾倒呢？

我莫名感到苦涩，刘德华的《黑蝙蝠中队》又在耳边盘旋：

有些话　一直说不出口

有些泪　一直没有停过

有些伤　一直没有合过

有些痛　一直没有醒过

…………

我平时睡觉晚，通常凌晨两点才上床，在疫情时期就更晚了。睡前在等待小引的公众号更新，醒来翻看山西和全国当日的疫情通报，不知不觉竟养成习惯。小引前些年到过山西，我们一起喝过酒。印象中，他是个干净而个性的大男孩。其实，小引也是个 60 后，他的《来自疫区武汉的消息》，前几篇还有些张皇、焦虑、愤懑，言辞偶有偏激，后面便内省了许多，也平和许多。他的第 24 篇疫区日记居然是用武汉话写的，有些苦中作乐的味道，读后让人不知如何是好。安慰？没必要。鼓励？更无必要。无动于衷？事实上，自封城那日开始，所有人都已陷落其中，无一置身事外——地球都是一个村了，何况国家呢！于芸芸众生而言，幸福或苦难都是人世间的一部分，我们决定不了什么，也很难改变什么，既来之，则安之，或是我们最好的生活态度。小引一直在忙着与各方联系，协调分配各地支援武汉的医用物资。有艰难，却活得很真实。读读小引的文字，我便约略知道武汉人的生活状态和心理状态，心便稍安些。我的确做不了什么，但至少还可以牵挂他们，这便是晋楚两地的手足相望吧。

也看谢燕的消息。谢燕一直在主持《山西晚报》的《山河视频》，追踪山西防疫和山西医疗队援助湖北的消息，每天过得也是阴阳颠倒。凌晨两点多，谢燕发了一条微信，内容很短："山西新增确诊病例：0。"留言也很短："我去！太好了！"我把她的留言复制过来，添了两个字："我去！太他妈好了！"疫情期间，这是我第一次在朋友圈说粗话，我特意留意了一下时间：2 月 14 日凌晨 3 点 23 分。情人节。

回武汉记

谈 骁

2月4日，正月十二

隔离14天，写了14天日记。接下来的记录，应该叫“回武汉记”——虽然回武汉还没有提上日程表，但疫情总会缓解，也许半个月，也许一个月，我终究会踏上回城的路。

昨天下午上吐下泻，一度以为自己感染了。后半夜时，肠胃不适大为缓解。一夜虚惊，天快亮时，妻子醒来给小溪换尿片，我告诉她：我好了。她长舒了一口气。这个时候，甚至不能生病。我仔细回想，昨天下午的梨子大概是诱因，加上这几天吃饭前先喂小溪，自己吃时，已经是冷饭冷菜了，所以胃受了一点刺激。我把日记汇总发出去后，许多人来问我情况，同事兰兰说，真想早一天回单位上班，和大家在一起。我说：是不是觉得以前没有珍惜平常的日子？她说是。这大概是每一个经历劫难的人所想的，过去的日子是多么安详平和，那些我们所以为的琐碎、庸常、不堪，都可以被一场灾难带走。

开手机看新闻，全国增加了3000多例确诊病例，其中湖北2300例。又是严峻的一天。

抱小溪下楼，正好看见垃圾车过来。车上的人全副武装，不过防护服有点破旧，也没有戴护目镜。不久，来了一个负责消毒的人，背着喷雾器，先沿大路喷洒了一遍消毒液，再挨家挨户喷洒。宣传车出来得也很早，号召大家不要串门，孩子不要乱跑，要与人沟通交流，就站在门口说，声音大点就行。

过早时，岳母问今天情况如何，我告诉了她增加的病例数，她只是摇头叹息。家里的储备渐少，侄女想吃土豆，岳母遂拿了 20 个鸡蛋，去隔壁换了 3 个。侄女觉得奶奶吃亏了。岳母说："他们家没有养鸡，这时候也没地方买鸡蛋。"物物交换，也是邻里相助。

下午，同事 H 在工作群里发了一条求助信息：她姐姐一家 5 口，姐夫和婆婆一起感染了，婆婆还是尿毒症患者。我整理好了信息，去微博超话里求助。之前，我一直不让自己去看那些血淋淋的人间惨状，这次却没法回避。微博上，满屏的求助信息，求医治，求床位，求生求不死。太平盛世里看起来唾手可得的，此时竟然成了奢望。生之艰难，莫过如此。想想武汉现在有 6000 余例确诊患者，最近还在以每天 1000 多例的速度增长，还有数以万计的疑似患者。每一个病例，都是一个惨烈的故事。

多少人求告无路，多少个家庭摇摇欲坠，不，是已经崩塌。H 的姐姐家即是如此。她的孩子才 3 岁，现在也是密切接触者，她既要担心自己被感染，还要在一座城市中，东求西告，为一星半点希望而振奋。

L 也发微信问我 H 的情况。我们由此说到那个在外地被确诊的朋友，如果人在武汉，又该是多么仓皇。困守武汉的 900 万人，按照钟南山的说法，是真的做出了巨大的牺牲的。我们如非亲历，实难想象。

再说说老家的情况。下午县里出了一个成品油管理公告，说是为了"确保全县交通管制落到实处，真正做到人不出门、车不上路，坚决切断新型冠状病毒传播途径”，除了救护、军警、执法、环卫、公务车辆，其他车不得加油，此公告从今天晚上 10 点开始执行。结果加油站排起了长队。

睡前，许多诗人朋友转发了我们整理的 H 的求助信息，收到了几十条建议，其中九成给的是《国家人文地理》的渠道：他们在统计患者信息，同时联系医院收治。不知道一个杂志社如何去协调这些。

2 月 5 日，正月十二

填了许多表，打了许多电话，同事 H 姐姐家的老人还是没找到医院收治。下午我又看到科技社总编转发的求助，科技社两个员工（夫妻）感染，一家 6 口发烧，所求也不过是一个床位（给妻子的）。《财经》的消息说，上面下了死任务，今晚 24 点前，重症患者务必全部收治。如果能执行，这大概是个好消息。可问题是，真的没床位。

和许多在武汉之外的朋友聊何时回城——对我来说，起码需要潜江的路通，放行，武汉的疫情已经控制，还要考虑怎么回老家接母亲（除非她有其他安全的方式去武汉）。离上班日期只有不到 10 天了，但 10 天之内疫情能否控制，我比较悲观。

现在武汉严格的隔离措施，像是在为我们回城铺路。毕竟，感染还是概率问题，如果长期不复工，就事关生存了。我收到的针对私家车主的短信，似乎也见松动：“对非参加疫情防控、民生保障工作，非因看病就医或工作、生活急需的，请勿开车出行。”

家中的肉食储备已很紧张。养在缸里的鲫鱼，最后两条也在今天端上了桌；腌的腊肉、腊鸡，早上已吃完；就剩下一点腊鱼，岳母说估计也撑不了多久。这都是小事，而且也能买到。菜场离家有六七里地，但已经关门了。要买肉，只能去富迪超市。电动车不能上路，踩自行车，大概要 40 分钟。我们主要是不敢出门。潜江昨天增加 9 例确诊患者，至今天总共已经有 54 例了。按照有些专家说的，出门做好普通防护，戴个口罩就行了。但妻妹觉得非常时期，说不好哪里就有病毒，一个口罩不太够。身上也要防护，比如套一个雨衣。岳母说，那就不吃肉吧，苦几天。这自然算不得苦，比之武汉，这里简直就是天堂了。

我们在武汉所住的楼栋，这两天终于没有人追问感染者房号了——我疑心有人私下里问到了。但今天，听说患者没有医院收治回了家，群里又折腾了一番，直到物业出来说患者在医院，业主才安静下来。物业人手短缺，但还是在尽力做事，这不容易。中午他们在电梯里安装了“按电梯设备”——把牙签插在一个底座上，旁边放一个瓶子，大家可以抽一支牙签按电梯楼层，按完丢入瓶中。这是为了防止触摸感染，许多小区都是这样操作。

物业和社区之前没有做楼栋里发热人数统计，今天业主们自发做，在群里接龙报体温，大家体温都正常。但从统计看，只有 15 户做了回应。整栋楼有 100 多户人，基本都在群里。这说明大部分人已经离开武汉了。

晚上起风了。平原没有遮挡，风尤其大。窗外一棵樟树，枝叶简直要打在玻璃上。10 点多，开始下雨了。妻子、女儿都已经熟睡。武汉该也是这么大的风雨。

确诊病例仍在增加，全国 3900 例，湖北 3000 例，武汉 2000 例。

2 月 6 日，正月十三

一夜风雨，温度没有降太多。春风春雨之后，也许还有倒春寒，但天气已经一天天暖和起来了。下雨有下雨的好。在乡下，雨把大家关在屋里，没有人串门，没有人在马路上游荡。这是最好的隔离。

郑队长今天带着体温计上门，给我们量完体温后告诉我们，如果有急事，可以回武汉，操作方法和之前防控指挥部文件所说的差不多：单位出文件，村里开“路引”，就可以放行。岳父说不急着回，不能回。郑队长大致讲了现在的情况，只要有“路引”，允许出门，但限于省内。

前天在微博求助的H姐姐一家，今天传来消息：家中老人没等到床位就走了。H的姐夫尚在家隔离，H的姐姐带着女儿在娘家隔离。老人的后事如何处理，我没有细问——顾不上，H自己的状况也很糟糕。她的预产期在这个月月底，但她差不多自10天以前，就有一阵没一阵地发烧。之前，我们觉得孕妇体温偏高，没太上心。她也不敢去医院检查，只是在家里耗着。今天听她说，又发烧了，且一直没有退，伴随咳嗽。社里黄总知道这个情况后，问我要不要想办法送她去医院检查。之前她不敢去医院，怕被感染，现在她也不敢去，怕被隔离。按照防控指挥部的文件，她在四类人之列——一般发热人员。我把黄总的话转达给她，她仍然很矛盾，也许是很恐惧。今天还有个文件，要求社区网格人员全武汉扫描，不漏一人。如果真的执行，则她也没法在屋里独善其身了。晚上，我问她老公她的情况，回复说：“断断续续发热，明天准备去社区医院检查和报备一下。”

武汉我所在的社区今天出了文件，宣称国家已采取一级战时机制（我搜了新闻，没见过类似表述），所以社区要求如下：每家每3天只允许一人出门采购物资；因疾病或特殊原因要出门的，要向社区报备，经过允许方可外出；外地返汉居民，需要备足14天生活物资，隔离14天，才能出门。

不知道社区文件援引自哪里，如果真的是防控指挥部的要求，那之前说2月14日正常上班，就基本不可能了。但一个社区，要把这些要求落到实处，大概也很难。下午我接到社区工作人员（一个女孩，自称是大学生志愿者）的电话，问我是否在武汉，有无发热。这大概就是防控指挥部说的“全面排查，不漏一人”了。

今天全国新增确诊病例 3767 例，疑似病例 5328 例。其中，湖北新增确诊病例 2987 例。

2 月 7 日，正月十四

今天其实只需要记录一件事。

武汉中心医院眼科医生李文亮，于 2020 年 2 月 7 日凌晨 2 点 58 分去世。

昨天晚上还说他正在抢救，凌晨就宣布抢救无效。有网友分析，抢救的机器 ECMO，相当于体外的肺，是最高级别的抢救装备，用这东西就是和死神拔河。1 月 22 日，中南医院就用这个设备成功救治过患者，此前，也有心脏停搏 3 个小时后上 ECMO 救人成功的例子。

朋友圈、微博上许多人都发了悼念的消息，这是我平生所见的对一个人最大规模的纪念。大家的怀念，其实是怀念他作为一个普通人的良知，其中有物伤其类的哀怜：我们都是李文亮。与此同时，湖北省人社厅、卫健委给第一个上报疫情的人张继先记大功。

今天全国增加 3165 例确诊患者，其中湖北 2447 例。下午 4 点多，国家卫健委在发布会上说，16 省对湖北各市对口支援，一省包一市（武汉除外）。

我的生活照旧，似乎已没有可记叙之事。中午母亲发视频过来，言及家中隔离严格。外公年事已高，几乎难以下床行走。他自过年就没有见过女儿们了，很想她们上门看看，可是舅舅们居家不出，也号召大家不走动。母亲和我二姨家仅一墙之隔，也只是在阳台上说话，并不进门。明天外公生日，她们今天隔墙商量，也只能给大舅微信转账，托大舅给外公。这是这么多年来母亲第一次在家过元宵，不能登外公家门，不免黯然。

潜江今日雨停，阴冷，大家又开始户外活动、串门了。下午门口的广播里放着昨晚白岩松和吴祖云的连线对话，潜江因为确诊人数是湖北第二少（最少的是神农架林区），有点成了先进典型的意思。我不在市区，不知城里防控力度如何。就乡下而言，只能说程序到位而已。当然，要做到程序到位已属难得，谁也管不了隔壁三家人的腿。下午3点多，省防控指挥部下发《关于农村疫情防控措施抓实抓细抓落地的紧急通知》，提到要加强聚集性活动管控，明天看村委有什么新动作吧。《通知》还提到了村组的封闭管理："坚决实行村组封闭管理，村与村之间留一条应急通道由专人值守外，其他路口一律封闭，其中应急通道用车辆隔离开，其他区域一律采取织网、设隔离栏、设水马等硬隔离方式。"

门口的广播，每天早上8点、中午11点、下午5点准时响起，先播一段《告全省农民朋友的一封信》，然后是防控口诀、案例更新。今天播白、吴对话，是我回来半个月里头一遭转播新闻，可见潜江政府对这事的态度。

同事H今日烧退，所以没去社区医院。也许她情况并不严重，只是感冒发烧吧。

武汉市出台了《在外人员返汉工作实施方案》，提出要安排在外人员错峰返程：立即启动对在省外滞留的武汉市民的返汉安排；优先安排医疗防疫机构，防疫药品、用品、药械等的生产经营单位进入武汉，保障城市公共事业运行必需，群众生活必需，经批准的重大工程以及重要国计民生相关企业人员返回；其他人员，根据延迟开工开业开课的统一部署，适时安排。

我们属于"其他人员"，只能继续等待安排了。

2月8日，今天元宵

上次在家过元宵节，还是2001年，那时我读初三。高中以后，正月十五都在学校、单位，远离家人，也就没有过元宵节的氛围。今年在岳父母家，一家老小齐聚，午饭时外面有鞭炮声，晚上有烟火，感觉与童年无异。

因为外公生日在元宵节这天，小时候我元宵节都在外公家过。有时候，正月初一我去外公家拜完年，并不跟着父母回去，一直等到十五他们再次上门。家中的习俗，元宵节没有灯谜和花灯，也不吃汤圆，而是在深夜去田里点一堆野火，围着火边转圈边吆喝，这叫“赶毛狗”，取驱邪避恶之意。

我对元宵节的另外一种回忆，和在湖北大学的7年有关。湖大有一支龙狮队，每年元宵节都要在学校里舞上一回。舞台在校门边的广场，几张大方桌支在中央，几只狮子翻上翻下，动作难度极高，效果直追李连杰主演的《狮王争霸》。那是我有生以来见过的最专业的龙狮队。今天，武汉依然被病毒笼罩，不知龙狮队会不会照常出门。

今天和村里的万支书联系，妻子答应帮他写村里防控疫情的材料，他发来不少资料。刁庙村共1600多人，有返乡人员187人，有武汉接触史的88人，目前没有疑似患者。资料中，甚至还有一份万支书的检讨材料，检讨的是疫情防控期间“属地出现聚众娱乐事件”。这娱乐事件多半就是打麻将了。听岳父说，这一个多星期，队里没有一家开过麻将桌，基层的管控还是得力的。

说说小溪。她这几日，用岳母的话说，已经完全融入农村了——看鸡下蛋、鸡回笼之外，又发现邻居家有一只鹅。岳母要抱她，只需要说一句“我们去看大白鹅”，她立马止住哼唧，乖乖投入岳母怀抱。晚上，岳母照样能抱到她——鸡鸭鹅虽然见不到了，可外面常常在放烟花。最初，她听了放烟花的声音会往后缩，现在也习惯了，炮声一响，立马往外指，岳母于是接过她直接奔屋外，两个人朝着烟花方向，小溪负责看，岳母负责说话，一般是问一句：“好不好看啊？”又自己回答：“好好看啊。”小溪表达她认为好看的方式，只是仰头不动，偶尔嘴里嗯嗯两声，极高兴时才会伸出双手，像要把那些转瞬即逝的光抱到怀里。

看烟花，顺便也会看月亮。最近晴天多，晚上总能看见月亮。今天月亮真大啊，先是高过院墙，慢慢高过屋脊，最后高过了门口的两棵水杉。月光很亮，很干净，照得周围亮堂堂的。武汉见得到这样的月亮，但见不到这样的月光。小溪也认得月亮了，她兴致好时，我问她月亮在哪里，她便伸手指给我看。今天她的兴致主要在烟花上，我问了几遍月亮在哪里，她没有理我。

烟花终于不放了，岳母喊我进门。回到屋里，就回到了现实。岳父在手机上看新闻，“病毒”“传播”这样的词，让人避无可避。

我们在武汉住的楼栋今天新增了一例确诊病例，物业说是之前那一例的妻子。群里有人说，希望他们家没有孩子。可是看社区的表述，“密切接触者正在居家隔离”，说明家中还有别人。保利心语是洪山比较大的社区（也许是最大的），一共有10个区，我们所在的西社区包括6到10区，至今一共确诊了8人。我本以为确诊数已经够多了，住在徐东融侨城的朋友给我看了他们社区的统计表，确诊11例，疑似9例。许多小区都有确诊病例，有疑似病例，这大概就是武汉的现实吧。

今天全国增加确诊病例3453例，其中湖北增加2841例，武汉增加1985例。

2月9日，正月十六

十五一过，年就过完了，本该上学的上学，打工的打工，种田的种田。现在工作延宕，即使在农村也不例外。岳父是粉刷工，往年正月十六一定会出门一趟，算作一年工作的开始，今年，他只能给树剪剪枝，给菜园松几锄土。岳母要忙一点，她把厨房里的锅碗瓢盆拿出来洗了一遍，把蒸笼、甑子这些大家伙洗完晾干后收到了楼上，这是唯一一件可以体现年过完的事。中午阳光好，我出去多走了几步。邻居们也大都和我们家一样：收拾工具，清理屋场。人人都按照惯性做好了回到正轨的准备。

但离回到正轨还有很长的路要走。今天湖北的确诊病例较昨天下降了 694 例，省外的确诊数也连续多日下降，希望这是一个好兆头。省里昨晚说，要集中两天时间将全市所有疑似患者检测完毕，释放医护力量和医疗资源，集中用于确诊患者。如果真能做到，接下来几天又没那么多新增确诊病例，似乎就可以说，疫情基本得到控制了。只是这也未必就是专家们说的“拐点”——省外很多地方都即将复工，到时难免会出现新的感染。

潜江今天仅增加了两例确诊病例，这在省内依然算少的，近邻天门、仙桃分别是 18 例、20 例，恩施也增加了 11 例。妻子已把《刁庙村抗疫见闻》写完，她提供了一个我没注意到的视角：村民足不出户，翻出了各种尘封的娱乐器材——羽毛球、毽子、跳绳，老少齐上阵，度日不至于无聊。

度日其实简单，特殊时期，不需要多高的生活水平。但如果家里孩子多，可能就要另当别论。隔壁二妈家有两个孩子，一个 7 岁，一个 9 岁，正是没有零食不能过日子的年龄。今天二妈拗不过他们，骑着电动三轮去采购了。知道她出门，岳母、隔壁的大妈和小妈纷纷打电话给她，让她捎带些东西。回来时，她的电动三轮装得满满的：土豆、蘑菇、小面包、大馒头、酸奶、饼干等等。但就在她回来后不久，村里开来一辆拖拉机，把唯一可以出门的路封了。

我熟悉的朋友里面的两个确诊患者，一个已经痊愈出院，还在网上写文章分享了自己的经历；另一个在外省，已经一周都没有消息传出了，只听说是轻症，已经退烧，炎症也消了。我每天会查一下他所在市的新增确诊病例情况——前几天有零星增长，但都不是他的密切接触者。但病毒还是没有放过他，今天查时，发现该市新增的两例患者，竟然都是他的家人。这是今天最让我难过的消息。

昨晚，魏天无老师跟我约抗疫诗，说《长江文艺》杂志要出专辑。我没有写出诗来。许多朋友都在认真写作、翻译。前日修文主席还给我发了他新写的《致母亲》，由封城隔离所见母子相隔写起，中间写及蒋士铨、周寿昌、苏曼殊，以及自己与母亲的种种遭际，让人心悸。他写目睹母亲以开水泡饭而不忍相见的情景，我尤其有感触：我也有这样身在困厄而强颜欢笑的母亲，我也是目睹此种困厄而装作不知的人子。但此种写法，也藏着写作者的无奈，足不出户，终究无法进入窗外那绝望的现场，所以其中情感，只能以古人勾连，以古诗点染。

至于我，身在离武汉 150 公里的地方，现场感就更无从谈起了。在潜江的现场感，更准确地说，是在潜江乡村的现场感，连大幕的一角都算不上，最多不过幕布上的一点线头而已。

晚上，单位群里发了通知，2 月 14 日复工，时间不变，但复工后两周，以居家办公为主，没特殊情况，不去单位。这种处理办法，在我们意料之中。看情形，我大概还要在潜江逗留许久。

2 月 10 日，正月十七

许多城市今天正式上班。许多中小学校今天复课——网课。侄女今天因此起得比平时早，9 点整，她在房间里正襟危坐，我在旁边陪读——其实是看热闹。老师先登学习通软件，太卡，于是换到腾讯的会议管家。

先是数学课，前半节课都耗在调试频道上了。第二节课是体育，班主任放广播体操音乐，侄女在房间里一板一眼地做起广播体操来。可以想象，当此之时，多少人在自己的房间，一起“一二三四二二三四”。第三节课是语文，他们的班主任蒋老师读了一篇她自己写的《给小朋友们的一封信》，信里写到为了准备上课素材，老师拿着学校的函件和当地的证明，一路“过五关斩六将”，终于到达学校拿到电脑的经历。末了，蒋老师告诉大家，现在是非常时期，小朋友们可能会觉得无聊，想出去玩，然而外面凄风苦雨，灾难深重，大家一定要听话，要守规则，要学会理解。侄女读三年级，听得似懂非懂。当老师问“大家听到了吗”，侄女打开语音，说：“听到了”。许多同学都打开了语音，我听到了此起彼伏的“听到了”。蒋老师点头，又自嘲地说了句网络上课也没什么不好，就是老师在镜头前太丑了，然后便正式上课了。

课间休息时，我带小溪下楼去院子里散步。邻居家的两个孩子，一个上二年级，一个上一年级，家中大人只有奶奶和妈妈。于是奶奶跟小的，妈妈跟大的，各在一个房间。奶奶手机卡，又对各种软件不熟悉，妈妈于是两边跑，又急又气。奶奶跟了大概半节课，出来对岳母说：“我看这就是弄着玩的，能学个屁啊，就是折腾。”岳母随声附和：“娃儿太小了，要是上高中、初中了，可能还有点用。”

课上完，侄女写作文去了。今天本来是阴雨天，下午突然放晴了，5 点左右，阳光穿过云层，简直有清晨的明媚，加上屋后空气干净，阳光更显得清爽，清爽地照着麦田，照着封路的拖拉机。我赶紧喊侄女出来看，又想到她昨天背的杜甫的诗，便告诉她说：“这就是‘迟日江山丽’啊。”“迟日江山丽，春风花草香。”这样的天气，可以让人暂时忘记头顶的乌云，想象一下即将到来、终将到来的春天。

下午有个让人不安的消息：钟南山等专家的一篇论文中说，新冠病毒的潜伏期最高可达 24 天。腾讯新闻、第一财经等好几家媒体都转了消息，但于具体细节却语焉不详——也许是论文本身就没有细节披露。我不懂英语，也没法去网站看论文，于是更加不知所以然。钟南山团队很快出来解释了，说论文并未发表，还在专家评议阶段。至于潜伏 24 天的，仅仅是千余病例中的个例。

也有让人欣慰的消息——在微信里看到许多视频，方舱医院里，病人跳起了广场舞：生活再困厄，日子也得过。我们不在现场，对其总有风雨如晦的想象。倒也不能就此说武汉人如何泼辣、豪爽——仅仅是人生命力的自然呈现，在哪里都是一样的。

我们编辑部的微信从昨天开始恢复推送，今天推送的是普希金的经历。说 1830 年秋，普希金遭遇霍乱暴发，交通封锁，他在波尔金诺滞留了 3 个月。这期间，他完成了大量作品，因此他的这段时间被称为"波尔金诺之秋"。从 1 月 21 日至今，我居家封锁已有 20 天，这是我 10 年来最煎熬也最清闲的 20 天，除了每天千余字日记，再无产出。也许可以慢慢写点别的吧。

今日全国累计确诊病例 40261 例，新增 3063 例，湖北累计确诊病例 29631 例，新增 2618 例。潜江继续保持低增长：新增 3 例。但即便如此，即便潜江严防死守，也有 85 例了，跟甘肃、天津差不多。

逆袭的早春

姚中华

没有人想到，这个早春，一个在千里之外、遥远而陌生的城市，竟然会与自己的生命健康息息相关、紧密相连。

早晨起来，我透过窗户向外望去，大街上空寂而冷清。鼠年新年的帷幕刚刚拉开，往年，正是人们走亲访友、逛街赏会的日子。而此时，小城安静得如同一座孤城，像是刚刚经历了一场劫难。春晚那句刚刚流行起来的“鼠年，鼠你快乐”瞬间变成“鼠年，鼠你警惕”——神州大地正经历着病痛，人们并不能确切知道这种新型冠状病毒的传播机理，只能被动接受一个事实：干咳，变得可怕；发烧，成了最让人担心的事情。

工厂延期开工，学校延期开学，人们待在家中。据说这是防控疫情最有效、最实用的方法。宅家休息，本来是十分难得的事情，但被贴上“防范疫情”的标签，就成了不祥的代名词。这种间接式的“隔离”对许多人来说有一种说不出的煎熬，它让人压抑，更让人沮丧——一场黑色的风暴席卷了神州大地，让原本喜庆的传统节日黯然失色。

电视里滚动播放着有关疫情的消息，手机被一条条接踵而至的真假信息刷屏。

浩浩长江，悠悠楚天，那座“一城分三地，三镇压两江”的古城，吸引了人们的眼球，也成了全世界关注和谈论的焦点。这座有着“九省通衢”之称的城市，早已是万里长江上一颗璀璨的明珠，平日里灯红酒绿、车水马龙，而如今，它却被如洪水猛兽般蔓延的疫情侵扰得支离破碎，折磨得遍体鳞伤。封城、隔离、抢救物资告急……街头警灯闪烁，救护车呼啸而过，一支支驰援武汉的白衣队伍，让人想起十几年前“非典”时期那些令人惊悸难忘的场景。一座城，有牢固坚硬的钢筋水泥支撑着，却被比虫豸小了很多很多的病毒推到了悬崖的边缘。有人叹息，生命原来是如此脆弱，如此不堪一击。

天，终于渐渐放晴。上午 10 点，久违的阳光穿过厚厚的云翳，照在大地上，有些晃眼。

我走出家门，想到不远处的公园里走走，那里树木繁多，空气清新，应该是安全之所。

在小区门口，门卫拦住了我的去路。几位原本和蔼可亲的门卫变得十分严肃——他们统一佩戴红色袖章，正襟危坐，眼睛在口罩上方警惕地闪动。一名门卫指了指身边一块巨大的白色告示牌，另一位则用测温仪对着我的额头测量了一通，看到我体温正常，这才示意让我出去。我知道，疫情如敌情，并非个别小区实行严格管制，就连乡村村口也有人站岗放哨。面对灾祸，人与人之间的信任早已不堪一击，如同一张不能遮风挡雨的薄纸。

大街上空空荡荡的，原本生意兴隆的几家饭店，大门紧闭，只有崭新的春联，流露出一丝过节的意思。偶有一两个路人，也行色匆匆，戴着口罩，只露出两只眼睛，让人看不清面目。车辆稀少，偶有一两辆，也是急驶而过，像是正在经历一场逃亡之旅。

公园在小区的对面，以小城一位古代名人命名。平日，这里遛弯的、晨练的，人满为患。现在，整个公园阒无一人。一棵光秃秃的树上挂着一只风筝，被风吹得左右摇摆，那是年前几个嬉耍的少年留下的遗憾，但此时，这里已无少年的身影。一个人踟蹰在寂静的小路上，我能听到自己的心跳。

公园湖边，几处芦苇早已枯萎，枯黄的茎秆连接着冰冷的湖面。我突然看见几只水鸟在芦苇丛中，一边游弋，一边觅食。我不知道这种被俗称为“水咕噜”的水鸟来自何方，又是如何来到这座公园里狭小的水面，并且驻扎生存下来的。儿时，在家乡广阔的水域，我经常能看到这类水鸟的身影。这些看上去小巧玲珑的水鸟，水陆两栖，行动敏捷，想捉住它们，绝非易事。有时，我见到它们，喊一声“水咕噜子不穿裤子，丑呀”，它们就立刻钻进水里了。而如今，在这座北方城市，鳞次栉比的高楼把城中仅有的水面压缩到公园一隅。水鸟在这片弹丸之地栖息，随时要面对天敌的威胁，还有人类的侵扰，它们能够繁衍生息，实属不易。看着它们孤独而弱小的身影，我心中滋生一种怜悯，也油然而生一种敬意。

这些弱小的生灵与我们人类到底有着怎样的关系？看着湖面上漂游的水鸟，我又想到这次疫情。现代科学基本确认，这次疫情的罪魁祸首是寄生在野生动物身上的冠状病毒，有人吃了野生动物，它们也就将病毒传播给了人类。人类曾经与万物共同拥有脚下这片土地，如今主宰了这个世界，为了满足一时的所谓口福，大开杀戒，疯狂杀戮，飞禽走兽，甚至虫豸都成了盘中美食。病毒的传播、蔓延，就像是一种报应。

一阵风吹过，水面荡起了波纹，水鸟受到惊扰，立刻消失得无影无踪。

公园深处，两棵小树上悬挂着一条红色的横幅，上面写着：“武汉加油！天佑中华！”横幅被寒风吹得左右摇晃，但望着那横幅，我的眼睛有些湿润，我似乎听到了那座正在病痛中的城市发出一声声凄厉的呼唤，一声声沉闷的呐喊。

寒冷的冬天尚未过完，我不知道，人们迎来的将是怎样一个逆袭的早春。

围城之战

谢春卉

一

司机师傅说到了，将车停在了酒店门口。一个小个子男人机敏地从大厅跑出来看了看，又跑了回去。我下了车，坐在前面的社区胡主任让我先在车里等着，我又钻回了车里。七八分钟后，她从酒店拿出两张纸来要我签字，我签完后她拿起其中一张返回酒店，另一张则交给我自己保管。又过了一会儿，在这幢大楼房山上的一个小小的侧门前，她递给我一张房卡说，6 楼，你自己上去吧，有事打电话。说完，她挥手和我告别。

楼梯间回荡着我一步一步拾级而上的声音。走到四楼，我停了停，发现所有的声音都戛然而止了。到了六楼，傍晚的光正从昏暗的走廊里透出来，长长的走廊如同一条长长的时光隧道。我从一个个敞开着门空无一人的房间门口掠过，感觉这栋大楼里只有我一个人。想到这里，我吓了一跳，加上长长的走廊带来的压迫感，我心想到了晚上，大概会很糟糕。

来到走廊的尽头，打开门，放下行李，听到隔壁房间传来一位年长的女性操着四川口音打电话的声音，心里稍感安慰。于是终于有心思审视这个房间。这个宾馆是近几年呼伦贝尔旅游业兴起后新建的，这个房间是一个有两张单人床的标准间，其中一张床上的被褥已被撤掉，卫生间里的盥洗用品也只保留了单人份。新兴的旅游胜地到了冬季，罕有人至，空置了几个月的热而干燥的房间弥漫着淡淡的 84 消毒液的味道。我打开窗户通通风，冷空气呼地灌进来，几分钟后，我不得不把窗户关上。

来的时候司机师傅（后来才知道那是社区陈书记）说，到了就吃饭，看看手机，确实快到晚饭时间了。不一会儿，电梯轰隆隆地升了上来，身穿防护服，戴着帽子、口罩，全副武装的工作人员开始为大家分发晚餐。工作人员推着餐车挨个核对门牌号码，这时我才发现这层楼里除了我与隔壁的老人，还分散住着其他几个人。工作人员将晚饭递给我的同时递给我一支体温计，并嘱咐我用完后放到走廊尽头的一个桶里。等我吃过晚饭、测完体温，打开门准备完成工作人员的嘱托，却发现走廊已经变得乌漆麻黑犹如一个沉寂的黑洞，我赶紧将头缩回来，把门关上并将房门反锁。

这一夜我睡得非常不好，房间里燥热的空气刺激得我鼻腔生疼，我在一呼一吸的酷刑间辗转难眠，最后不得不重新打开窗，这样才好受了些。然后我就开着窗户睡着了。半夜，我在半梦半醒中觉得身上一阵一阵发冷，我心想，难道我发烧了？发烧是当下的热词，所有行动都围绕它而展开。我彻底清醒了，从床上跳下来关上窗户，房间已经被冻透了。我把卫生间的花洒打开，调到最高温度喷了十来分钟，又将毛巾沾湿搭在床头柜上，鼻子的不适才得到缓解。可惜之前我没想到这个好办法。所幸第二天我什么事也没有，依旧健康。后来，我将这事讲给前来接我们的社区陈书记听，他情绪激动地大声责备我说，你胆子也太大了，你要是这个时候被冻感冒了发起烧来，说都说不清楚。我说是，我当时也意识到了这一点。

第二天，有好几拨人分别给我打了电话，社区、医院、疾控中心，问的问题都差不多。一位护士小姐姐加了我的微信并将我拉到一个叫“美柯曼尼酒店隔离群”的群里。她要求大家每天上午、下午测量体温并发到群里。到了群里，我才知道这栋大楼2、3、4、5、6层分散住着30多位像我一样由外地返回的隔离人员。我添加了一位由武汉返回额尔古纳的王姐的微信，她问我，你是谁？我说，美柯曼尼“难友”，她快速通过了我的加友请求。她在武汉经营着一家蒙餐餐馆与一家烤全羊餐馆，她说武汉人很喜欢呼伦贝尔的羊肉。她1月9日由武汉返回，居家隔离，2月14日又被带至酒店集中隔离，她没有丝毫怨怼，她说，想想吧，想想那些舍生忘死奔赴一线的医生、警察、社区工作人员和志愿者，和他们比我们在房间里多待几天又算得了什么呢。

二

我预订的是1月30日北京飞海拉尔的机票，正月初五，工作人员入户登记外来人口，我兴高采烈地从卧室跑出去说我明天就走了，但很快我就发现自己走不了了。30日，呼伦贝尔市对全市各旗市区之间所有交通路口实行交通管制，长途公共汽车也于26日就已停运。之前，我联系了海拉尔至额尔古纳的出租车，司机满口答应，但到了29日，他态度变得越来越不明朗。下午3点多，司机给我打电话询问我乘坐的航班到底能不能正常起飞，我说这要第二天才能知道，他说第二天就封路了，不能接我了。我听了十分沮丧，向几个好友群求助，影协的两位老师分别帮我联系了一位车主。第一位车主当时说可以，但到了晚上，我看到几个朋友圈转发的进出海拉尔封路的视频后，心里愈发没底，晚上10点多，我忐忑不安地向司机师傅求证，他态度已经完全转变，说，不行，明天去不了海拉尔了，封路了。我立即致电第二位车主，这个人直截了当拒绝了我。无奈之下，我只好给单位领导发了条信息说明情况，之后退掉了机票，退票时我发现中国民航局从28日已经开始全额为旅客退票了。

时间继续向前回溯，1 月 9 日，我预订了 23 日和 30 日海拉尔往返北京的机票，计划由北京回河北陪父母过年。我的父母起先生活在呼伦贝尔，最近几年过着候鸟式的生活，夏天回呼伦贝尔，冬天来河北。就在那时，新型冠状病毒的报道在网上就已经有了，我当时随手点击看了一下就失去了兴趣，也未再继续关注。临行前几天，在北京工作的妹妹突然给我发送了好多关于新型冠状病毒的新闻报道，当时我忙于手头的工作，匆匆瞥了一眼，大意是要戴口罩和勤洗手，于是在家门口药店买了医用外科口罩一袋，5 元，20 只。21 日，钟南山院士肯定地表示新型冠状病毒存在人传人的现象，22 日，临行前一天，我妹妹又给我进行了大量科普知识灌输。半夜，她突然说，要不你别来了，我说那怎么行，我已经一切就绪，假已经请了，新年礼物也买了，票也订了，怎么能说不走就不走了呢。我说明天见。

第二天去机场的路上我觉得有些不舒服，之前办公室有位同事患了感冒，未雨绸缪，我打电话让母亲去买些抗病毒与治疗感冒的药。她去了第一家药店，药品已经售罄；在第二家药店里，她被火爆的销售场面所感染，买了 5 盒板蓝根、3 盒抗病毒胶囊与 3 盒连花清瘟胶囊，并买了一瓶 75 度医用酒精、一瓶 84 消毒液与一袋医用外科口罩。此时，关于病毒人传人的消息已经甚嚣尘上，但所有的出行都已如同箭矢在弦，不得不发，动身早的人或许已在旅途或抵达终点。

机场里只有一部分旅客戴了医用口罩，机场工作人员则无人佩戴口罩；上了飞机，坐在我左右的乘客均未戴口罩，但空乘人员全部戴着口罩；到了大兴机场，我听到两位保洁阿姨正在商量到底用不用戴口罩，我当时心想，事情并没有那么糟啊。与妹妹会合出了大兴机场到 106 国道服务区后，她说你来开吧，我坐到驾驶座上，开车驶向大广高速。

赶着回家过年的车辆在高速公路上汇成一道光河，公路两旁燃放的烟花如同一只只水母优雅地在夜空升起又砰砰炸开，好像一支夹道欢迎我们的仪仗队。一个多小时后，我们到了家，年近七旬的父母如同两只欢快的小燕子雀跃着前来开门，窗外爆竹声声，处处阖家欢乐。我们还不知道，此刻万家团聚，却已经有医护人员倒在了抗击病毒的工作岗位上。我们没能想到，新型冠状病毒最终会以燎原之势迅速席卷整个中国，所有人都被裹挟，没人能够幸免和置身事外。

三

第二天是大年三十，早上天还没亮，母亲就做好了早饭，还炖了鱼。父亲此前在张祖庄照顾95岁的爷爷，母亲说父亲是为了看我和妹妹一眼，昨晚特意骑了一个来小时自行车从村里赶回来的。早晨，父亲在餐桌前同我们坐了坐就赶回了村里。

下午我和妹妹开车经112国道和030省道过定兴县城回张祖庄看望爷爷。沿途鞭炮声此起彼伏，神州大地都沉浸在节日的气氛里。公路两旁出售年货的村民还在出摊，并没有赶着回家过年。没有固定收入，没有医保、社保，打工与做小商贩是附近村民的出路，否则就没有养家糊口的保障。

到了张祖庄，父亲、四姑父与四姑父的儿子勇儿弟弟刚刚为爷爷贴完春联。春联照例是爷爷自己写的，一进门的影壁墙上是“天增岁月人增寿，春满乾坤福满门”，房门口的是“太平真富贵，春色大文章”，都是祝福的话语，但新冠肺炎的消息压在心上，我看着这些春联，竟品不出是什么滋味。

给爷爷带的礼品没来得及拿下车，又从别人拿给爷爷的礼物中挑了一堆装到车上，不外乎酒、水果、牛奶之类。我载着这些东西拉着父亲又去看望了另外几位长辈。乡村小路十分狭窄，会车时两车几乎要贴到一起。在二奶奶家多坐了片刻，这位老人与爷爷同龄，看上去比爷爷还要精神，只是耳朵有点背。我们谈到病毒，奶奶没听懂，奶奶说她每天都去遛弯儿，走好远，我父亲说你可小心点儿，别感冒，她说，我绕好大一个弯儿才回来。

晚上回到家，我觉得还是有些不舒服，母亲向我们展示了她买的药，十分壮观的一大包。我十分清楚这个时候感冒是很吓人的，于是给自己下了猛药，板蓝根吃了两袋，连花清瘟胶囊与抗病毒胶囊也吃到最大剂量，各 4 粒。吃完这些药我就饱了。这些清热解毒的药性寒凉，不适合我的身体，第二天早上起来我照镜子，一看吓一跳，脸都变成了青绿色。

大年初一，我们没去给爷爷拜年，主要是因为拜年的人多，我怕感冒加重。母亲给亲戚们打电话说我感冒了，大家都别来拜年了，这样我们也不必出去拜年。没打电话的亲戚也没来，可见大家都明白当下的形势。小区里十分安静，下午 4 点多，小叔来了，小叔在我父母居住的徐家营新村小区旁边的长城汽车制造厂烧锅炉，下了班就来坐一坐。小叔家是典型的农村家庭，为了攒够养老金，小叔与小婶年过六旬仍在打工，小婶与他们的一双儿女在北京打工，他们过年都没有回来。

我按照自己开的方子小心吃药，片刻也不敢马虎，吃了几次，症状消失，我就把药停了。

四

大年初二我开车拉着母亲又回了一趟张祖庄。妹妹未与我们同行，2003 年，她在天津读大学时经历了“非典”，比我们多了一份警惕心。我与母亲走了一条与上次不同的路，这条路更近些，路上虽不及往年热闹但车辆也川流不息。

到了张祖庄，我爷爷跨过地上小山一样的礼品翻箱倒柜要为我找两本书，找了半天终于找到了，是一本《孙禄堂武学论语》与一本他自己手抄的《岳家拳谱》。我并不习武，但这更像一种仪式，每次我来他都要送我一两本书或者几支笔，有一次他把他的一位徒弟送给他的一块雕刻着复杂的龙凤图案的砚台也给了我。

过了一会儿，一位大伯来与爷爷闲坐。我们不在的日子里，附近的几位叔伯每天都会来陪他闲坐——我爷爷一不小心就成了这附近最年长的人，去年，一位80多岁的老人还来给他拜年。

我坐了一会儿就从家里走了出去，在大门口遇见一位表叔，他笑嘻嘻地盯着我看了几秒问，老大还是老二？我说我是老大，他说，嚯，可有几年没见着了，我说是呀。他打开提着的方便袋让我吃里面的瓜子和花生，我指了指脸上的口罩说，我戴着口罩，就不吃了。他有点尴尬，说你做得对，从外面回来的都戴着口罩呢。

我在大街上游荡。这是冀中平原一个普通的小村子，几十年来，村庄变化很大，平房变成了楼房，墙变得更高了。路上结的冰已经开化，道路泥泞，几个半大孩子嬉笑打闹着从我身边经过。再往前走，村子中央最大的超市正在营业，一辆卖糖葫芦的三轮车停在超市对面的路口，旁边的水果摊上堆了一大堆柑橘和礼品盒，远处另一个水果摊上也堆着差不多的东西。街上人不太多，但人来人往，并无慌乱。

我刚走出没几步，大喇叭就响了。我仰头向四周看了看，并没有找到喇叭的影子，但这并不妨碍我停下来认真听。我一边听一边想象着这洪亮的声音正由某个树杈或电线杆子上滚落下来灌满整个村子。我对这些喇叭充满了感情——我小时候曾经在这个村子里生活过两年，现在大喇叭一响，直接把我喊回了童年。后来我在村委会的院子里见到了这些喇叭，它们端坐在一根比移动信号发射塔略低的被漆成绛红色的细长的金属柱子顶端，透着工业时代的朴素与怀旧色彩。

大喇叭里说，大家注意了，大家注意了，现在这个疫情啊，大家都知道了……从今天开始，咱们村的路都封了，只留下一条路由人守着，进出的人需要登记、测体温……有要来串亲戚的都劝劝他们别来了，你们也忍几天，先别出去了……从外面回来的人啊……武汉的……

当它说到“武汉”的时候我就忍不住紧张起来，我很怕听到一些不好的话，如果它说出那些话，作为一名张祖庄人，我将感到羞愧。

但是它没有说，它说，从外面回来的人啊，不管是武汉的还是天津的、上海的，都来大队里登个记、测体温，自己在家隔离 14 天……

回到徐家营新村，小区门口已增设身穿防护服的检查人员，我妹妹蒙 E 牌照的车毫不意外地被拦了下来。我下车接受登记并测体温，我母亲由于在此居住，未被要求这样做。

五

初三，我妹妹回了北京，她带来的拉布拉多犬活泼而扰民，于是她和狗就先走了。她走时给我留了 4 个 N95 口罩。之前我打算在北京逗留几天，她算计着 4 个小时换一次口罩，打算给我留 20 个，后来形势严峻，我说我不去北京了，但我需要取道北京回呼伦贝尔，她想了想，给我留了 4 个。她说在北京，那种普通的医用外科口罩也不好买了，我把在家门口药店买的 5 块钱 20 个的口罩拿出两个，剩下的都给了她。那时候，我还没看到我的家乡满洲里市人民医院和呼伦贝尔市人民医院盖着大红印章的向社会发出的接受捐助的公告，不知道呼伦贝尔的口罩也已经脱销。妹妹返回北京后，给我们在杭州市临安人民医院工作的姐姐又寄去 30 个 N95 口罩。我姐姐的科室收治了 3 名确诊病例，她说他们什么都缺，这让我们格外心酸与难过。同样的话，后来我又听到一位在医院工作的同学说过一次。我妹妹只有 50 个专业的防护口罩，是病毒会人传人的信息公布后在网上抢到的。后来她还想再给姐姐多筹些这种口罩，毕竟这是一道生命屏障。她问了在日本和澳大利亚的朋友，但得到的消息是口罩已经脱销。

初四，我一个人骑自行车穿村回了张祖庄。我对眼前那些村庄抱有少小离家老大回式的情感。这些村庄紧密地挤在一起，并且外表十分相似，这导致我从小到大一直分不清它们谁是谁。如果不是因为突如其来的疫情，我原本打算在高碑店逗留期间每天骑自行车穿过一个又一个村庄回到我小时候住的那个村庄，我觉得这是一件有意义而且有意思的事。

我戴着帽子、口罩和手套，在空荡荡的田野上穿行，不与陌生人亲密接触，我想这就可以。吃过早饭我就出了门，小区门口穿防护服的检查人员已经上岗。我跟在一辆垃圾运输车与一位骑电动车的姑娘后面出了小区。才过了一天，街上已是天壤之别，前天还车水马龙的大街，此刻空空荡荡没有一个人影。

向前骑行了一段距离，遇见一个路口，我就拐了进去，沿着窄窄的乡间小路进入前面第一个村子。村子里静悄悄的，除了风声，什么声音都没有。又骑了一会儿，遇到一位晨练的老人，我问他去张祖庄怎么走，他帮我指了路。我向前骑了一会儿，发现自己走进了一条死路——村子里的道路实在让我头疼。我返回去，看到老人一直站在路口等着纠正我的错误。

我按照老人的指引沿着正确的道路走了一段儿，马上要走出这个村的时候，一堆土出现在了马路上，这是前天封路的结果。我提起自行车从路下面绕了过去。走出这个村，眼前是一片庄稼地，地里同样一个人也没有。天空灰蒙蒙的，这在呼伦贝尔代表着夜幕降临或者暴风雨将至，但现在是早晨 8 点多，太阳将要从灰暗后面挤出来。长尾巴的灰喜鹊啄破寂静闯进了这安静的世界，我停下来听了听，又听到很多种鸟叫声，叽叽喳喳，十分悦耳。

一辆电动车在田间小路上疾驰，我问上面的人，前面是史家镇吗？电动车从我身边噌地一下呼啸而去，上面的人没听到我的问话。但前面显然就是史家镇，村口的一块牌子上写着史家镇 ×× 诊所。史家镇并不是镇，而是高碑店一个比较大的村，也是我姥姥姥爷住的村庄。我姥爷以前是村里的先生（医生），已经去世了很多年，不知道人们还记不记得史家镇的朱先生。

村里的人多了起来，街上人来人往，人们神色平静，村中央还有村民聚堆神侃，一切看来都很正常。我想去我姥姥家的老院子看一看，但我找不到路，我的两位舅舅也已搬去了高碑店城里，我只能在迷宫一样的村里转了几圈以表怀念。

出了史家镇我又迷了路，跟在一辆卖糖葫芦的三轮车后面骑了一会才找到另一个村口。村口横躺着一株大树，把路堵住了。大树根部被斧头砍伐出的白森森的茬儿昭示着自己的无辜。树在村庄并不会被轻易砍掉，可见是发生了大事情。

吃午饭时我成功抵达了张祖庄，小叔、爷爷见到我都很高兴，父亲则一脸惊喜地呵斥我乱跑。这是一段难得的宁静与温馨的时光，吃过午饭，说到病毒与死亡，我爷爷拿出他手抄的内家小周天心法，对我说只要练习这个就能活到 100 岁。对此我并没有兴趣，但我装作感兴趣的样子陪他一字一句地读，读完这个又读了他手抄的《春秋》中的项橐阻车，父亲与小叔坐在旁边一边听一边打趣我们。

难得的岁月静好，如同暴风雨将至的前夜。很快我母亲就发来微信说，小区已发布消息，从即刻起，只许出不许进，我说，那我怎么办？我父亲十分担心，执意要将我送回去。傍晚时分，我们回到徐家营新村，小区门口的工作人员明显多了起来，还好，都很讲道理，只说明天别往远处走了，并指了指门口的超市和药店，表示最远只可到达那里。一位工作人员还想与父亲拉拉家常、聊聊呼伦贝尔的疫情，但我父亲惦记着爷爷，心不在焉。

第二天天不亮，父亲没吃早饭就走了，一直到我离开也没有再见到他。

六

初五，我陷入回不去家的焦虑中。

从这一天开始，我就再也没有下过楼。在高碑店逗留了 12 天，我一共出过 3 次门。

第二天是30日，大年初六，糟糕的消息传来，高碑店市确诊一例新冠病毒感染者，另有一例疑似，由此隔离了72家。小区防控全面升级，门口的超市与药店被关了，全体居民不得外出，出去就不要回来。

下午又有了更糟的消息，在某村的微信群里，村干部说刚刚接到上级电话，史家镇出现3例不知是确诊还是疑似的病例。各个村的村干部在大喇叭或微信群里声嘶力竭地重复着注意事项，所有人都清楚地感觉到，病毒离我们越来越近了。

晚上，妹妹发来前两天她与一位朋友——北京协和医院急诊护士的聊天截图，那女孩儿说，从腊月二十八到正月初四，她一共睡了7个小时，一天就吃一个面包，3天洗不上脸，腰都要断了。她是谁的女儿，她的父母会怎样忧惧担心？同样是这一天，Police公号默默为第7名牺牲在抗击疫情第一线的民警送行。我太了解他们了，常年超负荷工作，在如此重大的疫情面前，有人那根常年绷着的弦终于绷不住了，嘭的一声断了。

这一天唯一的好消息是有网友推送了各地收留武汉人的组织的信息汇总，之后更多的人加入帮助流落各地的境况窘迫的武汉人的行列。

七

当事态溢出物种的边界、溢出抗生素的谱系、溢出人们的想象并以它自己的节奏让人们感知到它的存在，没人知道最坏的结果。史家镇出现的3例病例确诊了，大家真正意识到了这件事情的严重性。各小区要求，自31日起，全体居民不得下楼，禁止在楼下遛弯儿，因为不知道谁才是那个“潜伏者”，就如同不知何处藏匿着一枚定时炸弹，只有每个人都待在自己家里，大家才能安全。

短暂的惊慌过后，人们反而平静了下来，平静下来的人们立刻将这件事情想明白了。之前还有年长者由于想外出而与值守人员发生过冲突，现在也统统明白过来了。附近的一家企业为小区工作人员捐了一顶帐篷，超市捐了 4 箱点心，药店捐了 3 袋口罩，村民们也三五百的为门口的工作人员捐款。

所有人夕惕若厉。但我需要回家，回到千里之外的呼伦贝尔。与妹妹探讨出行方案，觉得公共交通工具无疑具有潜在的危险，她说你开我车回去吧。我想病毒虽然恐怖，但只要小心谨慎，防护得当，还不至于无孔不入，亦未想过要千里走单骑，因为开 20 个小时的车对我来说几乎如同穿越病毒隔离区一样可怖。我说再等等，之后我又开始在各个群里广发求助信息，一是找车，二是征司机。

31 日这一天，一位影协的老师说他过了初十要从海拉尔返回额尔古纳，可以捎上我。我喜出望外，赶紧订了 4 号从北京至海拉尔的机票。

2 月 1 日这一天，高碑店下雪了，我不太敢发朋友圈，我的同事们都在零下 30 多摄氏度的严寒里夜以继日地战斗在抗击疫情的第一线，而我却安之若素地躺在床上写一些鬼画符似的文字，这让我觉得我自己像个逃兵。我一边在床上躺着一边觉得身体里好像有什么在蠢蠢欲动，不时有刺痛在手腕处、胳膊处或者随便什么地方游走，头也昏昏沉沉，我心里一惊，赶紧将这些异样与新冠肺炎症状相对照。我母亲正将房间当成操场跑来跑去，制造出很大的声响，想引起我的注意，我假装没听见，以掩盖内心的惊慌。

第二天，这些症状似乎更重了，我对我母亲说我不太舒服，可能又要感冒，但我心里想的是，万一不是感冒怎么办？我母亲吃了一惊，之后，我们分开吃饭，她打开窗户通风，用 84 消毒液将所有的房间都擦了一遍。我躺在床上，心想，万一不是感冒，这样做恐怕已经来不及了。我并不怕死，但想到会让别人受累就觉得万分愧疚，尤其是我的母亲，我们共居一室，最先连累到的应该就是她。

我一边仔细捕捉身体里的各种蛛丝马迹，一边将我从 23 日起乘坐出租车离开额尔古纳到现在走过的所有路、遇到的所有人以及各种细节都在心里像看影片一样筛查了一遍，尤其是初四那天骑行经过史家镇的细节。那时我一直戴着口罩，距离任何一个人都在两米以上，没有同任何人有过任何接触。最后我得出结论，这是上次我用大剂量中药制剂压制下去的感冒并没有完全好，现在它又卷土重来了。想明白这些，我起床吃了一粒复方氨酚烷胺胶囊，又睡了一觉，之后一切又重新好了起来。

我小叔同他的7位同事被困在了厂里，无法回家，因为他们每天要穿过两个出现确诊病例的地区，这让村民们十分恐慌和不满。

八

没有车，2月4日，我决定步行去高铁站。我是早上7点55分的票，所以最晚6点半我就需要从家里出发。从徐家营新村到高碑店东站共3.2公里。我想象了一下，路边四野荒僻，没有人烟，路上几乎没有行人，这应该会是我走得最悲壮的一条路。

我母亲不让我这样做，原因是早上6点到7点天还没亮，不安全。我小姑请示了门口的值守人员，确定可以骑电动车送我。早上天还黑着我们就出发了，小区的工作人员郑重地对我小姑说，注意安全，快去快回。

路灯照耀着空荡荡的街道，除了我和我小姑，没有人，没有车，一列动车逃跑似的从我们头顶的高架桥上飞快地跑了过去。

到了高碑店东站，门口两位身穿防护服的工作人员为我测了两次体温，7名特警一字排开要求我举起自己的身份证在一张宣传牌下拍照并留下联系方式。车站当时只有8名乘客，电子屏幕上滚动着抗疫标语与列车时刻表，“保春运庆春节”的横幅下，一对母子正在候车。

高铁进站的时候，只有一两个人影的车厢从我面前一晃而过。我乘坐的车厢里则一个人也没有，我随便找了个位置就坐了下来。乘务员给我发了一张表格，要求我填完后下车时投到车站指定的箱子里，表格要填姓名、身份证、电话号码等个人信息，还有在北京的住址，到北京后去哪儿，乘坐什么航班或火车，等等。

我拍了空无一人的车厢发给小姑，我说车里一个人也没有。小姑说她看见了，她返回的时候恰巧有一列动车迎着破晓的晨曦从她头顶呼啸而过，她一抬头就目睹了一列火车拉着空气在大地上跑来跑去。除此之外，宽阔的空无一人的双向八车道的马路上只有她的一辆单薄的电动车发出电流的吱吱声；工厂停工、商铺也关了门……

在同样空荡荡的北京地铁上，我拍了张照片发给妹妹，她大概从来没见过如此模样的北京地铁，她说你这真是段奇妙的旅程。但我不觉得奇妙，我突然头疼欲裂。随着车辆的快速移动，我两眉之间的松果体似乎要携带万丈光芒从头脑里蹦出来，我赶紧闭上眼睛压制强烈的要呕吐的冲动。到了机场，这些莫名其妙的症状才消失了。我说我晕车了。我妹妹说，你好好的。

候机时，读网上消息，不断攀升的感染人数与死亡数字，不断奔赴前线又不断折戟的医护人员、军人、警察和志愿者，一幕幕悲剧上演，一系列复杂的、深层次的社会问题暴露。我想，只有我们全社会做出反思（所幸这种反思已经开始），才能直面那些死亡、泪水以及感动，才对得起那些枉死的人，才对得起那些前赴后继奔赴前线的战士以及以身殉职的英烈，才对得起整个社会为此付出的沉痛代价。而相较于成为英雄和烈士，我们更希望我们的每一位亲人与战友每天都能平安归来。

从早上快 7 点走出家门，一直到晚上 7 点 10 分飞机落地，除了在机场安检时短暂地取下过一次口罩，我在 12 个小时里再没摘下过口罩、没喝过一口水吃过一口东西。飞机将要降落的前半个小时，我都处在崩溃的边缘，口干舌燥、羽绒服捂得满头大汗却不敢脱，口罩勒得耳朵剧痛，我不由得想到那些十几个小时穿着防护服，不敢喝水，不敢上厕所，口罩将脸勒出伤痕的医护人员，不知他们怎么咬紧牙关挺过来的。

在从海拉尔到额尔古纳的129公里的雪原公路上，我只看到3辆车。晚上9点，我们到达105检查站，零下30多摄氏度的严寒里，两位年轻的警察正在简易板房里值班。

九

有一天，隔壁的阿姨打了一天电话，我在她的四川话中一次次入睡又一次次醒来；又有一天，她打着打着电话，不知何故竟哽咽了；而在另一天早上，我听到她给前台打电话说她有糖尿病，早餐送来的包子她只能吃皮，粥也喝不了，但是鸡蛋可以吃，她让酒店以后早餐给她送一个馒头和一个鸡蛋就可以了，否则太浪费了。某一天，一位新来的隔离人员在群里责难护士小姐姐，他说他明明看到有那么多开着门的闲置的房间，为什么偏偏要他与另一位隔离人员毗邻而居，护士小姐姐说住过人的房间需要重新消杀和通风晾晒，暂时不适宜住人，但他依旧不依不饶。

我的一位在疾控中心工作的同学给我送来了水果与零食，这时我才知道，原来早在我们这个遥远的边陲小城准备欢度春节时，她们就已经全员投入疫情的防控当中了，从大年初一开始，她们几乎每天工作到凌晨两三点钟。而为了避免引起恐慌，她们的工作鲜有报道。

而在疫情暴发、人们恐慌时，市政府下令，所有医护人员与社区工作人员后退，人民警察挨家挨户走访排查。面对未知的病毒，我的一位有二十多年警龄的老同事坦然地说，在最危险的时候，不就应该警察冲在最前面吗？

我将美柯曼尼的早饭与晚饭拍下来发给社区的胡主任，她说，一天就吃两顿饭啊？我说，哪能呢。事实上，每顿的饭菜，从早餐到中午与晚上的两荤两素都变换着花样在做。而我们什么也不干，躺在床上饭来张口，实在是心中有愧。第二天，我又把午饭的照片发给她，我说挺好的，请全国人民放心。

我将同学送来的水果装在酒店准备的袋子里送了隔壁阿姨一份，由于隔离人员不能随意走动，我又托送餐的工作人员给楼下从武汉回来的王姐送去了一份。我跟工作人员说王姐之前说过她平时不吃水果，工作人员说没关系，她不吃的话我再给您送回来。

解除隔离的那天，我快步穿过走廊走向楼梯，走到一半，我听到身后有一扇门咣当一声打开了，我没在意。走到楼梯口我又后悔了，我提着两件行李呢。我心想，之前不准乘坐的电梯此时应该可以乘坐了，于是我又掉头往回走。回过头来，我看到隔壁的阿姨站在门口正准备同我话别，原来刚才是她在开门。她说你给我送了水果我还没来得及说谢谢（其实她已经说过了），我说您不介意就好。她问我住哪个社区，但很遗憾我不知道我居住的小区属于哪个社区，我就说我住在湿地小区，她似乎没听过，我说没关系，我们还会见面的。等到疫情过后，春暖花开，在我们这个只有几万人口的小城，也许在黄昏的广场或者黎明的早市我们就会遇见彼此。她没有戴口罩，我记住了她圆圆的白皙的脸还有她独特的四川口音。

王姐比我晚一天解除隔离，她说等一切都好起来咱们聚聚啊，我说好。

从电梯下去，我惊讶地发现，原本我以为应该空无一人的酒店大厅其实有十几位工作人员正严阵以待。金碧辉煌的大厅美而冷，果然我们以为的岁月静好，背后是无数人在负重前行。

至2月20日，疫情已全面向好。多少年后，当我们跳脱出来，由事件的亲历者变身历史的评判者，但愿我们都能记得当时的惊恐、无助与切肤之痛，记得当所有的窗户关起，吊桥升起，城门紧闭，看不见的敌人遍布四野，多少人绝望、哭号，多少人的命运就此改写，多少个家庭日夜忧惧，多少感染者躺在病床上无助地等待命运的宣判，多少医生、警察、军人、行政人员、志愿者、社区工作人员与村干部向死而生地奔赴一线才换来我们的余生。

从初一到十五

兰　文

封住了快乐心情

正月初十，阳历 2 月 3 日，是我们单位年后上班第一天。这次年假是我工作以后的最长年假，在完全猝不及防的情形下，降临到了我头上。

猝不及防降临的还有越来越可怕的新型冠状病毒。它彻底改变了这个春节的节奏，使玩乐成为往事，聚会成为传说。我们成了困在家中的可怜虫，有脚不敢迈，有嘴不敢张，只好整天守在家中，躺在床上。

我从未像今年春节这样睡这么多觉，仿佛多睡觉就是多做贡献，睡懒觉成了美德。路遥说过，他的早晨从中午开始，今年春节假期中的我亦如此：每天睡到上午 10 点多，吃完早饭都大约 11 点了，于是一日三餐改为两餐，省了粮食，肠胃也空前轻松。

吃了睡，睡了吃，我过着猪一样懒散的日子。全国上下，大江南北，城市乡村，处处都忙着画地为牢，严防死守，除了待在家里，还能去哪儿呢？路上关卡重重，遍布警惕的眼睛。大家都戴着口罩，碰到熟人打个招呼都太费劲。某日，我在小区遇到一女子喊我名字，那张小脸几乎全被口罩遮住了，仅露两个扑闪扑闪的大眼睛。我哪知她是谁呀，又怎么跟她交谈？

前几天住到我家的岳父母，整整10天没真正出过门了。他们的女儿有交代，外面太危险，防不胜防，只能待在家里。这可憋坏了他们，老丈人整天低头刷手机，刷着刷着就睡着了，呼噜声与视频声齐鸣。丈母娘神情恍惚地看电视，看着看着身上冷，无奈又钻被窝了。连续多日如此，谁能受得了！由于缺乏活动，丈母娘胃病又发作了。

无所事事的日子，逼仄的斗室，早晨睁眼盼黑夜，晚上睁眼盼天明，这哪是放假，纯粹在煎熬啊！

我告诉老婆和老人家，事情没有那么严重，全市没有几个病例，再说外面行人少，可以多去晒太阳，走走路，增强体质，提高免疫力。医生不说了嘛，对付新型冠状病毒还没有特效药，关键是要增强免疫力，让自身免疫系统把病毒消灭掉。

我的建议奏了效。当天早饭后，一家人一块下楼散步，这是岳父母春节以来的首次外出散步。阳光很温暖，可路上很冷清。小区两个无人值守的出入口已封闭，剩下有保安值守的南北二门。我们走到北门，两个保安和多名戴红袖章的志愿者严阵以待，给进出者测量体温。门口有张桌子，堆放了一些生鲜食品和快递包裹——快递小哥严禁进入小区，只能把物品送到小区门口，通知居民去领取。

门岗新贴了一张告示：谢绝外来车辆入内。几天前亲戚开车来时，还可以进入，可见防控力度正在一天天加码。各个小区能封则封，能堵则堵，把外来人员挡在门外。我在武汉念大学时申办了身份证，一直用着，两天前居委会同志打来电话，问我是否刚从武汉回来。这些天，所有武汉户籍、湖北户籍或使用湖北手机号码的人员，都被列为重点排查对象。

我们走出小区，来到一个健身公园，绕着公园周围走。健身公园设有跑道、乒乓球桌、网球馆、篮球场、小型足球场，以及多种健身器材，平时像菜市场一样喧闹，男女老少，各得其乐。疫情暴发后，公园被封，绳子和铁栏杆把园区严密围住，里面空空荡荡的，有个保安在来回巡查。

“封”成了今年春节的最热词，公共场所一个接一个封闭，家家户户封门谢客，我不去你家，你不来我家，大家在自家转悠。段子说得好：上床是梦游，下床是周边游，到客厅是省内游，到厨房、卫生间、阳台是国内游，下楼扔垃圾是出国游，出了小区是太空漫游。

此时，老婆及岳父母继续在健身公园周边太空漫游，我则要漫游到一两公里外的工作室了。走，到工作室干活去！

春节最后的狂欢

沿途所见，无一人没戴口罩。虽然钟南山院士说，不是在疫情集中区或人员聚集区，走在空旷处不一定要戴口罩，因为口罩供不应求，大家要省着用，然而人们对病毒，宁可信其有，不可信其无，戴口罩成了出门标配，如果没戴，反而会觉得自己很另类，还会处处遭遇灼人的目光。

路上两侧店面基本还在闭门谢客之中，店家开也不是，不开也不是，个别店家贴出了延期开业的小告示，至于延到何时则是未知数。有零星几家店面开着门，包括花店、药店、小商店等，顾客稀稀拉拉。一家超市门口还贴着入店先测体温的告示。公交车乘客三三两两，几部跑空的出租车慢悠悠地开着，载着生鲜食品的电动车来回穿梭，显得很忙碌。已经正月初十了，这里还寂静得像往年城里的正月初一。

办公大楼的两个人行通道被关掉了一个，保安拿测温枪对着我额头量体温，我没听到熟悉的嘀的一声，不知是操作不当，还是仪器故障，测了几次都没有，保安只好放行。大堂里没有一个人，电梯按键被一次性薄膜覆盖着，可能是用来防止病毒遗留在按键上的。这次疫情可算大大强化了人们讲卫生的意识，知道了按电梯键要用纸巾护住手指，回家后首先反复搓洗双手，鞋子要放到阳台上晒太阳杀菌，拖地前喷上消毒水，等等。

我工作室所在的楼层，共有十几间办公室，都还关着门，走廊里寂静无声，人们还待在城里的家中，或者乡下的老家。为了觅食，我算是早起的鸟儿了。坐在久违的办公桌前，回想起这个最最特别的春节，我感触良多。

正月初九是闽南“天公生”的日子，往年正月初八晚上 11 点，子时一到，鞭炮轰鸣，我所住区域按规定是严禁燃放鞭炮的，然而禁令挡不住百姓千百年形成的习俗。天公指玉皇大帝，正月初九是天公生日，这天闽南人设香案，放鞭炮，祭纸钱。纸钱是特制的大号“天公金”——一种折成金元宝样子的金箔纸。祭祀食品必有红龟粿（粿由米浆加配料制成），呈乌龟模样，寓意长寿。一家人点香拜天公，婴儿由母亲抱着拜，外出的家人则由家中其他人代替上香。家里祭拜后，再到宫庙里祭拜。宫庙通常会演出折子戏、歌仔戏、木偶戏等，热闹喜庆。可是今年初九，我没听到一声鞭炮，事后才想起“天公生”已经过了。

正月初五是传统拜财神的日子，闽南民谣唱道：“初一早，初二早（早起拜年），初三困到饱（当地初三忌讳串门，可以睡懒觉），初四神落地（把年前腊月二十三上天汇报工作的神仙接回来），初五隔开。”隔开，指的是正月拜年到此基本结束，商家在这天祭拜财神，开门迎客，开启新一年的营生。今年别说初五，就是到了初十、十五，10 家店面里开门的也还不到两家，餐饮店更是落寞萧条，财神爷被疫情无情地拒之门外了。

年前我邀请母舅家的几个表哥正月初三中午到我家小聚；除夕之夜，堂哥预约了初三晚上几个堂兄弟到他家喝两杯。这两个聚餐计划均被临时叫停了。听说有个婚宴在正月初二举办，原本邀请了20桌客人，结果来者不到两桌。比起生命安全，宴席显然算不上什么，谁愿意冒巨大风险去贪喝两杯酒呢？

往年正月初二，我闽西老家门口的公路上，车辆多得像落雨前搬家的蚂蚁，回娘家的车队浩浩荡荡，蔚为壮观。可今年初二，整个上午我呆坐家中，傻看外面，只看见一两部车子偶尔经过，像落单的候鸟发出凄凉的声响。

正月初一上午，我按惯例到邻居长辈家拜年，在互相串门的热闹人群中，只有3个堂侄子、堂侄女戴上了口罩。看他们到别家拜年时，不摘口罩不喝水不吃茶点，讲话闷声闷气的，我觉得特别怪异，心想，这几个年轻人反应未免过度了吧，怎么能戴着口罩向长辈拜年！

当天午后，我得知中央最高层刚开完会部署疫情防控工作，才意识到问题的严重性。自此之后，刚刚放飞的过年心情收住了，老家热闹的赌牌现象消失了，大家缩在家里看电视、刷手机。原本预备请客的好酒好菜好茶点，都留给自己家慢慢享用了。

我这才想起，除夕晚上到初一早上把我炸得彻夜难眠的鞭炮声，成了这个春节最初也是最后的狂欢。隆隆炮声迎新春，汹汹疫情锁门庭，这种春节体验以前没有过，也希望以后再不会有了！

没有花灯的元宵

不觉已到元宵节。我记得20多年前在中山公园，十多年前在白鹭洲公园，几年前在园博苑万民赏花灯、猜灯谜的热闹情形。闽南元宵旧俗有“钻灯脚”，这天晚上新婚媳妇要钻花灯，钻越多越好。闽南话“灯”与“丁”谐音，“钻灯脚”意味着要添丁。于是平日里羞答答的她们，元宵夜装扮得花枝招展，没有半点害臊状，哪儿人多往哪钻，一些调皮孩子便起哄：“钻灯脚，生男芭！钻灯脚，生男蕉！”

整整半个月，正常的生活、生产几乎停摆，企业停工，商店停业，交通停运。每到一个地方，必先测体温。一天，我被测出不到35℃，顿时高度紧张：会不会是新冠肺炎的变种导致的？当天，忧心忡忡，晚上辗转难眠。

我的焦虑是有原因的：前几天晚上，我让哥来吃饭。电话一打完我就后悔了：谁知他这几天在送外卖的过程中，跟哪些人接触过。哥一到我家，我赶紧问这几天生意如何，接了多少单。哥很无奈地说，平时一天能赚三四百元，现在只能赚三四十元，我紧绷的心稍稍安定下来。

吃晚饭时，老婆接着问他，这几天有没有跟朋友到外头吃饭？哥说有两次在中山路吃的饭，可是每次只有三四个人——餐馆禁止太多人聚餐。听他这么一说，我又紧张了起来。

假设哥是A，那几个和他一块吃饭的朋友是B，这些天和B接触过的人是C，我一家三口是D，现在A和D一块吃饭，风险就来了。B有没有被不知来路的C感染？如果感染了，B再把病毒传给了A，现在A又把病毒传给D。尽管哥说刚过来时测体温是36.5℃，离37.3℃的危险值还有一段距离，但并不能排除病毒潜伏期体温正常的情形。这次新冠肺炎比“非典”更厉害，潜伏期最长达14天（后报道有24天的），而且潜伏期内可能没什么症状。更难以防范的是，一个没有新冠肺炎的人，也可能把病毒传给别人。

自从那晚之后，接连几天，我掰着手指头数日子，盼着14天赶紧过去，同时留心家人身体上的所有细微变化。

截至元宵节0点，全国已有700多人被疫情夺去生命，确诊34000多例，疑似27000多例，其中重症6000多例，疫情似乎正步入爆发期。

经过多个愁云惨雾的日子，元宵节上午，阳光出人意料地灿烂，但依然改变不了周围如临大敌的凝重气氛。随着节后返城复工人潮的涌入，各单位加大盘查力度，外来涌入者先自觉隔离 14 天，小区租户可能进不了小区，私家车在高速路上可能找不到出口。

往年已挂满花灯的开放式公园，外围无一不密布着绳子和铁栅栏。小区绿植树上，依然挂着年前更换的剪纸、灯笼。在小区门口，一个当老师的朋友戴着志愿者的红袖章，仔细盘查过往人员。他参加了“党员进社区”志愿活动，为抗疫出一分力。我不是医务工作者，不是党员或公职人员，作为普通百姓，能贡献的大概只有尽量不出门吧！再说，小区边上一条鲜红的横幅，每次都把我看得胆战心惊：戴口罩总比上呼吸机好，躺家里总比躺 ICU 强。

这个元宵节，我不敢奢求花灯琳琅满目，只盼望生命平安健康！

附

贾平凹答新华社记者问

问： 大疫当前，近日，您发文写道："作为一个作家，能做什么呢？就是记录每一天发生的事情，自己写文章或者电话联络、组织更多的作家写文章，为这个国家呐喊，为在一线的医护人员和所有工作人员加油……"借此，我们想请您介绍一下主编《共同战"疫"》的一些情况。作为著名作家，又是《美文》主编，《美文》已是国内重要的文学杂志，您是怎样做到兼顾的？

答：《美文》是在我手里创办的，1992年创刊。那时条件差人手少，创刊的那几期，我得出去组稿，写发刊词，编稿，甚至自己搞封面设计。前十多年每期还在写"读稿人语"，慢慢就让穆涛去负责担沉了。现在，我除了自己写作外，主要的工作都在陕西省作协，但在《美文》如何坚持办刊宗旨，又如何创新的问题上，以及《美文》的重要活动上，都得操心、过问和参与。

问： 在这之前，在过去的五十多天里，您以怎样的心情、视角来看待武汉乃至全国发生的这场疫情？

答： 我没有经历过战争。我是以战争看这次疫情的，因为对疫情没有准备，它突如其来，我们初期不免有仓皇、慌乱，如同二战时希特勒打到莫斯科城下。

但是我们很快镇静下来，从上至下，四面八方，万众一心，以湖北为主战场，全国人人都是战斗员，奋起抗疫。其动员力，其战斗力，是强大的。在这期间，看到电视里唱国歌时，我就眼睛潮湿。危难时期，深切感到了国家的力量和人民的团结。

问：这些日子，您做了什么？什么时候正式开始启动这个专刊工作的？

答：疫情蔓延时，武汉封城，西安也是小区封闭，我因在春节前感冒，独自在另一处隔离。每天看电视和手机新闻，湖北有那么多悲痛的人和悲痛的事，全国又有多个省市的医务工作者一批批赶赴武汉和湖北别的市，我就想，我们居家隔离的人能做些什么，作为作家又能做些什么。我和穆涛通电话，决定编辑战“疫”专刊，跟国内的作家联系，让大家拿起笔写文章，为我们国家呐喊，为一线的医护和所有工作人员加油。编辑部的同事热情很高，都行动起来。我们的力量有限，能做的事微乎其微，但我们只能做这些，权当像战争年代后方给前线的战士寄一封信或一张照片。我们在尽力做我们能做的。

问：这个专刊从开始至今，有多少作家响应？来稿情况怎样？其中最打动您的是什么？

答：我们联系到的作家没有谁推辞的，其实很多人都在写了，还没写的满口答应马上动笔写，更有好多作家知道我们编专刊，自动和我们联系，把稿子传寄了来。现在，光获得茅奖、鲁奖的作家就十多位。他们以他们的具体情况，以他们的感受，以他们的视角来写。让我感动的，是他们的家国情怀，是他们的真诚大爱，以及对人与自然、生与死、善与恶诸多方面的思考。

问：按照计划，这个工作会以怎样的方式呈现，最终想达到什么效果？

答：《美文》出一本专刊，再集结成书，由陕西师范大学出版总社出版。在这个过程中，及时通过网络平台多媒发布，扩大音量，服务更多读者。在战“疫”中，全国的作家几乎都在写东西吧，也有相当多的报刊同我们一样在组织出刊出书。我想，这些书刊现在是为国家呐喊、为湖北加油的一种声音，将来会为历史存留一份记录。

问：疫情面前，您认为作家最应该做些什么？

答：作家的主要精力是去完成自己重要作品，但大的灾难到来，非常时期，应该发声，这是为文的责任和做人的良知。

问：未来您还有什么相关的计划，包括您正在创作的最新作品情况？

答：我正在写一部小长篇，这里就不谈了。

扫码收听“共同战‘疫’名家作品真情朗读”